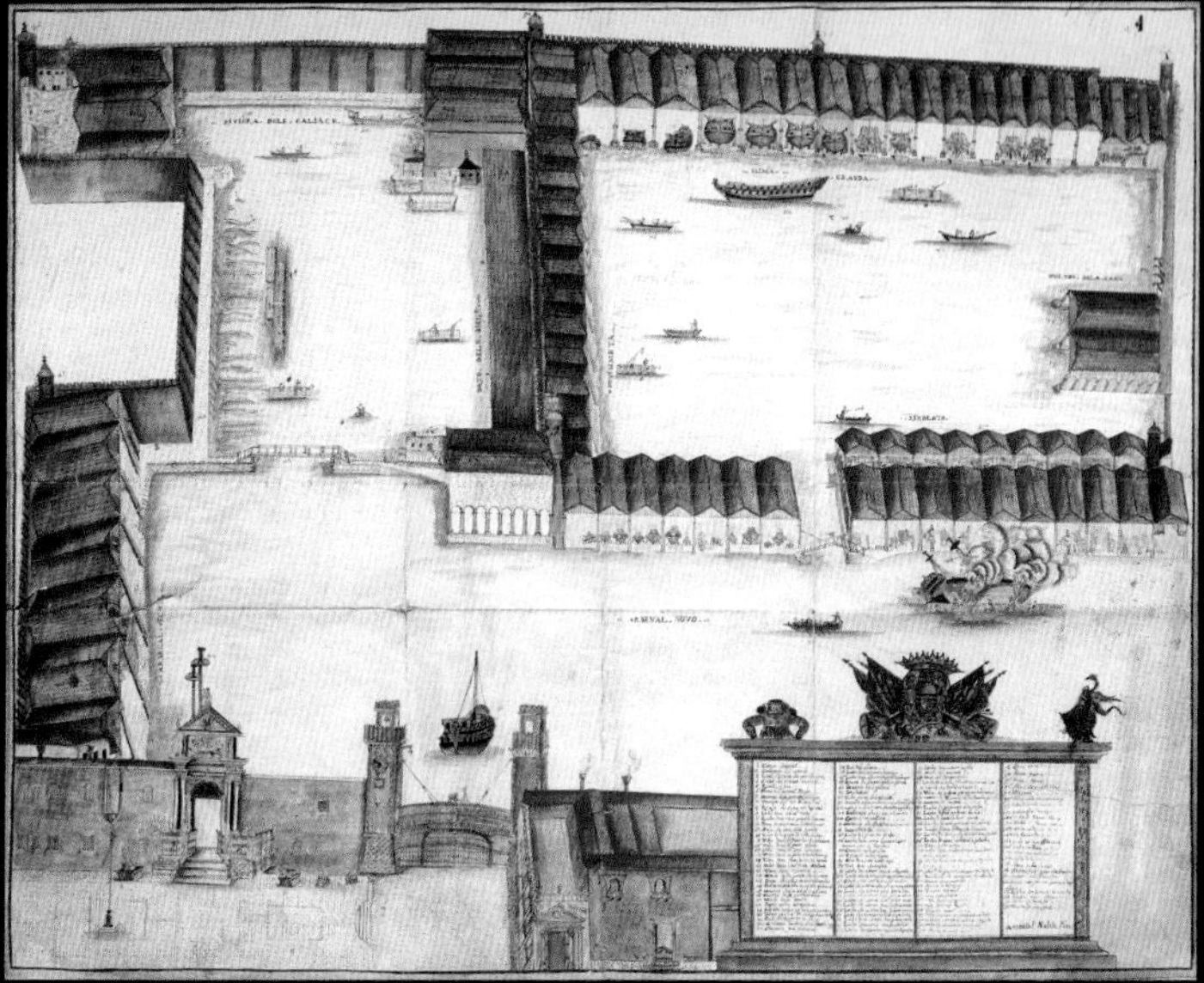

国営造船所
ヴェネツィアの富と力の源泉となった場所
アントニオ・ディ・ナター
コレール美術

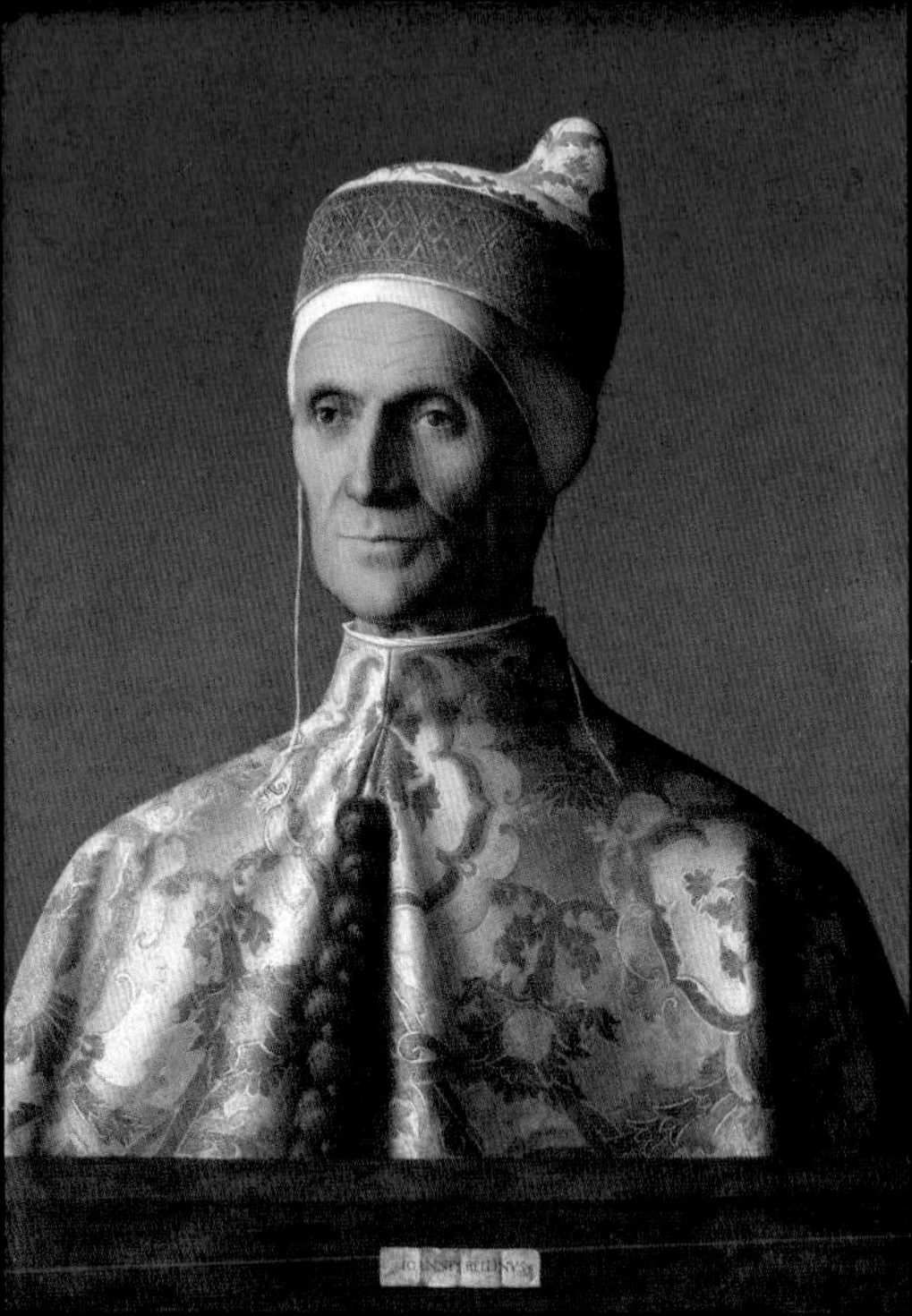

ジョヴァンニ・ベッリーニ
「元首ロレダンの肖像」
ナショナル・ギャラリー蔵（ロンドン）

ティツィアーノ
「元首グリッティの肖像」
ナショナル・ギャラリー蔵（ワシントンD.C.）

ティツィアーノ
「若きジェンティルウオーモの肖像」
ウフィッツィ美術館蔵（フィレンツェ）

ロレンツォ・ロット
「若きジェンティルウオーモの肖像」
アカデミア美術館蔵（ヴェネツィア）

ジョルジョーネ「眠れるヴィーナス」
アルテ・マイスター絵画館蔵（ドレスデン）

ティツィアーノ
「フローラ」
ウフィッツィ美術館蔵（フィレンツェ）

新潮文庫

小説 イタリア・ルネサンス 1

ヴェネツィア

塩野七生著

新潮社版

11356

小説　イタリア・ルネサンス1　ヴェネツィア＊目次

小説　イタリア・ルネサンス1

ヴェネツィア

〈主人公、三十代前半〉

夜の紳士たち《シニョーリ・ディ・ノッテ》

それを眼にしたのは、聖《サン》マルコ広場に足をふみ入れたときだった。

鐘楼の下の黒山の人だかりが、その瞬間二つに割れて、その割れ目から、四人の男にかつがれた担架が運び出されようとしていた。

担架は、時計塔の下に口を開けている小路《こみち》に向かって進んできたので、ちょうどその道から広場に入ろうとしていたマルコの、眼の前を通りすぎる形になった。

思わず担架の上に眼をやったマルコは、このときはじめて足をとめた。旧知の顔だったからだ。これも旧知の、担架をかついでいた四人のうちの一人が、立ちすくむマルコのそばにきたとき、彼を認めて声をかけた。

「鐘楼から身を投げたんですよ。これが先例になって、こんなことがしばしば起こるようにならなければいいが」

後の部分は、運ばれていく担架から発せられた、独り言のように聴こえた。担架が、時計塔の下に開いた小路に姿を消した後ではじめて、マルコは、旧知の警官に、「お早よう《ボン・ジョールノ》」とも言わなかったことを思い出していた。

だが、会議の時刻が迫っていた。ヴェネツィア共和国政府は、理由なしの遅刻にひどくきびしい。確たる理由なしに欠席でもしようものなら、庶民の生活費の二年分は優に超える額の、罰金を科されると法で決まっていた。

マルコ・ダンドロの足どりは、自然に大股《おおまた》になった。聖《サン》マルコ大聖堂の前を通りすぎ、すぐ左に折れれば、元首官邸《パラッツォ・ドゥカーレ》の入り口に出る。そこに控える門衛に、「ボン・ジョールノ」と言い終わったときは、彼の足はすでに、広い内庭《コルテ》の半ばに達していた。石を敷きつめた内庭の残りの半分を通りすぎ、幅は広いが五十段はある階段を数段ごとに駆けのぼって二階に到着したマルコの胸は、動悸《どうき》さえも打っていなかった。なにしろまだ、三十歳をむかえて二カ月の若さだ。

天井の細工の美しさから「黄金の階段《スカーラ・ドーロ》」と呼ばれているこの階段をのぼりきっても、そこで終わりではない。共和国国会《マジョール・コンシーリオ》の議員でしかなかった頃はそこを右に折れれば議場に着けたのだが、今のマルコの職場には、もう一階登らねば着けない。そこに登った後も、壁画にかこまれた部屋が次々とつづく。それらを通り抜けて初めて、元老院の会議場に入るようになっていた。

元老院《セナート》の会議場も、四辺の壁面から天井から、ヴェネツィア共和国の数々の歴史上のエピソードを記念して描かれた壁画で埋まっている。元首官邸《パラッツォ・ドゥカーレ》内の部屋はどこもこうだから、ヴェネツィアの画家たちの得意先は、まず第一に彼らの国の政府なのである。

二百人前後の元老院議員のほとんどが、すでに顔を見せていた。会議場のあちこちに、いくつもの人の輪ができている。会議のはじまる前はいつもこうなのだが、今朝の話題はやはり、投身事件が占めているようだった。

若くてしかも新米の議員であるマルコには、わざわざ挨拶《あいさつ》にくる者も話をしかけてくる者もいない。だが、彼にはそのほうが好都合だった。もともとからして人々の中心になる気質の持ち主ではないのだ。それで、同僚たちの輪の外側をまわりながら、彼らの話に耳をかたむける形になった。

どの輪でも、警察官の投身自殺を、共和国の不名誉と断ずる点では変わりはなかった。安定した地位と充分な収入を保証されていながら、気が狂ったとしか思われないと憤慨する者もいた。

自殺ではなく誰か他の者によって突き落とされたのではないか、と考える議員は、一人もいないようだった。

「聖マルコの鐘楼《カンパニーレ・ディ・サン・マルコ》」と言えば誰でもわかる、ヴェネツィアで最も高いこの塔は、鐘楼と呼ばれるだけに、一日に幾度となく鐘を鳴らしては、市民たちの時計の役目を果たしている。また、聖《サン》マルコ大聖堂付属の鐘楼でもあるのだから、このヴェネツィアで最も重要な教会で行事が行われるたびに、鐘は鳴らされる。そのうえ、船着き場の近くにそびえ立っていることもあって、艦隊の出港や帰港に、戦勝を願ったり勝利を祝う鐘の音がまっ先に鳴るのも、この鐘楼の上からだった。

さらに、夜ともなればたいまつがたかれる。リドにある外港まで着けば、そこからはもう、聖《サン》マルコの鐘楼の上にきらめく灯が眺められるのだ。鐘楼と呼ばれていても、灯台の役目も果たしているのだ。

鐘を鳴らし、灯がたかれるのは最上階だが、その下からの階は、他国の重要人物用の牢獄《ろうごく》にあてられている。ただ、この時期は、これらの牢獄の中は空《から》だった。最上階に登るには、その間をぬうようにしてのびる、螺旋《らせん》状の階段を延々と登っていかねばならない。

このようにいくつもの重要な役割を果たしている「聖《サン》マルコの鐘楼」には、許可がなければ入れない。たとえ政府の高官であっても、許可のない者は登れないことになっていた。

なにしろこの塔の上からは、ヴェネツィア全市を眺めることができるのだ。軍事施設である国営造船所も一目瞭然《りょうぜん》。観光客を装《よそお》った他国のスパイなどに、登ってこられては困るのだった。

ただ、この鐘楼の中に、「夜の紳士たち《シニョーリ・ディ・ノッテ》」と名だけは実に粋《いき》な、ヴェネツィアの警察の関係者は入ることができた。塔の最上階で燃やされる灯台用の火の管理が、「夜の紳士たち」の管轄《かんかつ》下にあったからである。

その勤務中に、どんな心境の変化か身を投げる気になったのだろう。こう誰もが判断したようであった。

定刻きっかりに、元首《ドージェ》と六人の元首補佐官が正面の一段高い席について、会議ははじまった。

今日の議題は、本土に広がる土地の干拓だ。ヴェネツィアの小麦の輸入先は、黒海周辺も領土に加えているトルコ帝国なのだが、東地中海域では利害が相反するトルコに、最も重要な食糧を依存している現状は、いつかは改善されねばならなかった。南イタリアに輸入先を換える手もあったが、あの地方もスペイン王の支配下に入ってしまっている。スペイン王カルロスのイタリア全土領有への野望があからさまな現状では、南イタリアに全面的に輸入先を切り換えるのも利口なやり方ではない。干拓地を広げて、国内生産高を増やすことに、誰も異存はなかった。

それを専門に担当する委員会の設置も賛成多数で可決。委員五人の選出もとどこおりなく終わり、その日の元老院会議は、二時間もたたないうちに散会した。早いほうだった。これが、元老院が主として担当する外交や軍事となると、昼食抜きで夕暮にまでおよぶこともしばしばなのである。

元首官邸《パラッツォ・ドゥカーレ》から解放されたマルコの足は、無意識のうちに鐘楼に向かっていた。この高い塔を四辺から眺めようと思えば、広い聖《サン》マルコ広場を、ぐるりと一周するしかない。

広場は、いつもの日の広場にもどっている。人間の身体《からだ》が激突した塔の下の敷石も、洗われたのか血の跡もない。

ヴェネツィアを代表するこの広場も、市内の他の広場と同じようにいくつもの小路が口を開けているので、この街で生活する人々にとっては、通り抜けるためにまず存在する。

また、この一帯《いったい》は政治と宗教の中心だが、立法や行政の機関の集まっている元首官邸《パラッツォ・ドゥカーレ》のすぐ向こうからは、軍船や商船の発着する船着き場が延々とつづくので、種々雑多な人の往来がはげしかった。

オリエントからの人とわかる色とりどりのターバンも、ここヴェネツィアでは振りかえる者もいない。ギリシア語で話す船乗りの一団のすぐわきを、ドイツ語を話す商人たちが通りすぎる。広場の片すみでは、歯を抜くだけの歯科医が晴天開業をきめこみ、そのすぐとなりでは、床屋が繁盛《はんじょう》していた。

人々のかもしだすこの騒々しい活気の中では、広場を漫然と歩む元老院議員に、注意を払う者はいない。元老院議員といっても、それとわかる服装をしているわけではない。役職にでもつかなければ、一年中黒の長衣で、といっても季節によって薄地になったり毛皮の裏打ちになったりぐらいの変化はあるのだが、この服装は、医者や交易商人や教師のような頭脳労働者ならば、ヴェネツィアでは誰でも着ているものだった。

マルコは、ときおり塔の頂上に眼をやりながら、足は動いていても考えこんでいた。あの男は、ほんとうに自ら命を断ったのだろうか。しかも、聖《サン》マルコの鐘楼から身を投げるという、これまで誰一人としてやったことのない死に方を、なぜわざわざ選んだのだろう。百メートルの高所から落下したにしては、顔には傷《いた》みが見えなかった。後頭部は、どうなっていたのだろう。

彼は、あの男を知っていた。それも、よく知っていたといってもよいくらいに、知っていたのである。

六カ月前までのマルコ・ダンドロの職場が「夜の紳士たち《シニヨーリ・ディ・ノッテ》」であったのだ。署長だった、と言ったほうがよいかもしれない。ただ、一人だけの署長ではなかった。六人いる署長、つまり「紳士たち《シニヨーリ》」の一人であったのだ。

ヴェネツィア共和国では、貴族の嫡子《ちゃくし》として生まれた男子は、二十歳に達すると、共和国国会《マジョール・コンシーリオ》に議席を与えられる。ただ、実際上の立法機関である元老院《セナート》には、三十歳以上でなければ資格はない。三十歳を超えなければ、国政を担当するに必要な成熟度に達しない、と思われていたのである。

だが、国家の方向を決めるような重要事でなくても、国政には種々の仕事がある。その一つが治安だった。「夜の紳士たち《シニョーリ・ディ・ノッテ》」になるのは、だから、三十歳にはまだ達しないが国会には議席を持つ、若い貴族たちになる。国家の運命をまかせる前に、まずは民間の事情に通じておくべきという、エリート育成の配慮から生まれた制度でもあった。

任期は一年。選出は、共和国国会でなされる。選ばれるのが六人なのは、ヴェネツィアの市街地全体が六つの行政区に分かれているからで、一区ごとに一人ずつ、その区域内に住まう者が選ばれることになっていた。

マルコは、この警察署長に、二度選ばれていた。この時期の業績と、海軍省の役人をつとめた期間の仕事ぶりが認められて、三十歳にして早くも元老院に議席をもつという、幸運を彼にもたらしたわけだ。ヴェネツィア政府の重要な役職はほとんど元老院議員の中から選ばれるので、元老院に議席を得てはじめて、政治家としてのキャリアのスタートラインに就《つ》いたということができるのである。

六人の若い貴族が署長をつとめる「夜の紳士たち《シニョーリ・ディ・ノッテ》」には、もちろん、その下にあって捜査の実際を受けもつ刑事たちがいる。刑事の下には、彼らの手足となって働く警官がいた。

六人の署長たちは、先にのべたような事情で、一年任期で選ばれた者たちだ。しかも、ヴェネツィア共和国のほとんどの役職と同じで、任期の期間と同じだけの休職期間をおかなければ、再選は認められないことになっている。

これは、長期に居すわることによっての癒着を防ぐための配慮だったが、職務の熟練度ということになるとマイナスになりかねない。それで、刑事や警官たちは、ヴェネツィアの市民権をもつ者の終身雇用と認められていた。署長は代わっても、部下たちは代わらないのである。

鐘楼から落ちて死んだ男は、刑事の一人であり、担架をかついでいてマルコに声をかけた男は、警官の一人なのだ。通算にしても、二年もの間「夜の紳士たち《シニョーリ・ディ・ノッテ》」であったマルコとは、知った仲であるのも当然だった。

死んだのがもしもあの男でなく、別の刑事であったならば、マルコとてこうも考えこむことはなかったろう。死んだ男がどのような人間であったかをよく知っていたからこそ、投身自殺ということが、なんとしても腑《ふ》に落ちなかったのである。

自殺ということ自体、宗教で禁じられているキリスト教徒には簡単にはやれないことだ。カトリック教会は、自殺者には教会内での葬式も許さず、教会が管轄する墓所への埋葬も許さなかった。

それに、あの男は、とかくの噂《うわさ》の絶えない男だった。「夜の紳士たち《シニョーリ・ディ・ノッテ》」の管轄分野には、旅宿や娼家《しょうか》も入っている。この世界でのあの男の評判はひどく悪かった。無記名の投書も、一つではすまなかった。マルコも、在任中に密《ひそ》かに探らせてみたことがある。だが、証拠がつかめなかった。

他の同僚たちは皆、賄賂《わいろ》などに手を染めようものなら死罪と決まっている厳正なヴェネツィアの法を守って、癒着を心配しなければならない者はいなかったのだが、あの男だけは、不審なことが多すぎた。

そんなことを考えているうちに、時間はだいぶたっていたようだった。時計塔の上では、機械仕掛けの人形が動き出して、正午を知らせる鐘を打ちはじめていた。

マルコは、朝方とはちがう、聖《サン》マルコ広場の西側に開いた路《みち》に向かった。朝方たどったメルチェリアの通りは、リアルト橋への道筋にあたるので人通りが多い。空腹をおぼえたマルコは、まわり道になっても、群衆にじゃまされずに帰れる道を選んだのだ。

小路に足をふみ入れると、広場でのにぎわいが嘘《うそ》のような静けさが漂う。ダンドロの屋敷は、リアルト橋からは少しばかり下流の、大運河《カナル・グランデ》ぞいにあった。しばらくは、小運河にそう道を行く。

それにかかる橋を渡ろうとしたときだった。マルコは、首すじに、人の視線を感じた。

だが、ここで振りかえるのもためらわれた。彼の足は、半円を描いてかかる橋の上に達しようとしていた。橋の上では、全身をさらすことになる。

マルコは、気づかないふうを装いながら、橋を渡りきり、それにつづいてのびている、小路に入って行った。首すじに感じた視線は、小路を行く間は消えていた。だが、それを抜け、聖《サン》ルカの広場に入ろうとしたとき、またも強く感じたのだ。

従《つ》けられている、と思った。

聖《サン》ルカの広場をすぎれば、あとは路《みち》一本で家に着く。昼食をとりに家にもどる人の往来がはげしいこの広場が、従けているのが誰かを知るには、最適でしかも最後の機会だった。

ちょうどよいぐあいに、独身のマルコの世話をしている老夫婦の甥《おい》が、伯父たちを訪ねてきた帰りか、向こうからくるのが見えた。彼が呼びとめる前に、実直なこの若者は、腰をかがめて挨拶してきた。それに答えて話しかけながら、マルコははじめて背後に眼をやったのである。

広場には、物売りの店とそれに集う女たちと、忙《せわ》し気に広場を横切る人々の他には、黒衣でつつんだ身をこごめ、手にもった角状《つの》の筒をさし出しては物を乞《こ》う、乞食が一人いるだけだった。広場に口を開けた七本の路のどこにも、怪し気な人間は見あたらない。マルコは、確認をあきらめ、屋敷に通ずる路に向かった。

ところが、その小路を半ばまできたとき、またも背後に視線を感じたのだ。恐怖よりも不快な想《おも》いのほうで、彼ははじめて足どりを早めた。

小路を抜けると、小ぶりの広場に出る。その正面に、ダンドロ家の屋敷の、陸側の入り口がある。大運河に面した表口よりも、この裏口を使うほうが多かった。

その扉の前に着いたとき、マルコは、今度はあからさまに背後を振りかえった。そのマルコの眼に、今まさに小路を抜け出ようとしていた、黒衣の乞食の姿がとびこんできた。

あたりには人はいない。乞食は扉の前に立ちふさがったマルコの眼を、避けようともしなかった。といって、彼に物乞いする様子もない。それどころか、みじめそうにこごめていた身体を突然のばしたのだ。そして、堂々とした歩調でマルコに向かって近づいてきた。

恥《ポーヴェロ・ヴェルゴニョーソ》じいる乞食

直訳ならば「恥じいる哀れな人」としてもよい黒衣の物乞いは、ルネサンス時代のヴェネツィアでは、政府も他の乞食とは区別したし、乞われて小銭を与える庶民のほうも、同じとは思っていなかった。

この人々の前身が、貴族であったり、貴族には生まれなくても、裕福なのは貴族と同様であった人々だからである。それが、なにかを機に、物乞いするまでに落ちぶれた人々なのであった。

ヴェネツィア共和国は、海外との交易で生きる国である。全財産を投資して送り出した船が嵐《あらし》に遭って沈没したとか、海賊に襲われて奪われてしまうとかいう不幸に見舞われた人は常にいた。でなければ、親からゆずられた財産を、さして深くも考えずに運用した結果が、負《ふ》と出てしまった人もいたにちがいない。

このように運や才能に恵まれなかったりした人々でなく、その両方はもちあわせていながら、まったく不運にも投資先が戦争にまきこまれてなにもかも失ったという、非難しようもない哀れな人々もいただろう。

ヴェネツィアやフィレンツェに代表される、ルネサンス文明も創《つく》り出したイタリアの都市国家は、大胆な自由主義経済によって大をなしたのである。一代で産を築く者がいれば、一代で産を失う者もいた。

ただ、ルネサンス人は、成功者には賞讃《しょうさん》を惜しまなかったが、不運の人にも寛容だった。フィレンツェにも、恥じいる乞食へ、と刻まれた、寄附用の石の受け口が残っている。

しかし、足を使って行けるヨーロッパを主な市場にしていたフィレンツェと比べて、海の上を行くしかない地中海世界を主な市場にしているヴェネツィアのほうが、浮き沈みの度ははげしかった。ヴェネツィア共和国では、この種の乞食を、完全に制度化していた。寄附用の受け口を街のあちこちにもうけるぐらいでは、必要を満たせなかったからだ。

他の物乞いならばボロを着ようと勝手だったが、「恥じいる乞食《ポーヴェロ・ヴェルゴニョーソ》」には〝制服〟

があった。

黒地の布でできた、足もとまでとどく長さの袖《そで》つきの服だ。飾りはなにもない。ベルトも許されない。この服をつけ、頭をすっぽりかくす黒い頭巾《ずきん》をかぶる。頭巾には、眼のところにだけ二つ穴が開いている。この制服は、政府内の「没落者対策委員会」が認めた者でないかぎり、身につけてはならないことになっていた。

この服をつけているかぎり、何者であるかということは誰にも知られずにすむ。乞食のほうからは見えても、乞食が誰かはわからない。そのうえ、「恥じいる乞食《ポーヴェロ・ヴェルゴニョーソ》」は、声を出さないで身ぶりだけで物乞いすることも認められていた。声音で、誰かとわからないようにという、配慮からである。小銭をほどこす人も、「恥じいる乞食《ポーヴェロ・ヴェルゴニョーソ》」には話しかけてはならない。乞食のさし出す角状の筒に、黙ってかねを入れて終わりだ。乞食のほうも、感謝は身ぶりで示してよいことになっていた。

これほどの思い遣《や》りは、不幸にして物乞いするまでに身を落とした人々への、同情だけから生まれたのではない。

自由経済は、活気があればあるほど繁栄するものである。また、十六世紀に入ってもヴェネツィアには、敗者復活の機会はいくらでもあった。昨日までの物乞いが、明日になれば再び、交易商人として活躍しはじめるかもしれないのだ。そのときに、乞食をしていたという前歴が重くのしかかることがないようにという、思い遣りもあったのである。「恥じいる乞食《ポーヴェロ・ヴェルゴニヨーソ》」とは、だから、今のところは名のない人々、でもあったのだった。

黒衣の乞食が、乞食らしくもない歩調で近づいてきたのには、さすがにマルコも緊張した。思わず、二、三歩後ずさりしていた。乞食は、それを追うように足を早めながら、あたりをはばかるような押さえた声で言った。

「中に入れろよ。ここだと誰が見ているかわからない」

その声を耳にしたとたんに、マルコは突然、十年昔に引きもどされたなつかしさでいっぱいになった。そして、屋敷の扉の鍵穴《かぎあな》に、ごく自然に鍵をさし入れていた。

大運河《カナル・グランデ》に面した二階の広間は、対岸を埋める家々の壁にさしつける陽光に眼下の運河の水が反射する光までが加わって、直接には陽を受けなくても充分に明るく暖かい。

乞食は、ここに入ってきてはじめて、黒い頭巾を脱いだ。だが、マルコは、それを脱ぎ終わらないうちに声をかけていた。

「アルヴィーゼ、いつからヴェネツィアにもどっていたのだ」

黒い頭巾の下からあらわれた顔は、笑っていた。忘れもしない幼友だちの、アルヴィーゼ・グリッティの顔だった。

友がそれに答えるのを待たずに、マルコは再び、あきれたという口調で声を出していた。

「それに、なんだいそのかっこうは。元首《ドージェ》の息子だというのに」

アルヴィーゼは、これにほがらかな笑い声で答えた後で言った。

「ひざを曲げ、背をこごめて哀れそうに振る舞うのも楽《らく》ではないね。いや、まいった、まいった」

後の言葉は、黒衣まで脱ぎ捨て、シャツとタイツの姿になった後、両手を上にあげて伸びをしたときに言った。そして、まだ立ったままでいるマルコに、いたずらっぽい眼差《まなざ》しを投げながらつづけた。

「聖《サン》マルコ広場で、きみに気がついたのだ。といって、すぐに声をかけるのも具合の悪いかっこうだから、家まで従《つ》けてきたというわけさ」

老僕夫婦の妻のほうが料理し、夫が給仕する昼食を、二人は、これだけは十年昔と少しも変わらない食欲でたいらげた。

その後で二人は、上の階にあるマルコの私室に席を移す。アルヴィーゼは、この部屋におかれているトルコ式の低い長椅子《ながいす》いっぱいに、その長身を伸ばして横になった。マルコのほうもトルコ式の安楽椅子に深々と身を沈める。十年前もよく、これと同じかっこうで、二人は午後の時間をともにすごしたものである。

マルコ・ダンドロとアルヴィーゼ・グリッティは、八歳の年からの友だちの仲であった。

その年、文法や簿記やラテン語を学ぶためにマルコが通っていた私塾に、途中から入ってきたのがアルヴィーゼだった。トルコ帝国の首都のコンスタンティノープルで生まれ、幼少期もそこですごしたのだが、ヴェネツィア市民である父親の考えで、教育はヴェネツィアで受けることになったからだ。

一言でいえば、変わった少年だった。ギリシア語もトルコ語もできたのはもちろんだが、イタリア語も充分にできたから、途中入学でも問題はなかったのだが、少年の周囲に漂う雰囲気が、他のヴェネツィアの少年たちとはちがっていた。

父親は、当時はまだ、元首《ドージェ》ではない。それでもすでにめざましい活躍では知られていたので、あの男の息子ということで、教師も級友たちもはじめから一目おいていたところはある。学業では、優等生とはとても言えなかったが、ときおり、独自な意見をのべては皆を驚かせた。

ただ、オリエントからきたこの少年は、級友たちとの無邪気な遊びに熱中することはなかった。といって、大将格になって引っぱりまわすわけでもない。名誉ある孤立、と言ってもよい感じの雰囲気が、この少年の周囲には常にあった。教師や級友たちが一目おいたのは、ヴェネツィアにアンドレア・グリッティあり、といわれるほどの男の息子だからというのははじめの頃で、その後は、この、オリエントの血が半分流れている少年のかもし出す、異国風の謎《なぞ》めいた雰囲気のせいかもしれなかった。

マルコとアルヴィーゼが親友の仲になったのは、まだ二人とも頬がふっくらとしていた少年時代だったが、成長するにつれて頬の線がきっかりとした直線に変わっていっても、二人の友情は、二人の髪と眼の色が変わらないのと同じにつづいた。

アルヴィーゼ・グリッティは、栗《くり》色の豊かな巻き毛にギリシア風に鼻すじの通った、端正な容貌《ようぼう》の持ち主だった。眼は、人の話に耳をかたむけるときは、アクアマリンの水色をたたえ、なにかを主張するときは、エメラルドの緑色に輝く。肌の色は、イタリア人のいうオリーブ色で、陽に焼けていなくても浅黒い。背は、少年の頃から高いほうだった。

マルコ・ダンドロも、背がすらりと高いことでは似ていたが、黒い髪は、なだらかなウェーブをつくって首すじまで流れている。濃い茶色の眼は、落ちついていながら若々しかった。学校では優等生で、しっかりした気質の持ち主であることが一目でわかるものだから、年配者の評判は常に良い。

まだ頬が丸味をおびていた時代から、アルヴィーゼはよくマルコの家にきていた。食事を一緒にするだけではすまず、ともに寝た夜も数えきれない。

アルヴィーゼの母親はコンスタンティノープルに残っていたので、優しいマルコの母親に、自分の母でもあるかのように甘えた。父親のアンドレア・グリッティは、当時はヴェネツィアの海軍提督の地位にあったので、ヴェネツィアにもどることすらほとんどなかったのだ。マルコの父のほうは、彼が四歳の年に、トルコとの戦争に参加していて戦死した。マルコは、一人息子でもあった。

「昔に食べていたのと同じ料理なのに、味がひとつ、母上のときとはちがっていたね」

「料理女は、母の生きていた頃と同じだけど、母は、調理の最後に、いつも自分で味を試していたから」

「母上が亡《な》くなられたことは聴いていたが、亡くなられたのはいつだったろう」

「一年前。ぼくがまだ、元老院に入らない前だった」

「ああ、そうだったね。きみは今や、ヴェネツィア共和国の元老院議員殿なんだ」

二人はまた、愉快そうに笑い声をあげた。食後の酒が、十年ぶりの再会を、さらに優しいものにしていた。


十四歳になった年、二人とも、ヴェネツィアの上流に属す家の息子ならば普通の、道を選んだ。商船の石弓兵がそれである。

自衛のために商船でも乗船が義務づけられている戦闘員になって、戦闘や航海に必要な技術を学ぶわけだ。それに、船長以下、乗組員ならば誰にでも権利のある、商品をもっていってそれを目的地で売りさばいたりすることによって学ぶ交易上の技能も、この実地教育の中では重要な課目であった。

だが、なによりも、ヴェネツィア共和国が国家の将来をまかせるこの若者たちに学んでほしいと思っていたのは、外国の実情を見る眼を養うことであったろう。石弓兵制度は、こんなふうで、なかなか深い意味をもつ制度として定着していた。

だから、石弓兵を志願した若者たちは、同じ船につづけて乗ることはほとんどない。経済上の理由から、商船のたどる航路は一定していることが多いからで、アレクサンドリアに向かうエジプト航路の船は、戦争などの不都合が起こらないかぎり、毎年アレクサンドリア行きときまっている。マルコとアルヴィーゼが、互いに打ちあわせた結果とはいえ、いつもともに乗りこんだ船の行き先は、こういうわけで種々さまざまな国になった。

大規模な商館をかまえ、ヴェネツィアにとってはオリエント貿易の拠点であったエジプトのアレクサンドリアには、もちろん行った。

同じくトルコ領になっているシリアも、欠かしていない。ダマスカスも訪れたし、ヴェネツィア商館のあるアレッポまで行ったのだ。

北アフリカでは、チュニスでもアルジェでも、海賊まがいのアラビア人たちと取引した。

スペインの各地に寄港した後もさらに西に向かい、ジブラルタル海峡を通って大西洋に抜け、イギリスのサザンプトンまで遠出したこともある。このときのヴェネツィアからの商品は、キプロス産の高級葡萄酒《ぶどうしゅ》と、ザンテ特産の乾《ほ》し葡萄と、ヴェネツィア産の高級織物だった。ロンドンまで行ってそれを売り、代わりに買い求めてもち帰った毛織り用の原糸は、ヴェネツィアやフィレンツェで色あざやかな高級織物に一変し、ドイツやフランスやイギリスに再輸出されるのである。

四年にわたるこの経験は、マルコにとってさえ、机に向かう学校とは比べようもないほど、楽しく役に立つ学校になった。アルヴィーゼという、良き仲間に恵まれたからかもしれない。こちらの学校での優等生は、マルコではなく、常にアルヴィーゼのほうであったのだが。

石弓兵時代の思い出は、三十代に入った男二人にとっても、どんなに長く話してもつきない愉《たの》しみだった。なにしろ、家族から離れての一人立ちだ。経験はなにもかも新鮮で、それらがどんなに苦労をともなっても、立ち向かう気概に欠ける年齢ではなかった。

ふと、マルコは、あることを思い出した。

「あのトルコの少年は、どうした」

「ぼくがコンスタンティノープルにもどってしばらくした頃に、訪ねてきたよ。それからは、ずっとぼくのところで働いている」

二人の乗りこんだヴェネツィア商船が、スペインのアリカンテに寄港したおりの話だ。その近くの海で難破したトルコ船から、ただ一人泳ぎついたのに住民に捕らえられ、イスラム教徒というだけで火あぶりにされるところだったこの少年を、救ったのがアルヴィーゼだった。

稼いだばかりの金《かね》を全部使って、買いもどしたのだ。

少年はそれを恩にきて、一生をアルヴィーゼの奴隷《どれい》になって奉仕したいと願ったのだが、アルヴィーゼは、そういうものは必要ないと言い、船がヴェネツィアに帰港したときに、ちょうど発《た》つところだったトルコ船に乗せて、故国に帰してしまったのである。その少年が、アルヴィーゼがコンスタンティノープルにもどったことを聴き伝えて、訪ねてきたのだろう。そしてかつての彼の望みどおり、アルヴィーゼの従僕をつとめているらしかった。

アルヴィーゼ・グリッティには、このように無限の優しさがあった。しかし、冷酷の度合いも極端であるのを、マルコは、思い出すともなく思い出していた。

船乗りたちから、冗談にしても「離れられない坊やたち《インセパラーヴィレ・シニョリーニ》」と呼ばれていたこの二人は、船を降り、大学に進んだ後も一緒だった。二人とも、パドヴァ大学の法学部を選んだからだ。寄宿のために借りた家にも、一緒に住んでいた。

授業中の優位ならば、断然マルコに軍配があがったが、大学の外に出れば、マルコは友の敵ではなかった。当時の大学生の二大関心事といえば、賭博《とばく》と女だったが、この二つとも、アルヴィーゼに対抗できる者は、マルコでなくても誰もいなかった。友の成功の場に居合わすたびに、マルコは、あきれるよりも感嘆したものである。

しかし、学業も終えた二十歳の年、この二人の進む道は完全に分かれる。その年、マルコを待っていたのは共和国国会の議席だったが、アルヴィーゼにはそれはなかった。

今日の二人の再会は、あの年に別れて以来なのである。十年の歳月が流れていた。

ふと、思いついたとでもいうように、アルヴィーゼが口を開いた。

「きみは今朝、聖《サン》マルコ広場を、ときおり鐘楼を見あげながらずいぶんと長く歩きまわっていたが、今朝方の事件を、自殺とは思っていないのかね」

マルコは、突然、現実に引きもどされた想《おも》いで、思わず友の顔を見つめた。

元首《ドージエ》グリッティ

マルコ・ダンドロは、慎重な性格の持ち主であった。人もそう言うし、自分でもそう思っている。だが、この親友にだけは、感じていたことを言わないではいられなかった。

「どうしても、投身自殺とは思えないのだ。あの男はよく知っている。自殺するような人間ではない。

それに、あの派手な死に方はどうだ。ああいう死に方を選んだことからして、普通ではない。死に方からしても、この事件には不可解なことが多すぎるんだ」

アルヴィーゼの眼の色は、深い緑に変わっていた。そして、つき離すように言った。

「しかし、『夜の紳士たち《シニヨーリ・デイ・ノッテ》』は自殺として処理したよ。捜査もなしだ。遺体も、無縁墓地に葬《ほうむ》られて終わりだ」

こう言われれば、マルコには返す言葉がないのである。彼だって、確たる証拠があって言っているわけではない。ただ、自殺と片づけてしまうには、なんとしても釈然としないのだった。

そんな想《おも》いのマルコに、昔どおりの親しい口調にもどった友は、言葉でもって包みこむかのようにつづけた。

「もう、あのことは考えないほうがいい。きみは、これからは、元老院の重要なメンバーになる身だ。やることはいっぱいある。いや、やってもらわなければならないことは、山ほどあるんだからね」

マルコは、口をつぐむしか仕方がなかった。

この件については話はこれで切れてしまったが、久しぶりに再会した二人の間では、他に話すことならばいくらでもある。結局、二人はこの日、家を出なかった。夕食も家ですませ、アルヴィーゼは、マルコが友のために用意させた、これも十年昔と同じだったのだが、マルコの部屋の隣の部屋で眠った。それも、夜半すぎまで話に熱中した後で、二人はようやくそれぞれの部屋に別れたのだった。

だが、翌朝、マルコが寝覚めたときには、アルヴィーゼの姿は消えていた。老僕が伝えるには、また立ち寄る、と言って去って行ったという。昨日の乞食の服に着がえてのお発《た》ちでした、と、あきれたという口調で、老僕の妻がつけ加えた。

マルコは、しばらくの間、寝台の上でぼんやりしていた。昨日、あれほども話をしあったのに、アルヴィーゼが、自分のした質問にひとつも答えていなかったのが思い出された。

マルコは、友がいつからヴェネツィアに帰っていたのかを、まだ知らないのである。なぜ、「恥じいる乞食《ポーヴェロ・ヴェルゴニョーソ》」に身をやつしていたのかも、知らないのだった。

それに、と彼は思った。十年ぶりのアルヴィーゼは、昔とはどこかちがっていた、と。

もみあげからあごの線をぼかしながらおおっている、ひげのせいかとも思った。そのうえ、十年ぶりに再会した友は、口ひげまでがトルコ式に整えられている。印象が同じでないのは、そのせいかとも。まして、会わないでいる間に、十年の歳月が流れたのだ。この時期、男の肉体は、若者から壮者のそれに変わる。

マルコのほうはまだひげらしいひげになっていないだけだし、肉体ならば少しはたくましくなったはずだと思ったら、マルコは、それまでもてあそんでいた疑いが馬鹿《ばか》

アンドレア・グリッティ

気《げ》たものに思えてきた。

しかし、やはりなにかが変わっていた。どれほど愉快そうな笑い声をたてても、今のアルヴィーゼには、どこか暗いものが感じられる。奥のほうで暗い光を放つような、なにかが感じられてならなかった。

それは、もしかしたら、今のマルコが、アルヴィーゼの父親のほうと身近に接しているためかもしれなかった。それでつい、父と子ということで比べてしまうのかもしれなかった。

父のほうは、同じく光を放っても、それはあくまでも、明るい光だったのである。

元首《ドージェ》アンドレア・グリッティほど、ヨーロッパ第一の経済力を誇る十六世紀前半のヴェネツィアを体現している人物はないと、マルコは思っていた。いや、マルコだけでなく、ヴェネツィアの統治階級に属する男たちの多くも、そして、神聖ローマ帝国皇帝でスペイン王でもあるカルロスも、トルコ帝国のスルタンも、全員が同感であるにちがいなかった。

七十二歳をむかえていても、元首《ドージェ》グリッティの、背が高く堂々とした体躯《たいく》には衰えは見えない。そして、それをさらに映《は》えさせていたのが、ヴェネツィア共和国では元首《ドージェ》にのみ許される、絢爛《けんらん》豪華な衣装であった。

アルヴィーゼ・グリッティ

先任の元首《ドージェ》たちに、それをする経済力が欠けていたのではない。おそらく彼らには、華麗さへの感性と、それを生かしきる肉体が欠けていたのだろう。時と場所に応じて元首《ドージェ》グリッティがまとってあらわれる数々の美しい衣装は、そのたびに人々の眼を見はらせずにはおかなかった。マルコなどは、感嘆の声をあげそうになるくらいだった。

金襴《きんらん》でも、白絹に銀の刺繍《ししゅう》がほど

こされたものでも、光線の当たりぐあいによってさまざまな色合いに変わる七色の綾《あや》織《お》りでも、元首《ドージェ》グリッティの身にまとわれるや、生きてくるのである。今現在のヴェネツィア共和国の繁栄を、明示するかのように。元首《ドージェ》自身が誰よりも、この面での自分の効用を充分に知っているようだった。高価な織物でも、美しければ買い惜しみをしないのでも有名だった。

ヴェネツィア貴族独得の面長《おもなが》の顔は、純白に輝く豊かなあごひげでおおわれている。少しばかり鷲鼻《わしばな》に近い大きめの鼻が、その顔に強い自己主張を与えていた。眼光は、鋭いなどというものではない。人を突き刺して離さない強さがあった。だが、笑うとそれが一変して、相手の心にまでしみこんでくるような優しさに変わる。

ヴェネツィア共和国では、国会でも元老院でも、演壇というものがない。意見をのべたい人は、議場の両脇を埋める席の間に開いた中央の通路を行き来しながら、演説するのである。一段高い場所に自席をもつ元首《ドージェ》も元首補佐官たちも、それは変わらなかった。

その通路を行き来しながら演説するときの、元首《ドージェ》グリッティがまた、ほれぼれするような力と美しさに満ちていた。

足どりは力強く、その動きに従《つ》いて、華麗な大マントが宙を舞う。二千人を収容できる国会議場の片すみから、若いマルコは、感にたえた想いで、そんな元首《ドージェ》の動きを眼で追ったものだった。元老院になると、議席数は二百前後だから、舞台もぐんと狭くなる。演説する元首《ドージェ》グリッティの服の模様までが、はっきり識別できる近さになる。マルコは、周囲に光をまき散らすかのようなこの元首《ドージェ》に、親友の父親であるということとは関係なく、尊敬の念をいだいていた。いや、憧《あこが》れていた。

アンドレア・グリッティは、一四五五年、ヴェネツィアの貴族グリッティ家の嫡男《ちやくなん》として生まれた。

マルコの生まれたダンドロ家ほど古い家柄ではないが、グリッティ家も、ヴェネツィアの統治階級を形づくる名門家系に属す。父親を早く亡《な》くしたので、祖父が教育にあたった。

祖父は、中等教育を終えたばかりのアンドレアを、任地に同行することで、実地の教育を授けようとしたらしい。大使をつとめる祖父の任地がイギリス、フランス、スペインと代わるたびに、若いアンドレア・グリッティは、別の国を見、別の民族を知っていったのである。そのうえ、祖父は孫の識見を信頼していたらしく、政務の相談までした。事実上の大使秘書官まで、経験したことになる。それが終わると、パドヴァの大学で哲学を学んだ。

また、若いグリッティは語学の才能にも秀《ひい》でていた。イタリア語は当たり前だが、当時のヨーロッパ人の公用語であったラテン語に加え、フランス語に英語にスペイン語、ギリシア語にトルコ語まで駆使できたのだ。

それに、彼の美しい容貌《ようぼう》とたくましい体軀は疲れ知らずでもあった。生涯に、病気というものに悩まされたことがない。

だが、美質がこれだけならば、あれほどの成功までは望めなかったろう。この男はなぜか、彼に相対《あいたい》する人の心をたちまちにしてつかんでしまう、たぐいまれな才能にも恵まれていたのである。

戦闘を指揮していたとき、トリヴルツィオ将軍に捕らえられた彼は、まもなくこの敵将とは食卓をともにする仲になり、あげくのはてにはまんまと脱走に成功する。トリヴルツィオは、追手《おって》さえもかけなかった。

フランス王フランソワ一世の捕虜になったときも、王に惚《ほ》れこまれ、釈放されただけでなく、生まれたばかりの王女の名付け親まで頼まれる始末。トルコ滞在中も、スルタンや宰相とは友だちづき合いの仲だった。どれほど当時のヴェネツィア共和国の外交が、グリッティの個人的な魅力に負っていたかは計りしれない。

スペインとフランスの間に起こった戦争で、フランス王フランソワ一世が捕虜になったときの話だ。ヴェネツィアにやってきたスペイン王の特使は、もはや敵なしのスペインの力を説きながら、ヴェネツィアも、フランスなどは見捨てスペイン側につくべきだと迫った。これに、元首《ドージェ》グリッティは答える。

「二人の君主いずれとも友人であるところから、わたしの想いが複雑であるのはやむをえない。勝利を祝う王とはともに喜び、不幸を嘆く王とはともに泣くことにしよう」

外交辞令もここまでくれば、傑作というしかない。ヴェネツィア共和国は、以後も名誉ある中立を維持できたのである。

しかし、グリッティのような男は、一般の人の理解までは獲得しにくいものである。彼の貴族的な風貌や立ち居振る舞いからも、市民の人気が高い元首《ドージェ》とはいえなかった。元首《ドージェ》に選出されたときも、対立候補との間で票が割れ、三度も投票をくりかえした末にやっと選ばれたくらいだ。だが、グリッティ自身は意に介さなかった。その直後にこう言っている。

「喝采《かっさい》されて登場するよりも、退場した後に惜しまれるリーダーでありたい」

この一見高慢な態度が、実は祖国への人一倍の危機意識から発していることを、少数の人々は理解していた。マルコも、そのうちの一人だと、自分では思っていた。アンドレア・グリッティほど、ヴェネツィア共和国の危機のはじまりと、重なりあう生涯をもった者もいない。

彼の生まれる二年前の一四五三年、コンスタンティノープルの陥落が起こっている。一千年の間、ヨーロッパをオリエントから守っていた東ローマ帝国が滅亡し、それは、オリエントの新興の民、オスマン・トルコの興隆のはじまりになる。地中海の女王と呼ばれて繁栄を誇ってきたヴェネツィアにとっては、これまでとは比べようもない、危険な敵の登場を意味した。

一四七〇年、グリッティ十五歳の年、ギリシアの東端にある半島、ネグロポンテがトルコの手に陥《お》ちる。ここは、二百年以上もの間、ヴェネツィアにとっては重要な軍事と通商の基地であったのだ。このときの戦いは、トルコがはじめて、地中海への野心をあらわにした戦争でもあった。九年後に結ばれた講和によって、ヴェネツィア共和国は、交易の自由を得るかわりに、海外植民地を一つ失ったのである。

この講和のすぐ後、アンドレア・グリッティは、トルコの首都コンスタンティノープルにおもむく。二十四歳の年だ。長男を与えた直後に死んだ最初の妻の実家は、ヴエネツィア貴族のヴェンドラミン家だったが、その家の一人を共同経営者にしての、交易稼業《かぎよう》のスタートである。

商才のほうも、神はこの男に並み以上を恵んだらしく、コンスタンティノープルでの事業は大成功だった。トルコ語もたちまちものにしてしまったのは、この時期である。人を魅了する能力は異教徒との間でも発揮され、スルタンのバヤゼットも宰相のアーメッドも、商人グリッティをまるで友だちあつかいにした。魅了の才は異性にもおよび、ギリシア女との間に、三人の男子をもうける。アルヴィーゼは、三男にあたる。

だが、トルコ滞在も二十年目をむかえようとする一四九九年、第二次のヴェネツィア・トルコ戦争がはじまってしまう。今度は、ギリシアのペロポネソス半島の南端にあるヴェネツィア基地に、トルコが食指を動かしたのが戦因だった。

このような場合、敵国に滞在するはめにおちいった民間人の安全の保証はないも同然だが、じっと身をひそめて嵐《あらし》の通りすぎるのを待つ同胞《どうほう》が多い中で、アンドレア・グリッティは行動的だった。コンスタンティノープルにあるトルコ軍の造船所で起った火災を工作したのは、どうやら彼を首領格にした一団らしい。グリッティは捕らわれ、死刑ときまった。

だが、スルタンも宰相も、もともとからして彼に好意を持っている。そのうえ、トルコ宮廷中が、なぜかこの敵国人を好いていた。広範な助命運動が効果を発揮し、死刑をまぬがれたのだ。

それどころか、スルタンは彼を釈放し、早くも打診のはじまっていた講和の交渉のために、グリッティをヴェネツィアへ送り返したのだった。

三年後に調印を終えるヴェネツィア・トルコ間の講和条約は、ヴェネツィアとコンスタンティノープルの間を一人で何度も往復した、彼がまとめあげたようなものである。グリッティ、四十八歳の年だった。

しかし、ヴェネツィア市民にとっては再び平和の地となったコンスタンティノープルに、グリッティは再びもどることはなかった。ヴェネツィア政府が、手放そうとしなかったからである。

ヴェネツィアは、再び平和を回復したものの、海外植民地ならば、失ったのはヴェネツィアのほうである。二世紀もの間、「ヴェネツィアの二つの眼」と呼ばれていたペロポネソス半島南端にある二つの基地を失ったことは、その近海の制海権も失ったということである。地中海で攻勢に出ているのは、いまやトルコ帝国であり、海運立国ヴェネツィアは、守勢に立たざるをえなくなっていた。

アンドレア・グリッティは、自分でまとめあげたこともあって、トルコとの講和の内実を誰よりも理解している。彼は、商業を捨て、国政に専念すると決めた。コンスタンティノープルに確実な地盤を築いた交易業のほうは、成人した長男と次男にまかせればよかった。

だが、気質でも肉体でも父親似のアルヴィーゼだけは、手もとに呼びよせ、ヴェネツィアで教育を受けさせることにしたのである。

ただ、手もとに呼びよせたとはいっても、この父と子がともにすごすことはほとんどなかった。ヴェネツィア政府が、次々とグリッティを要職につかせたからだ。

陸上の戦闘で参謀長をつとめたと思えば、戦い終了後は海に送られ、提督として軍船団を率いる。これを終えたとたんに、海軍全体の司令官の地位に選ばれてしまうという有り様。その合間にも、重要な政府の役職を歴任する。

もうこれ以上なにをさせたらよいかわからないという感じで、元首《ドージェ》に選出されたのは一五二三年、六十八歳の年であった。

このアンドレア・グリッティに、政治信条と呼ばれるものがあるとすれば、それはただ一つ、ヴェネツィア共和国の独立と平和の堅持、であったろう。陽の当たる道ばかり歩んできたこの男は、かえってそれがために、祖国にとって最も重要なことを見通していたのである。領土を広げることで繁栄する型の国家でないヴェネツィアにとっての独立と繁栄の確保は、可能なかぎり他国との間に戦争状態を起こさないことにしかない、と。

元老院議員になったばかりでも、マルコは、この考え方に完全に賛成だった。なぜなら、元首グリッティが進めようとしている不戦路線が、単なる平和主義から生れた考えではないことがわかっていたからである。

ローマからきた女

アルヴィーゼ・グリッティが、再びマルコの前に姿をあらわしたのは、あれから三日がすぎた夕暮れであった。

その日は、「恥じいる乞食《ポーヴエロ・ヴエルゴニヨーソ》」に身をやつしてはいない。平服、と呼んでもよい無造作な装《よそお》いだ。だが、「恥じいる乞食《ポーヴエロ・ヴエルゴニヨーソ》」のときとは同じ黒ずくめでも、その日の黒には華やかさがあった。

夏のこの季節に合わせて、といっても海風の涼しさも考えにいれて、上半身を完全にかくしてしまう上着は、薄く織った上質のサテンづくりだ。ゆったりと仕立てられた上着のえりと袖口《そでぐち》から、繊細な模様の白レースがのぞいている。ここ近年の流行で、白絹のシャツのえりと袖口に、潟《ラグーナ》内の島のブラーノの特産でもある、レースを使うのが流行になっていた。

下半身は、脚に吸いつくようにぴったりと仕あげられた、黒のタイツにおおわれている。上着の腰のところでしめるベルトも、黒のサテンに黒い絹糸で一面に刺繡《ししゅう》がほどこされた品。靴も、なめし革の黒で、下の部分は革一枚で補強されているだけだから、歩いても音もしない。

装飾品は、胸までとどく金の鎖だけしかつけていなかった。鎖の加工の驚くほど緻《ち》密《みつ》なのが、ビザンチン時代の古い工芸品ではないかと思わせる。品が良くて、精巧そのものの品なのだが、それでいて実に華麗で人の眼を引きつけずにはおかない。

この面でも父親の血をひいていると思えば驚きもしないが、アルヴィーゼがなにを身につけても彼独自のスタイルにしてしまうのには、マルコはいつも感心してしまう。

マルコのほうといえば、国政に関与するようになって、一年中黒の長衣ですごせるので気が楽だと思うほど、身なりに気を遣わない性質《たち》だった。出入りの仕立屋が見つくろってつくってくれるのを、深くも考えずに身につける毎日だ。幸いにもこの仕立屋というのが熱心な男で、マルコの身分と年齢と身体《からだ》つきに似合う服を仕立てるのに情熱を燃やしているらしく、マルコも、見ぐるしいかっこうだけはしないですんでいるのである。装飾品となると、家伝来の品々を、やむをえないという想《おも》いで選んでは身につけるだけだった。

いたずらっぽい笑みを浮かべながら姿をあらわしたアルヴィーゼは、部屋に入ってくるなり言った。

「今夜は、外に出よう」

外に出ようといえば、二人の間では説明はいらない。十年昔もそうだったから今も同じだろうと、笑いで応じながらマルコは言った。

「誰のところに」

「きみの女友だちのところさ。それが誰だってことぐらいは、知っている」

夕食は、ここですませてから行くことにした。高級遊女《コルティジャーナ》のところで夕食をとるのは、深い仲になってさえもやらないのが、当時のイタリアでの習慣だった。

その夕食の席で、マルコは、三日の間胸にためていた疑問を、ようやく晴らすことができたのである。

アルヴィーゼ・グリッティがヴェネツィアに到着したのは、七月半ば、父親に招《よ》ばれてきたのだという。しばらくすると元首《ドージェ》の孫娘の結婚式があるので、それに出席するためだということだった。

元首《ドージェ》グリッティの嫡出《ちゃくしゅつ》の一人息子は、二十一年前に死んでいる。その人の遺《のこ》した娘が、ヴェネツィアの名門貴族コンタリーニ家の長男と結婚することになっていた。

この説明は、老いた父親が久しぶりに息子と会う良い機会と、わざわざ息子を呼びよせたというわけだから、疑いの余地もない。だが、マルコには、細い線のようでもいちまつの疑問は、捨てきれなかったのだ。なぜ、アルヴィーゼ一人が招《よ》ばれたのだろう。なぜ、彼の兄たちは招ばれなかったのだろう。

しかし、マルコは、そこまでは友に問いただささなかった。兄たち二人は地味な性質で、コンスタンティノープルで堅実に商いをするだけで満足しており、そういう兄二人のことを、アルヴィーゼは親身に話したことはなかったからである。アルヴィーゼには昔から、マルコと同じとでもいうように、一人息子であるかのように振る舞うことが多かった。

「恥じいる乞食《ポーヴェロ・ヴェルゴニョーソ》」に身をやつしていたのはなぜかというマルコの問いにも、友は苦もなく答えた。

「あれは気まぐれさ。でも、あのかっこうは、観察にはもってこいだね。近づいていくと人は眼をそむけるんだが、こちらからは、いくらでも観察できる。それに、どこに入っていっても怪しまれない。話しかけられる怖《おそ》れもないし、こちらが誰であるかは、絶対に悟られないですむ」

マルコは、苦笑するしかなかった。あの身なりをするには政府の委員会の許可が必要なはずだと思ったが、それは口にしなかった。アルヴィーゼのことだから、なにかの方法で調達したのだろう。そして、観察を愉《たの》しんでいたにちがいない、と思ったからである。扮装《ふんそう》好きは、大学時代からアルヴィーゼの好んだいたずらでもあった。

夕食を終えていざ出かけるというときになって、友は、マルコが着ていく服を自分が選ぶと言いだした。これも、大学時代にもどったようだった。アルヴィーゼはよく、怠惰なマルコを追い立てるようにして、彼が選んだ服を身にまとわせたものだ。だが、マルコのほうも、そういう友の心遣いを、甘美な心地で受けていたところもあった。

その夜、アルヴィーゼが衣装棚から選びだした服を見たとき、さすがのマルコも絶望的な声をあげてしまった。一度も袖を通したことのない、一着だったからだ。あざやかではあっても単純な色合いではない緑色の地には、一面に繊細な金糸の刺繡がほどこされ、タイツは、それより濃くても同色の緑。仕立屋は、断然似合います、と太鼓判をおしたのだが、派手すぎて身にまとう気になれなかったのである。

しかし、十年ぶりに再会した友は、十年昔と同じに強引だった。

「きみの髪の色に、実に合う」

と言っただけで、結局マルコは、これに袖を通すはめになったのだ。大鏡に映《うつ》しだされた姿は、見ればそれほど悪くはなかった。


オリンピア、という名の女の姓のほうは、誰も知らない。だが、その名だけで、誰もがわかってしまう女だった。

一年前にローマから移ってきた女だが、その移ってきようが、人の噂《うわさ》にならずにはすまないものだった。

ヴェネツィアにきたばかりの旅館住まいの時期に、彼女がまずやったことは、画家のティツィアーノに肖像画を描いてもらうことだったのである。

この画家の名声は、まだ若いのに、ヴェネツィアを越えて他国にまでおよび始めている。それに、ティツィアーノは、白い寝衣からこぼれおちそうな豊満な裸身という、花の女神フローラを思わせるポーズで描いたから、出来の見事さもあって、完成当時から大変な評判になった。

こうしておいて、オリンピアは、客筋をしぼったのである。上であることはいうまでもない。それでもなぜか、彼女の客にはとうていなれない庶民の間でも人気が高く、彼女が、自家用のゴンドラを美々しく着飾らせた黒人に漕《こ》がせて大運河《カナル・グランデ》にくり出そうものなら、リアルト橋の上には黒山の人だかりができてしまうのだった。

このオリンピアとマルコの仲のはじまりは、彼女の借りた屋敷が、マルコの所有のものだったからである。オリンピアは、その仕事の性質上、ヴェネツィアでは経済の中心とされているリアルト橋近くに住みたかったし、マルコは、そのあたりにちょうど手頃な家をもっていた。

ちなみに、ヴェネツィア共和国の国政担当者が無給で働くのは、建国以来の伝統になっている。体面維持やその他の経費を無視できない元首や各国駐在の大使たちには、経費という感じの報酬が支払われるが、他はすべて、国内にいるかぎり無給なのである。

国政を担当する権利をもつのが、「貴族《ノーヴィレ》」と呼ばれる人々だが、彼らに課された義務は、無給で政事や軍事にたずさわることであった。

この権利と義務をとどこおりなく果たすには、当然のことながら、ある程度以上の経済的基盤が必要になってくる。マルコの場合は、自分の住む屋敷の他に二つ家作をもち、その一つは旅館として貸し、もう一つは貸住居だったが、その二つともがヴェネツィアでは最も家賃の高いリアルト橋かいわいにあるため、数では少なくても家賃収入ではかなりの額になるのだった。この他に、伯父が受けもっている交易事業への、投資からあがる利潤がある。

ヴェネツィア貴族としては、これはごく普通の生き方だった。

共和国国会には、嫡出の男子ならば全員が議席をもてるが、元老院は一家に一人ときまっている。一家系に権力が集中するのを防ぐ目的もあったが、それだけではない。政治をするに最も適した一人だけが国政に専念し、他の者は経済活動に力をふるってもらうという、ある意味では大変に合理的な配慮から生まれた分業制度であった。

マルコは、だから、ダンドロ家の代表なのである。一一九二年に元首《ドージェ》を出して以来、この三百年に四人もの元首を出した名門ダンドロ家のヴェネツィア共和国への貢献の度合いは、今では若いマルコの双肩にかかっているのだった。分業制度なのだから、分業の一つを受けもった者の責任でもある。

借家人オリンピアと家主マルコの間は、しばらくするともっと近い関係になった。

マルコ・ダンドロが、上の客筋に属したからというだけではない。二人は、なんということもなくフィーリングが合ったのだ。年の頃も、似たようなものだった。それでも、これが二人の性格でもあったのだが、借家人はきちんと家賃を払いつづけ、家主のほうも、客として訪れるときは、その義務をおろそかにしなかった。今夜も、行くときまった段階で老僕を走らせ、来訪を告げさせてある。

二人が通されたのは、広すぎも狭すぎもしない、運河に面した二階の一室だった。燭台《しよくだい》を埋めた小さなろうそくすべてに火がともされていて、壁布の柄模様まではっきりたどれるくらいに明るい。

運河に向かって開いた二つの窓の間の壁面には、金色に塗られた唐草模様の額ぶちに囲まれた、ティツィアーノ描く女主人の肖像画が飾ってある。裸体と言ってもよいくらいの、等身大の上半身を描いたものだ。

そのちょうど反対側の壁には、同じ色で同じ大きさの額ぶちに囲まれた鏡が飾ってある。もう二つの壁面も同じ形の鏡で占められているので、この部屋に入ると、どこにいても、いやでも眼の中に絵がとびこんでくる感じになった。

しばらく待たされた後、ようやく女主人が姿をあらわした。

他の遊女ならば、乳首まで露《あら》わにした衣装をつけてくるところだが、オリンピアはちがう。胸もとまでぴっちりとつめた、貞淑な貴婦人でもあるかのような、男の露骨な視線を拒否するかのような服をまとっての登場だ。

このオリンピアを眼にするたびに、マルコは笑いを押さえきれないのだった。なにもかもたっぷりという感じの裸身を、絵とはいってもさんざん見せつけておいて、その後で当人は肌もうかがわせない服をつけてあらわれるのだから、と、心の中では笑ってしまうのである。

これがオリンピアの利口なところだとわかっているのだが、慣れているマルコさえまんまと引っかかってしまうのだから、フランスやドイツからきた社会的地位も高く経済力もある男たちが、たちまち足しげく通うようになるのも当り前だった。

部屋に入ってきたオリンピアは、マルコには軽く会釈《えしやく》しただけで、かたわらに立つアルヴィーゼのほうに、こぼれんばかりの笑みをたたえて近づいていった。アルヴィーゼも、負けず劣らずの優雅さで、挨拶のためにひざを折る。こういうとき、視線だけは相手から離さないアルヴィーゼの眼の色は、いかにも愉しそうなアクアマリンの色に輝くのだ。

そのアルヴィーゼに、接吻《せっぷん》のための手を与えながら、オリンピアは、少しばかりローマなまりの漂う口調で、マルコを振り向きながら言った。

「お友だちね。すぐわかったわ。それも、とってもお親しい仲でしょう」

マルコは、幼なじみであることと、友の名を告げた。オリンピアは、ほんの一瞬アルヴィーゼを見つめたが、すぐに華やかな声が二人をつつんだ。

「あちらの部屋へ行きましょう。ここでは、おおぎょうすぎますわ」

なに、誰にでもこうなのだ。ティツィアーノ描く絵から離すのが、オリンピアの、客に対する第二の戦術なのだ。別室に通されたとはいえ、男たちの眼の底には、あの見事な裸身がこびりついて離れないのを、充分に承知しての戦術なのである。

眼の底には豊潤な裸身がこびりついているのに、眼の前の当人ときたら、そのようなことは考えてはならないとでもいうかのような服に身をかためている。男ならば、誰でも、眼の底の像と眼の前の当人とを、同じにしてみたいと思うのは当然だろう。

二人が通されたのは、この家の女主人がたわむれに、音楽室と呼んでいる一室だった。クラヴィチェンバロがあり、リュートが立てかけてあり、マンドリンもおかれている。オリンピアは、楽器を奏《かな》でるのが得意なのだ。歌も巧みだった。

その夜は、三人だけの音楽会が催された。マルコは、クラヴィチェンバロを受けもつ。リュートをつま弾くのは、アルヴィーゼの役目だ。オリンピアは、マンドリンをかかえたり、歌ったり、リュートの独奏をしたり、クラヴィチェンバロに向かったりで、なんでもできるだけに忙しい。涼しい海からの風が、芳醇《ほうじゅん》な葡萄酒でほてった頬を心地よく冷やしてくれる。人の世の愉楽だけを味わっていればよい、ヴェネツィアの夜が更《ふ》けていった。

音楽の合間に交わされる話は、オリンピアがついこの間まで住んでいた、ローマの話題が中心になった。

マルコもアルヴィーゼも、あれほど外国を知っていながら、ローマにはまだ行ったことがない。それでも、オリンピアの話しぶりがとても生き生きとしているので、彼ら二人が学び聴き知っている永遠の都が、眼の前に浮かびあがってくるようだった。

それでもやはり、三人の話は、つい三カ月前に起こった「ローマの掠奪《りゃくだつ》」に行きついてしまう。スペイン王カルロスの軍勢によって、一五二七年五月、ローマは攻撃され破壊され、掠奪されたあげくに住民の多くを殺されたのだった。

この知らせが共和国国会で告げられたときの、二千人もの議員の全員が受けた衝撃の深さを、マルコは昨日の出来事のように思い出していた。これによって、スペインは、ますますイタリアへの攻勢を強めてくるだろう。イタリア半島内でこのスペインに対抗できる国は、ヴェネツィア一国になってしまった。

だが、「ローマの掠奪」は、起こるべくして起こったと言ってもよい不幸なのだ。法王庁は、対策を立てるのを怠った。そうなりそうなことを事前に察知し、沈没しようとする船から逃れたネズミも少なくない。噂では、オリンピアもその一人ということだった。

愉しく陽気であった夜の音楽の集いも、沈んだ雰囲気のうちに終わりそうになったが、それを救ったのもオリンピアだ。人の気分を引き立てるのが仕事といっても、彼女のそれは超一級だった。

ローマにいる偉《えら》ぶった高位聖職者のまねをするオリンピアに、二人は思わず笑い声をたててしまう。マルコは、その夜、友の眼の光から暗いものがまったく消えているのに驚いていた。

舞踏会

翌日は、日曜にあたっていた。共和国国会は、毎週日曜の午前中に開かれるときまっている。それに出席して帰宅したマルコを、思いもかけない客が待っていた。

オリンピアは、教会からの帰りに寄ったという。それらしい地味な身なりをしていた。一見しただけでは、ヴェネツィアでは中流階級にあたる、造船所の技師かガラス工場の親方の女房といわれたって、不思議ではないかっこうだ。だが、どんな身なりをしていようと、マルコにとってのオリンピアは、オリンピアでしかなかった。

その日は、誰に気がねすることもなく、二人は抱きあった。そして、召使の老夫婦が眉《まゆ》をしかめるのもかまわず、マルコは女を、自分の寝室に、引きずるように連れていった。

小さなボタンで一列に閉じられた胸もとを、あけていくのさえもどかしかった。元老院議員の黒の長衣が、荒々しく脱がれ、床に放り出される。

首すじのところでまとめていた金髪の留め金を、はずしたのは女のほう。豊かな髪が、金糸をまき散らしたかのように流れおちる。この女は、まったく、なにもかもがたっぷりなのだ。大きく張りきった乳房は、男の手を待ってふるえおののき、バラ色の乳首は、もうすでに固く突きだしていた。

オリンピアの豊潤な、しかしこれ以上豊潤になったら崩れてしまう限度ぎりぎりで豊潤な、真紅の血を内に感じさせる白い裸体が眼の前にあった。

女のからだは、波うっていた。三十歳の男の健康な肉体が、存分に謳歌《おうか》されるのだけを待つように。

マルコがオリンピアを好むのは、互いに欲するものを存分に味わいつくしたすぐ後でも、ごく自然に会話に入っていけるところにある。無防備で安らぎをたたえた表情のまま、女は言った。

「昨夜のあなたのお友だちは、ほんとうに素敵な方ね」

マルコは、ほんの少しだが不機嫌になって、そう、と答えただけだった。そんな男を、笑いをふくんだ眼で見やりながら、女はなおも言う。

「でも、心配はいらないことよ。あの方には、秘めた愛《いと》しい女《ひと》がいらっしゃるの」

「誰だい、それは」

マルコには、これは意外だった。女がいないアルヴィーゼではないとは思っていたが、秘めた愛人となれば話は別だ。だが、オリンピアは、愉《たの》しそうな笑い声をたてながらも、こう答えただけだった。

「わたしの棲《す》む世界では、なにもかも知っていながら、なにひとつ知らないふりをするのが、生きのびていく道なのよ。それを守らないと、聖《サン》マルコの鐘楼からとび降りるなんてことになりかねませんからね」

マルコは、それこそ眼を球のようにして、愛人を見つめるのだった。

話題を変えようとしたのか、オリンピアは、今夜催される舞踏会のことを話しはじめた。

元首《ドージェ》の孫娘の結婚を祝って、元首官邸《パラッツオ・ドウカーレ》で催される舞踏会のことだ。彼女の話しぶりには、さすがに少しばかり、うらやましそうなひびきが漂う。いかに有名な女でも「コルティジャーナ」では、このような夜会に招《よ》ばれることはないのである。外国からの賓客《ひんきやく》が訪問先に必ず加えるほどの高級遊女オリンピアでも、この種の宴会には席はなかった。

もちろん、マルコは招待をうけている。だが、同行などは、考えもできないことなのだ。話題を変えたのは、今度はマルコのほうだった。

「アルヴィーゼには、会えるだろう」

「あの方は当然、出席なさいますよ。元首《ドージェ》の息子でいらっしゃるのだから。でもあの方も、どんなお気持ちで行かれるのやら」

話題の変え方が充分でなかったと、優しい気質のマルコは反省する。それと同時に、昨夜もオリンピアの家を出て別れるとき、友は父親の住む元首官邸《パラッツォ・ドウカーレ》に帰るかと思ったのに、それとはちがう方角に去るアルヴィーゼに、なにも言えなかったことを思い出していた。

アルヴィーゼは、元首官邸《パラッツォ・ドウカーレ》内の元首用のアパルトマンには住んでいないのだ。元首《ドージェ》の孫娘はともに住み、そこから嫁入るというのに、息子の彼は、そこからは相当に北に離れたところにある、元首《ドージェ》の私邸に一人で住んでいるのだった。

現職の元首《ドージェ》の孫娘の結婚式ともなれば、そうそう始終起こることではない。それに、花婿《はなむこ》は、十字軍のはじまる十一世紀にすでに最初の元首《ドージェ》を出したという、ヴェネツィア名門中の名門の御曹子だ。市民たちの間でも噂《うわさ》でもちきりだったが、年代記作者のサヌードも、『日誌《ディアーリ》』の中でこう書いている。

——二十五日の朝、元首《ドージェ》の孫娘の結婚式が挙行された。両家の親族をはじめとして、招待された婦人方だけでも百人を超えた。

花嫁は、慣習に従ってとき流した髪に白絹の衣装のすそを長く引き、行列は、元首《ドージェ》専用の楽隊が先導する。

花嫁に従う婦人たちの衣装は、いずれも豪華で美しく、重い金の鎖や数々の色とりどりの宝石で飾られていた。とくに、見事な珠《たま》の連なる真珠の首飾りをつけている婦人が多い。

男性側も、華麗さでは少しも見劣りせず、とくに、多くの宝石がちりばめられた、コルネール殿の胸飾りはすばらしいものであった。キプロス王の持ち物であった品という。

出席者は、元首《ドージェ》はもちろんのことながら、元首補佐官から政府の高官たちまで全員が顔をそろえ、この人々はみな、聖《サン》マルコ大聖堂での結婚式に列席した。

ただ、花婿のつきそいをつとめたコンタリーニ家の男たちが、花婿ともども黒地のビロードの衣装であったのは、わたしの思うには適当でなかったと思う。このような祝事の席では、せめて色模様もあざやかな絹服をまとうべきではなかったか――。

マルコは、元老院議員として招ばれたのではなく、コンタリーニ家と匹敵する名門ダンドロ家の代表として招待されていたから、聖《サン》マルコ大聖堂での式の後に元首官邸《パラッツォ・ドゥカーレ》に場所を移して開かれた、祝宴にもつらなっていた。

その夜のマルコは、空色の絹の服をつけていた。ところどころに銀糸のふちどりのある華やかなものだが、黒い髪と調和して若々しい。

夜会の会場には「投票の場《サラ・デイ・スクルティーノ》」と呼ばれている広間があてられていた。外国からの賓客をむかえての祝宴にも、よく使われる広間だ。広くても、楽隊を入れ食卓を並べると、三百人を数える招待客を収容するのがやっとだった。

夕食中のマルコとアルヴィーゼの席は、だいぶ離れていた。アルヴィーゼが、親族のかたまったテーブルにいたからだ。

今夜のアルヴィーゼは、晴れた夜空を思わせる冴《さ》えた濃紺の絹の服をつけ、薄いグレーのリボンが、袖《そで》のいくつかの割れ目をつまむように飾り、その間から白絹のシャツがのぞくという、流行の最先端をいく服装をしていた。二十代の若者でもあるかのような派手な服なのだが、容姿の典雅な彼を実によく引き立てている。

袖のいくつかの箇所を割り、そこから下の白シャツをのぞかせるというのは、もともとが女の服の流行なのだ。それを男物に応用しだしたのは、ヴェネツィアでは若い貴族たちだったが、たちまち大流行になり、他国でもまねするようになっていた。女たちだって、よいと思えば、誰からでもまねしたのである。その夜出席していた婦人たちは、未婚の娘は公式の場に出られないためにみな既婚の婦人ばかりだったが、いずれも色とりどりの豪華な衣装に身をつつんでいても、胸もとだけは深く開けている。

これは、ヴェネツィアでは娼婦《しょうふ》の身なりなのだ。男たちの間に同性愛が広まるのを心配した政府が、ただ単に「プッターナ」と呼ばれる中から下の娼婦には、乳房をあらわにすることを奨励《しょうれい》していたからである。

もちろん男の気をひくためだが、男の気をひく効用に眼をつけたのが、貴族の既婚婦人たちだった。どんなに政府が非難通告を発しても、この流行はすたれそうにはなかった。

食事が終わると、手ぎわよく食卓がとりのぞかれ、広間は舞踏の場に一変した。金襴《きんらん》のどんすのマントを丈長くまとった元首《ドージェ》グリッティが、その長身でおおうように、小柄な花嫁をつれて、人々に挨拶《あいさつ》にまわっている。緊張と興奮で紅潮した面持ちの、花婿も一緒だ。それが一段落するのを待っていたかのように、奏楽がはじまる。

まず花婿と花嫁が、次いでコンタリーニ家の男はグリッティ一族の婦人たちと、グリッティ家の男たちはコンタリーニ家の婦人方というふうに、舞踏のカップルがあちこちでできていた。

ゆるやかなバラードが、広間を満たしていく。男と女に分かれた列が、楽の音につれて、近づいたり離れたり、あるときは手をとってまわったりするたびに、舞踏の列に加わっていない人の胸までがときめいてくるのが、舞踏会というものの抗しきれない魅力なのだ。列は、いつのまにか三つに増えていた。一曲終わるたびに、列に加わる顔ぶれも変わる。それを抜け出たらしいアルヴィーゼが、いつのまにか背後に立っているのに、マルコは突然気がついた。

振りかえったマルコに、友は、軽く背をつついただけでなにも言わなかった。

ただ、マルコは、友の眼が、この場にそぐわない憂愁をおびているのに驚いた。そして、思わず追ったその視線の向こうに、一人の婦人の姿があった。

プリウリの奥方だった。夫は、グリッティが元首《ドージェ》に選ばれたときに、最後まで票を争った大物である。だが、押し出しからなにから他を抜きんでていることがあまりにもはっきりしているグリッティに比べて、肉体的にも月並なプリウリは腰が低く人当たりもやわらかなので、一般的には人気の高い男だった。年齢も、グリッティよりは若いが、六十歳は超えている。

年の開いた夫婦は珍しくないヴェネツィア貴族でも、この夫婦の年齢の差は、結婚した当初から評判だった。夫人はヴェネツィアの貴族コルネール家の出身だが、夫よりは三十は若い。だが、ヴェネツィアの上流階級では、結婚は、家と家の間で成されるのが常識だった。

プリウリの奥方といえば、誰でもまず「美しい人」という言葉が頭に浮かぶほど、彼女は美しかった。だが、他の婦人方とはちがった。

必死になって髪を陽にさらしてまで金髪に似せようとする女が多いヴェネツィアでは珍しく、彼女の髪は深い黒のままだ。それに、化粧をしていないのかと思うほどの薄化粧。胸もとも、他の婦人方とはちがって深くは開けてはいない。黒い豊かな髪は、それでも流行をとり入れ、耳もとでゆるく三つあみにしたのを、優雅に結いあげている。

身体《からだ》つきも、肥えていると言ったほうが適当なほど豊満な他の婦人たちに囲まれていると、折れでもしそうにすらりとのびている。ただ、この時代のヴェネツィアが豊満な肉体を好んだだけで、フィレンツェやミラノへ行けば、すらりとした女のほうに人気があった。

その夜、プリウリの奥方がまとっていたのは、深い色合いの緑のあや織りの衣装。両側から結いあげた三つあみの束が出合うひたいには、しずくの形をした大粒の真珠がゆれている。首飾りも、見事なほど大きな粒のそろった真珠の一連を、首から胸にかけてゆるやかにまわして、中央部をブローチでとめてある。

そのブローチの出来がまたすばらしく、エメラルドとルビーをはめこんだ繊細な金細工は五センチ四方もあり、その下には、ひたいにかかっているのと同じ形の、大粒の真珠のしずくがゆれるというつくりだ。

黒と緑に真珠色だけのプリウリの奥方は、美しいことは美しかったが、近づきがたい美しさだった。子供はいないが、貞淑なことでも評判の婦人《ひと》だ。女に不足するわけでもないのに、なにもあのようなむずかしい女を、というのが、マルコの感じた想《おも》いだった。

召使たちが、銀盆にのった鈴をくばりはじめていた。金の鈴は、二つずつ、赤いリボンで結わえてある。いつのまにかそばにきていた元首《ドージェ》グリッティが、息子にささやいている言葉が、そばにいるマルコにも聴こえた。

「アルヴィーゼ、モレッカはおまえのものだ」

父親に微笑《ほほえ》みかえしたアルヴィーゼは、銀盆の上から四対《つい》の鈴をとりあげていた。彼の足は、まっすぐにプリウリの奥方に向かう。

モレッカとは、アラブ風のリズムをとりいれた、もともとは戦闘の踊りなのである。二人一組になった踊り手は、互いに両手に鈴の束をもち、足ぶみも強く激しい踊りをくり広げる。モレッカ、というかけ声がかかると、舞踏会では若い男女の目の色が変わるといわれたほど、イタリアでは好まれた踊りであった。

マルコが眼を丸くしたのは、アルヴィーゼの踊りの巧みさではない。この旧友がモレッカの名手であることは、大学時代にさんざん眼にしていた。驚いたのは、プリウリの奥方の変容であったのだ。

冷たい美貌《びぼう》の底から、炎が燃えあがるようだった。黒い眼はきらきらと輝き、鈴をもつ手が、生きもののように交叉する。深い緑色の衣装全体が、広間中の灯《あか》りを一身に浴びたように、舞いの動きにつれて色を変えた。

マルコは、これまでにもこの婦人の踊るのを見たが、今夜のように激しく燃える舞い方を眼にするのははじめてだった。互いに見つめ合いながら踊る二人の眼は、解けそうもないほどにかたく結ばれ、この二人の他には、誰も存在しないかのようであった。

モレッカの後は、燭台《しょくだい》の踊りと名づけられた踊りで終わるのが、舞踏会の習いになっている。火のついた蠟燭《ろうそく》が一本立つ燭台を手にして踊る優雅なものだが、これだけは、女が踊りの相手を選べることになっていた。

召使から手渡された燭台を手にした女は、これと思った男に近づく。そして、女が差し出す燭台を受けとった男と連れだって、広間の中央に舞い出ていくという踊りだ。舞踏会では、モレッカとともに、人びとがなによりも待ちのぞむ踊りだった。

広間中の灯りは消された。女たちのもつ燭台の光だけが、あちこちできらめく。モレッカを踊ってもどってきたアルヴィーゼのそばには、何本もの燭台が近づいてきていた。

それにはすぐに応じず、アルヴィーゼは、かたわらのマルコにささやいた。

「眼かくしをしてくれ」

マルコは、袖口にさしこんであった空色の絹のハンカチを抜きとり、それで友の眼をかくす。

アルヴィーゼは、眼かくしされたままで手さぐりし、それにふれた燭台のところで手をとめた。けたたましい喜びの声をあげたのは、フォスカリの奥方だ。このときはじめて眼かくしをはずしたアルヴィーゼは、左手で奥方の丸々と肥えた腕をとり、右手で燭台をかかげながら、広間の中央に出ていった。

何十組にもなる踊りの輪が、蠟燭の光をきらめかせながら、ゆるやかなバラードの曲にのって舞いはじめる。いつものことながら、色とりどりのリボンを混ぜて投げだしたような色彩の洪水に、蠟燭ならではのやわらかい光が映《は》えるのは美しかった。自分も、誰かを気にしない相手と踊りに加わっていたマルコは、そのときになって、燭台を手にアルヴィーゼに近づいてきた婦人たちの中に、プリウリの奥方の姿がなかったことを思い出していた。

船出

ヴェネツィアでは、秋のはじまりは、ふりそそぐ陽光の優しさが増したことで知る。運河の水の色も、水面からそのままつながっているかのように立つ建物の壁の色も、しっとりと深みをおびてくるのはこの季節だ。

街中は反対に、活気に満ちてくる。船の往来が一段とはげしくなって、船着き場の顔ぶれが毎日のように変わるのも秋だった。

羅針盤をはじめとする航海技術の発達で、冬期の遠洋航海もできる時代になっていたが、地中海の冬は、ときには、おだやかで快適な夏の地中海が嘘《うそ》かと思うほどにきびしい。

ヴェネツィアの船乗りたちは、荒れ狂う冬の海を、人魚たちが海の底の洞穴にこもってしまって遊びに訪れないので、海神ポセイドンの気が荒れているからだ、と信じて疑わなかった。できるならば誰でも、冬の航海を避けるのに異存はなかったのだ。春から秋にかけてが航海に適した季節であるのは、技術の進歩で一変するというものでもなかったのである。

アルヴィーゼ・グリッティにも、出港の日はせまっていた。

彼が選んだのは、生鮮食糧品や情報を得るための必要不可欠な寄港以外は、コンスタンティノープルに直行するという船団だった。三本マストの大型ガレー商船五隻《せき》からなっている。そのうちの二隻までが、アルヴィーゼがヴェネツィアで買い求めた商品を満載していた。

ヴェネツィアやフィレンツェで織られる、高級絹織物。フランドル産の毛織物。ドイツでつくられる、鋼鉄製の武具や鉄砲。ヴェネツィア特産のガラス工芸品。ファエンツァの陶器。北イタリアに生産が集中している、紙。それに、ヴェネツィア産の多量の石けん。

これらの品を、一カ月もの船旅に耐えるよう荷造りするだけでも大変だが、ヴェネツィアの港湾人夫は慣れている。手ぎわよく積みこまれる荷で船倉がいっぱいになるのに、十日と要しなかった。

アルヴィーゼも、荷主である以上、ときには作業の進行状態を見に船着き場まで出向く。一度、マルコも同行したことがあった。

「ずいぶんと買いこんだね」

「ヴェネツィアにきたときも、これと同じくらいもってきたよ」

アルヴィーゼをコンスタンティノープルから乗せてきた船も、船倉をいっぱいにしてヴェネツィアに着いたのだ。ただ、荷の内容は完全にちがった。

黒海沿岸からの小麦。同じく黒海地方で多く産する毛皮や皮革。だが、なめしの技術はイタリアのほうが進んでいるから、輸入されるのはそれ以前の状態のものになる。他に、ギリシア産の蜂蜜《はちみつ》に蠟《ろう》。蠟は、織物の色染めに絶対に必要で、染料も、オリエントからの輸入品の中では重要な品目になっている。

そして、量に対する利潤の比率となれば、高級な絹織物以上になる、胡椒《こしょう》をはじめとする香味料の数々。トルコの首都コンスタンティノープルは、エジプトのアレクサンドリアと並んで、東洋から運ばれてくるこれら香味料の一大集結地であったのだ。

アルヴィーゼが、トルコの首都で手広く商いをしているというのは、この旧友と会わないでいた十年の間でも、マルコの耳にも伝わっていた。石弓兵時代の友の商才を思えば、驚くことでもない。それに、コンスタンティノープルには、父親がトルコ滞在中に築きあげた実績がある。アルヴィーゼならば、それを基盤にしてさらに広げることも充分に可能だと、マルコは思っていた。

「兄上二人とは、共同でやっているのかい」

「いや。十年前にトルコにもどるときめたとき、商売も一人でやるときめた。自分一人ならば、うまく行こうが失敗しようが自由だからね」

いかにもアルヴィーゼらしい、とマルコは思う。ダンドロ一族の旗手のように思われ、一族の他の男たちによって擁立《ようりつ》されている感じの自分とは、ちがう立場に友はいた。

マルコも、アルヴィーゼも、名を耳にしただけでヴェネツィア人とわかるほどの、実にヴェネツィア的な名であった。ということは、ヴェネツィア男の中では一、二をあらそうほどに、ポピュラーな名ということになる。

マルコの名のほうは、ヴェネツィアの守護聖人の聖《サン》マルコに由来しているのだから、ヴェネツィアに多いのは当然だ。

そのヴェネツィアで最も重要な教会は、聖マルコ大聖堂《キエーザ・デイ・サン・マルコ》。その前に広がる広場も、聖マルコ広場《ピアッツァ・サン・マルコ》。その広場の一画に立つ鐘楼も、聖マルコの鐘楼《カンパニーレ・ディ・サン・マルコ》と呼ばれる。また、ヴェネツィア共和国の正面玄関といってもよい、外国の王侯が到着し、自国の海軍提督が出陣していく船着き場も、「聖マルコの船着き場《パチーノ・ディ・サン・マルコ》」と呼ばれていた。

それどころか、ヴェネツィアでは、海軍でも陸軍でも、戦場での雄叫《おたけ》びは「マルコ！　マルコ！」なのだ。他国の人にとっても、聖《サン》マルコはイコール、ヴェネツィア共和国であったのだった。

一方、アルヴィーゼという名のほうは、守護聖人とは関係ない。アルヴィーゼと名づけられた、教会も広場も船着き場もない。だが、これでも他国人は、アルヴィーゼという名を聴けば、ただちにヴェネツィアとつなげた。

それは、アルヴィーゼという名が、ヴェネツィア人にしかない名であったからだ。発音のちがいにすぎないのだが、同じ名がイタリアの他の地方だと、ルイジとなり、少しあらたまるとルドヴィーコと呼ばれたりする。ただ、ルイジやルドヴィーコは、フランス人が呼ぶとルイになってしまうが、アルヴィーゼだけはマルコと同じく、どこへ行こうとこの呼び名で変わらなかった。変えようもなかったからだろう。

マルコが、祖国ヴェネツィアへの帰属の想いを強くもつのは、名がマルコであったからではない。ダンドロという姓をもつ身でもあったからである。

ダンドロ家初代の元首《ドージェ》は、エンリコ・ダンドロといった。一二〇四年、この男がひきいた第四次十字軍によって、ヴェネツィアは、東地中海域に数多くの拠点を築くことができたのだ。オリエントとの交易を国家繁栄の支柱とするこのヴェネツィア共和国にとっての高度成長期は、このエンリコ・ダンドロによって始まったようなものである。その後もダンドロ家は、四人の元首をはじめに数多くの高官を出してきた。マルコ・ダンドロが、一族の代表格として国政にたずさわるときまったときも、マルコ自身にはまったく違和感がなかった。彼にとっては、ヴェネツィアの国益を考えそのために働くことは、体内を流れる血と同じように自然なものであったのだ。

だが、アルヴィーゼはどう考えているのか。

アルヴィーゼという、ヴェネツィア人しかもたない名を与えられた彼は、父の国ヴェネツィアに、帰属意識をもっているのであろうか。それとも、母の国であるトルコ帝国のほうに帰属しているという想《おも》いのほうが、強いのであろうか。

このようなことは、以前のマルコは思ったこともないことであった。それが、十年ぶりに友と会ったのを機に、この疑問が頭をもたげてきたのだ。一度、胸を開いて話してみようか、とマルコは思った。

しかし、自分が生まれ育った国に帰属している想いをごく自然にもてるマルコは、それが友にとってはどれほど残酷な問いであるかまでは気づいていなかったが、問いただすのは、なんとなくためらわれた。会って話していても、このことだけは言いだしかねていた。だが、それは、友のほうから答えてくることになる。

その日は、マルコのほうが、アルヴィーゼの家を訪れることになっていた。約束の時刻には早かったが、会議が早くすんだので、グリッティの私邸に直行することにしたのだ。

「帰宅していなければ、待てばよい」

と、マルコは軽い気持ちで足の向きをきめた。

アルヴィーゼが、トルコから連れてきた従僕だけとの一人住まいであることは知っていた。父親は、元首《ドージェ》就任以来官邸のほうに住まいを移しているので、召使たちも、老僕一人を残して官邸住まいだったのだ。

門を開けた老僕は少し驚いた顔をしたが、しばらくお待ちを、とだけ言って、マルコをすぐそばの小部屋に通した。すぐにも二階に通されなかったのは先客がいるのだろう、とマルコは思った。待つつもりだったから、深くも考えなかった。

グリッティの屋敷も、門を入るとすぐに内庭に出る。その一画から登る石の階段で、二階からはじまる住居に通じていた。一階にある門のわきの小部屋からは、石づくりの階段が一望できる。階段の手すりを一面におおっているつたの葉が、秋をむかえて色を変え、そのうちの幾枚かがはらりと落ちるのを、眺めるでもなく眺めていたマルコの視界に、男と女がとびこんできた。

二人は、階段の上で、かたく抱きあっている。男は、白絹のゆったりしたシャツと灰色のタイツ姿だが、女は、地味な葡萄色《ぶどういろ》の服に、黒いレースのショールを頭からはおっていた。女の顔は、接吻《せっぷん》する男にかくれて見えない。

マルコは、先客は女だったのか、と思っただけだった。

女は、音もさせずに階段を降りてきた。だが、門の前まできたとき、振りかえって階段の上を見あげた。それで、頭からかぶっていたレースのショールがずり落ちたのだ。はじめて女が誰かを知ったマルコはびっくりした。

視線をそらせられないでいるマルコに気がつかないのは、女だけではなかった。階段を走り降りてきたアルヴィーゼは、立ち去りかねているプリウリの奥方を、再び両腕の中に抱きしめていた。無言の抱擁がしばらくつづいた。

それでも、扉はいずれは開かれねばならない。愛する人が去って行った後の鉄の扉にもたれたまま、放心したように立ちつくす友の姿に、マルコは胸が痛むのを感じた。

遠慮気に近づいた老僕に告げられて、マルコが来ていることをはじめて知ったアルヴィーゼは、友がすべてを見たことも悟ったようだった。

階上にあがった二人は、いつもの客間で向かいあった。そして、アルヴィーゼは、深い緑色に沈む眼をまっすぐにマルコに向けたまま、話しはじめた。

「あの女《ひと》の名誉のために、きみにだけはやはり話そう」

マルコは、無言でうなずいた。

「あの女《ひと》を知ったのは、この間の舞踏会が最初ではない。はじめて出会ったのは、ぼくがまだ、パドヴァの大学に通《かよ》っていた頃だった」

これにはマルコは、心底眼を丸くした。同じ家に住んだりして一緒に行動することの多かった二人なのに、そのようなことがあったとは、まったく気づかなかったからである。

「あの女《ひと》は、まだ結婚前の身だった。大学を終えればトルコにもどるというぼくに、トルコであろうとどこであろうと、従《つ》いていくと言ってくれた。

ヴェネツィアの貴族の娘でも、トルコに行けないことはない。だがそれは、ヴェネツィアの貴族と結婚した身になってからだ。

それに、このヴェネツィアでは、貴族に生まれた男は、平民の娘とでも結婚できるが、貴族に生まれた女は、どれほどの愛があろうと平民とは結婚できない。法律で禁じられているわけではない。慣習が許さないのだ。平民に嫁いだとたんに、貴族ではなくなる。ガラス工の娘が、正妻にむかえられるや、貴族の奥方になるのとは反対に。

そして、ぼくは、ヴェネツィア貴族の嫡子《ちゃくし》ではない。妾腹《しょうふく》の子は、ここヴェネツィアでは平民なのだ。

あの女《ひと》は、それでもよいと言ってくれた。

だが、あの女《ひと》の家が許すはずがない。あの女《ひと》にも、もちこまれる縁談は多かったが、そのうちの一つに、両親ともがひどく乗り気だったのだ。

プリウリ殿は再婚の身だったが、先妻の遺《のこ》した子たちは成人していて問題はない。それになによりも、プリウリといえばヴェネツィア一、二の資産家だ。夫になる人との年の差などは、問題にもされなかった。

ぼくに、なにができたろう。

二十歳になるやならずで、しかも庶出の身だ。父は認知してはくれても、それは自分の息子であるということを認めたまでで、嫡子にしてくれたわけではない。そして、ヴェネツィアの法は、庶子を嫡子になおすことを禁じている。

父は、自分にも他者にも厳格な人だ。いかにぼくを愛してくれていても、自分が一生を捧《ささ》げたヴェネツィア共和国の根底をなしてきた制度を、壊《こわ》す人では絶対にない。父だって、どうしようもなかったのだ。

妾腹の子が、ぼく一人ではないこともわかっている。だが、彼らには、ここヴェネツィアでは、事務官僚になるか、それとも医者か弁護士の道に進むか、でなければ商売に向かうかしか道はない。

事務屋も医者も弁護士も、やる気はなかった。交易業に従事するならば、なにもこのヴェネツィアでやらねばならないことはない。コンスタンティノープルでのほうが、有利かもしれない。ぼくの場合はとくに、母方の縁で、トルコ国籍ももっている。

それに、ヴェネツィアにとどまるかぎり、きみたち嫡出の貴族に頭を押さえられないではすまない。これも、人並み以上のヴェネツィア貴族と自他ともに認める父親をもつぼくにとっては、耐えられることではなかった。

それで、トルコにもどるときめたのだ。第二位の階級に属さねばならない屈辱と、愛する女《ひと》と結婚できない無念が、ヴェネツィアからぼくを去らせたのだった。

それが今、きみと再会したように、またも父の国とのつながりが深くなりつつある。うれしいとともに哀《かな》しい気持ちも捨てきれない、不思議な想いをもてあましているという感じだ。

昔、きみがよく言っていたね。ぼくという男は、なにもかももって生まれてきた、と。

ところが、反対なのだ。なにもかももっているのは、きみのほうだ。ぼくには、ある一つのことが欠けている。才能に自信のあるヴェネツィア人ならば、欠けていることに無関心でいられない、最も大切なことが欠けている」

マルコは、言葉がなかった。

二日後、アルヴィーゼの乗った船は、出港していった。

見送りにいったマルコは、船が出て行った後も、長い間、早朝の船着き場に立ちつくしていた。

港は、東に向かって開いている。船の去っていった方角の空と海が、太陽が昇る直前のバラ色に染まりはじめていた。

光は東方より、という一句を、マルコは、思い出すともなく思い出していた。そして、アルヴィーゼは、光のくる方角に向けて発《た》ったのかと、そんなことまで考えていた。

それから一カ月も過ぎないある日、マルコ・ダンドロは、「十人委員会」の委員に選出される。これは、マルコにとっての「船出」であった。

「C・D・X」

舳先《へさき》にかかげられたカンテラの灯をうけて浮かびあがった船腹に、白くC・D・Xとしるされた黒いゴンドラが、夜の運河をすべるように音もなく進むのに出会った人は、誰でも一瞬は、言いしれぬ恐怖でいっぱいになるにちがいない。

黒のゴンドラの中ほどにしつらえられた小さな船室《フェルぜ》も黒。その前後を閉ざしている深くたれたカーテンも黒のラシャ地。ゴンドラの舳先近くと船尾に立つ漕《こ》ぎ手も、二人とも黒一色の服を着けている。ヴェネツィア中にある一万を超えるゴンドラが、思い思いの華やかな色に塗られ、船室のおおいも金襴《きんらん》まで使ったものまであらわれた十六世紀前半、黒一色のゴンドラは、それだけで異様であったのだ。身に少しのおぼえのない者でも、一瞬ならば、不安に駆《か》られないではいられなかったろう。

人が二人も入ればいっぱいという小さな船室の中には、昨日まではヴェネツィア一、二の資産家といわれて、聖《サン》マルコ広場を肩で風切る勢いで歩いていた大貴族が、凍りついたような蒼白《そうはく》な顔で坐《すわ》っているかもしれないのである。ヴェネツィアの「C・D・X」は、国家反逆の罪に問われた者に対しては、たとえ現職の元首《ドージェ》でも、真夜中であろうと召喚《しょうかん》する権利をもっていた。

「C・D・X」とは、十人委員会と訳するしかない、Consiglio dei Dieci（コンシーリオ・デイ・ディエチ）の頭文字三つを並べた略称である。「十」を意味するディエチは、ローマ数字だと「X《エックス》」なので、C・D・Dではなく、C・D・Xとなる。マルコ・ダンドロの新しい職場が、この委員会であった。

もしも、国政に特別な関心をもたない一般庶民が、「C・D・X」を秘密警察と思ったとて無理はない。二百年前の十四世紀初頭に創設された当時の「十人委員会」は、国家に対する反逆や反乱の動きだけを探っていればよかったからで、創設そのものが、ティエポロ一派の反逆事件を契機にしていた。

しかし、国家に対する陰謀を未然に防ぐという任務は、国家の安全保障を担当するということに、当然のことながらつながってくる。そしてそれは、この「十人委員会」に、あらゆる最高機密、あらゆる最新情報が集まってくるということでもあった。極秘の情報が集まるようになれば、極秘の指令を発するようになるのも自然の勢い。すべては、ヴェネツィア共和国という、国家の安全保障に関係してくるからである。十六世紀ヴェネツィアの「C・D・X」が、二十世紀アメリカの「C・I・A」を連想させるものに変わっていったのも、この種の機関の宿命であった。

だが、「C・D・X」は、C・I・Aよりはずっと強大な権力をもっていた。それは、十六世紀初頭という、時代の要求に応《こた》えざるをえなかったからである。

一四五三年のコンスタンティノープルの陥落を機に台頭しはじめたオスマン・トルコをはじめにして、オリエントもヨーロッパも、領土型の大国家時代に突入していた。東にトルコ帝国がそびえ立てば、西にも同じく、フランス、スペイン、イギリスと、君主制の中央集権国家が台頭してくる。商工業で栄えたイタリアの都市国家群は、国家存亡の危機に直面させられたことになる。

なにしろ、時代は、「質」ではなく「量」が支配する時代に変わったのだ。一人当たりの生産性の高さをいかに誇れても、フィレンツェやヴェネツィアが代表するイタリアの都市国家の人口は、これら領土型の君主制国家の十分の一にも満たない。ヴェネツィアやフィレンツェの人口に匹敵する数の軍勢を、君主の一声で徴集《ちょうしゅう》できる国家にまわりを囲まれては、こちらは頭脳集約型の文明、などと偉ぶってもいられないのだった。

都市型、頭脳集約型、商工業重視主義、領土拡張よりも拠点確保主義、そのうえ共和政という合議システムに特色のあったルネサンス文明は、十六世紀初頭、これまでは利点になっていたすべてが役立たずになった「現実」に直面していたのである。

イタリアの都市国家群にとって都合の悪かったことは、台頭しつつあったこれらの大国群が、いずれも英邁《えいまい》で、しかも若い君主に恵まれていたことにもあった。マルコが三十歳になった年を基準にすれば、

トルコのスルタン、スレイマン、三十三歳。

スペイン王であり、ドイツを中心とする神聖ローマ帝国皇帝でもあるカルロス、二十七歳。

フランス王のフランソワ一世、三十三歳。

新興国イギリスの王のヘンリー八世、三十六歳。

十六世紀前半を支配していくこれらのリーダーたちが、それ以前の封建時代の王侯

各国の推定人口（単位：人）

ヴェネツィア共和国（本土や海外基地含む）	1,500,000
イタリア半島（ヴェネツィアを除く）	11,000,000
スペイン王国	9,000,000
ドイツ（神聖ローマ帝国）	10,000,000
フランス王国	16,000,000
イギリス王国	3,000,000
トルコ帝国（北アフリカ含む）	30,000,000

とちがったのは、いずれも専制君主であり、その意志を下に伝えるに、宮廷官僚たちを活用した点にある。しかももともと才能豊かに生まれ、しかも強大な権力をもち、そのうえ若くして王位についたために王権も生命が長い。しかもその「一人」が決めたことがただちに官僚機構を通して下部に伝達されていくのだから、総意を尊重しながら決定にもっていくという共和政体よりも、はるかに能率的であるのは明らかだった。

共和制を採用していたイタリアの都市国家群は、統治効率という面でも、壁に突き当たってしまったのである。

まず、ジェノヴァ共和国が、フランス王とスペイン王の間で、とったりとられたりする対象にすぎなくなる。フィレンツェ共和国の運命も、この時期はもはや、風前の灯だった。ヴェネツィア共和国も、深刻な選択を迫られていたことでは変わりはなかったのだ。

ただ、ヴェネツィアは、建国以来の政体である共和制は捨てなかった。共和制度は維持しながら、専制君主と官僚機構の組み合わせという、当時では最も効率の良い政体に対抗することに決めたのだ。この基本政略《ストラテジー》の陣頭に立ったのが、「十人委員会」である。

もちろん、このような事情が一般庶民に理解されるはずはない。また、理解されないほうが、国益にとっては都合が良いのである。それで、「C・D・X」は、長期にわたって、後代の「C・I・A」にも似た、忌《い》まわしい印象をひきずる機関でありつづける。

ヴェネツィア共和国の政庁には、投書口がもうけられていて、市民は誰でも、訴えたいことを投函《とうかん》することができた。これらは、担当の各委員会にまわされ、当然と思われた事柄は、財政が許すかぎり改善されるのである。とはいえ、無記名の投書は許されなかった。あっても、無視された。

ただ、無記名の投書でも、国家の安全保障に関係ありとされた場合は、とりあげられることがあった。むやみに採用されたわけではない。人権は尊重されねばならないからだ。だから、検討の要ありということで、厳密な追跡調査にまわされたということである。これも、「C・D・X」の真の存在理由を、一般庶民の眼から隠す役に立った。敵を欺《あざむ》きたいと思えば、まずは味方を欺くのに成功しなければならない。

しかし、洞察力の鋭い人はいつの世にもいる。フィレンツェの人であっても同時代人ではあるニコロ・マキアヴェッリは、『君主論』と並ぶ彼の主要作品『政略論』の中で、次のように述べている。

――共和国で行われている政治上の手続きは、実にゆっくりしたものであるのが普通である。立法にしても行政にしても、どんなことでも一人で決めることは許されず、そのほとんどは、他の人々と共同で行う仕組みになっている。それで、これらの人々の意思の統一をはかるのに、かなりの時間が必要になってくる。このようにゆっくりした方法は、一刻の猶予《ゆうよ》も許されないという事態になった場合、非常に危険なものになってくる。だから、共和国は、このような場合のために、古代ローマのような臨時の独裁官のような制度を、必ずつくっておかねばならない。

ヴェネツィア共和国は、近年の共和国としては強力な共和国である。そこでは、非常時には、共和国国会や元老院での一般討議にかけずに、権限を委託された少数の委員の間で討議するだけで、政策を決定する方法をとってきた。

このような制度の必要に目覚めない共和国の場合、従来のような政体を守ろうとすれば国家は滅びてしまうであろうし、そうかといって国家の滅亡を避けようと思えば、政体そのものをぶち壊さなくてはならないという壁に、必ず突き当たるものなのである。――

十六世紀ヴェネツィアの「C・D・X」の真実の顔は、〝権限を委託された少数の委員の間で討議するだけで政策を決定する〟ことにあった。

マキアヴェッリはフィレンツェ共和国の人だったが、ヴェネツィア貴族の一人もこんなことを書き残している。「C・D・X」の本質が、一般庶民が信じこまされているものを超えたところにあることはわかっていた、元老院議員の言葉である。

「わたしは、一度も十人委員会に属したことはない。だから、わが国の中枢《ちゅうすう》にいた、とはとても言えない」

三十歳の若さで十人委員会に属することになったマルコが、身がふるえるような興奮をおぼえたのも無理はなかった。

「C・D・X」の一員になってなによりも変わったのは、眼にすることのできる情報の質と量だった。アルヴィーゼ・グリッティがこの十年の間に、なんと六度もヴェネツィアにもどっていたのも、十人委員会に加わってはじめて知った事実だ。そして、あの幼友だちが、ほんとうのところはなにに深くかかわっていたのかも、はじめて理解できたのである。

委員としての初登庁の日、十人委員会専属の秘書官の一人が、両腕にかかえてきた書類をどさりと机の上におろし、マルコに言った。

「眼を通しておいてほしいと、委員長が言っておられます」

それらはすべて、トルコ関係のものばかりだった。そのうちの半分以上に、アルヴィーゼがかかわっていた。

彼自らの手になる手紙もあった。暗号を使ったものには、「C・D・X」がつくらせた解読文がそえられている。そのほとんどは、トルコ軍の動静を知らせたものだ。なかには、まるで商人の市場調査のような、トルコ国内の物産流通の一覧表まである。うずたかく積まれた極秘文書の山の中に、アルヴィーゼ・グリッティに「恥じいる乞食《ポーヴェロ・ヴェルゴニョーソ》」

の身なりを特別に許可すると書かれた一文書を発見したときは、さすがのマルコもしばらくは開いた口がふさがらなかった。

この十年の間の六度ものヴェネツィア帰国のたびに、アルヴィーゼは、黒衣の乞食に扮《ふん》して街を歩きまわっていたのだ。彼が言ったような、気まぐれなどではまったくなかったのである。七度目にあたる今度は、元首《ドージェ》の孫娘の結婚とその後につづいた舞踏会があったものだから、たとえ庶出でも元首の息子のアルヴィーゼは、表面に出てこざるをえなかったのだろう。

それにしても、十年という間に自分を一度も訪ねてくれなかったことは、マルコには淋《さび》しく想《おも》わないでもなかったが、愛するあの女《ひと》には会っていたのだろうと思えば、許してやってもいい気持ちになるのだった。

いずれにせよ、アルヴィーゼは、トルコに行ったきりではなかったのだ。父の国ヴェネツィアを、忘れたわけではなかったのである。マルコには、それだけでうれしかった。だから、自分の「C・D・X」入りが、細部まで考えぬかれた政略の一部であったとわかっても、受けいれこそすれ、拒絶するような気分には少しもなれなかったのだ。

「C・D・X」の委員の任期は、一年ときまっている。また、唯一《ゆいいつ》の終身職である元首《ドージェ》以外のすべての役職と同様、任期と同じ一年間の休職期間をおいてでないと、再選は許されない。

そのうえ、なにかの原因で欠員が生まれた場合でも、補充の必要で選出された委員の任期は、選出からの一年間ではない。席を明けわたして行った委員の残した任期が、補充委員の任期になる。これも古代ローマの執政官制度と同じだが、マルコに与えられた任期は三カ月間だけだった。

マルコに機会を恵むことになった人も貴族だが、つい先頃、ローマ法王によって枢《すう》機卿《きけい》に任命されている。ヴェネツィア共和国は政府の役職とキリスト教会の聖職の兼務を認めていないので、その人物は「C・D・X」を辞職せざるをえなくなった。マルコはその代わりに選ばれたのだから、彼の登用も、いたずらに人々の注目をひかないで実現できたわけだ。

また、普通は四十歳以上というのが不文律の「C・D・X」に、三十歳で入るという異例も、残る任期が三カ月となれば、選出権をもつ元老院議員たちを刺激することも少なくなる。マルコの推薦人が、元首《ドージェ》と元首補佐官六人であったという事情も、誰にも疑われないですんだようであった。

とはいえ、三カ月がすぎれば、マルコも十人委員会から離れなければならない。だがこれも、あらかじめ想定されていたことであったのだ。

「C・D・X」に属すようになってから、マルコの日常は急に忙しくなった。

まず、共和国国会の議員として、毎週日曜に開かれる会議に出席する義務がある。そのうえ元老院議員でもあるのだから、少なくとも週に二日は、元老院の会議場に釘《くぎ》づけになる。さらに、元老院が召集されない日はすべて、十人委員会が開かれるときまっている。まったく一日の休みもなく元首官邸《パラッツォ・ドゥカーレ》に通うことになったわけだ。

ただ、緊急召集でもなければ会議は夜にまでおよぶことはなかったので、夜は、オリンピアのところですごすことができた。

オリンピアの家も、にぎやかになっていた。ピエトロ・アレティーノという名の文人がヴェネツィアに移住してきたので、この男と親友の仲の画家のティツィアーノもよく顔を見せるようになり、まるで芸術家たちのサロンのようだった。といっても、深遠な雰囲気は薬にしたくもなかったのだが。

オリンピアは、この男たちからは金《かね》はとらないということだった。金は、とれる男からとればよいのだという。

「誰に対しても同じ対応ではつまらないでしょ」
と言って、オリンピアはほがらかに笑った。そのうえ、アレティーノもティツィアーノに肖像画を描いてもらったから、あなたも描いてもらえ、まだヒヨっ子のあなたならマエストロも、高名な人並みの値段は要求しないでしょう、とも言う。これにはマルコも大笑いしたが、この頭のよい女友だちの家は、彼にはかっこうの休息の場でもあった。

マルコ・ダンドロは、誰からも、自分がなぜ「C・D・X」の一員に選ばれたかを説明されたわけではない。元首《ドージェ》グリッティも、彼に特別に親しく接することもなかったし、元首とともに推薦人に名を連ねた元首補佐官たちも、一言もそれにはふれなかった。

だが、マルコにはわかっていた。彼のところに送られてくる極秘文書の種類から、自分が、「アルヴィーゼ係」と言ってもよい任務を担当させられたことを示していた。おそらく、アルヴィーゼ自身の推薦がはじまりだろう。それを元首《ドージェ》が受けいれ、元首補佐官たちも賛同しての結果にちがいなかった。「C・D・X」の他の委員たちも承知しているのは明らかなのだが、誰一人として、耳もとでささやくこともしない。

「C・D・X」のそういう空気に、マルコも、知らぬまに慣れていくようだった。

三カ月の任期が終わったとき、マルコを待っていたのは、十人委員会の委員ならば普通の、別の委員会の席ではなかった。トルコ帝国の首都コンスタンティノープルに駐在する、ヴェネツィア大使の副官の地位であったのだ。

マルコは、もう驚かなかった。いよいよ実行に移されたのだ、と思っただけである。「C・D・X」の一員になったときは興奮で身がふるえたが、今度は、緊張で身が引きしまる想いだった。

彼《か》の地で待っているにちがいない任務は、マルコが、大学でも「夜の紳士たち《シニョーリ・ディ・ノッテ》」でも経験しなかったものであることだけは、確かであったのだから。

出発は、冬明けの一番に発《た》つ船ときまる。

地中海

十六世紀前半のこの時代、ヴェネツィアからコンスタンティノープルへ向かうには、大別して次の三つの道があった。

第一の道は、ヴェネツィアからアドリア海沿岸の港町ラグーザ（現ドゥヴローニク）までは海路を行く。ラグーザで船を捨て、そこから、現代ではクロアチア、ブルガリア、トルコに分かれている地方を一路東に進み、古代ローマ時代からの古《いにしえ》の都アドリアーノポリ（現エディルネ）を通って、コンスタンティノープル（現イスタンブル）に到着する道。

第二は、ヴェネツィアから海路を行くことでは同じだが、ラグーザは通りこして、ドゥルチーノ（現ウルチーニ）まで来て船を捨てる。そこから、現代ならばアルバニア国内に入り、セルビア領を抜け、ギリシアの北部を東に進んでトルコに入り、さらに東進してコンスタンティノープルに到着する。

現代では、「バルカン化」という言葉そのままに、このようにいくつもの国に分かれているが、当時はすべてトルコの支配下にあった地方である。

第三の道は、それこそ最後まで海の上を行く道筋で、当時はこれが最も安全とされ、ために活用された道だった。

この場合、ヴェネツィアを後にした船は、すぐ対岸という距離にある、現代ではクロアチア領になっているが当時はヴェネツィア領であった、イストリア半島の港町パレンツォに寄港する。新鮮な水と生鮮食糧品積みこみのためだ。

そこから、当時では「ヴェネツィアの湾《ゴルフォ・ディ・ヴェネツィア》」と呼ばれていたアドリア海の、東岸に沿って南下して行く。アドリア海の制海権は、完全にヴェネツィア共和国の手中にあった時代だ。寄港地も、ザーラかカッタロ、いずれもヴェネツィア領だが、そのどれかに寄港した後はまっすぐに、アドリア海の出入り口をかためるヴェネツィア最重要基地の一つ、コルフ島に着くまで錨《いかり》をおろさない。

現代ではギリシア領だが、ヴェネツィアと最後まで運命をともにすることになるこのコルフ島で必要なすべてを積みこみ、点検をし終わった船は、アクアマリン色のア

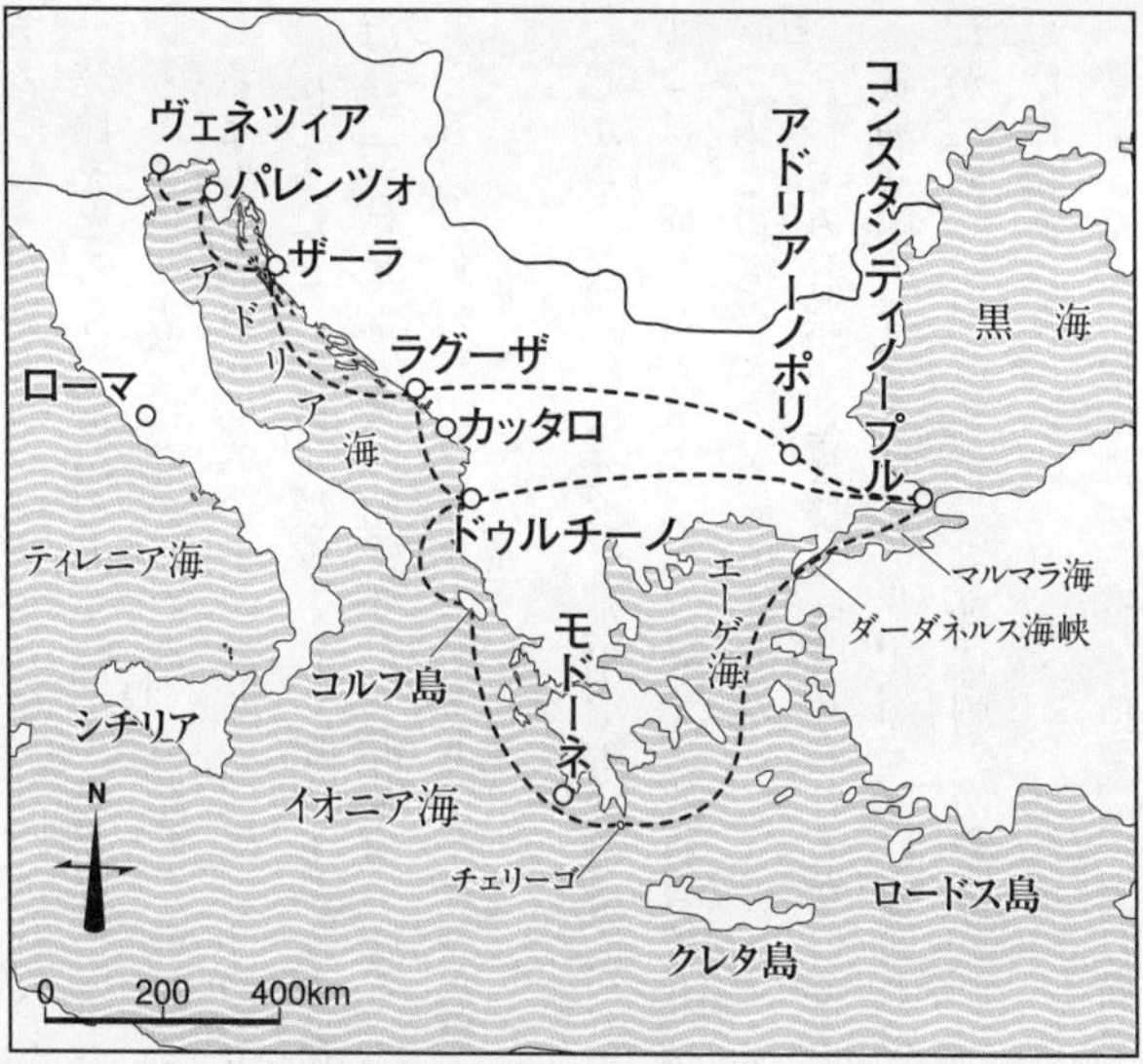

ヴェネツィアからコンスタンティノープルまで

ドリア海を後に、サファイアを思わせる深い青のイオニア海に入って行く。

イオニア海を南下した船は、ペロポネソス半島の南端をまわり、ヴェネツィアの基地があるチェリーゴの島に寄った後は、エーゲ海を北上するだけだ。北上をつづけて行くにしたがって、制海権はヴェネツィアの手を離れ、船は、トルコの領海深く進むことになる。トロイの古戦場を右に望みながら、ダーダネルス海峡を抜けてマルマラ海に入れば、そのあたりからはトルコの官憲の眼をのがれることはできない。そこからコンスタンティノープルまでは、数日の距離を残すだけだった。

陸路をとろうが海路のみで行こうが、旅に要する日数ならば、一カ月か一カ月半というところで大差はない。ただ、海路のみの旅ならば、到着まで自国の船の上にいられるという利点がある。トルコとの関係は今のところ良好だが、陸路の割合が増えれば増えるほど、山賊に襲撃される比率も高くなる。海上でも海賊の危険はあったが、海運国ヴェネツィアの船乗りだ。海賊相手ならば自信はあった。

一五二八年の春、マルコ・ダンドロがとった道程も、この第三の道になる。

しかし、公式には元老院選出でも、実質は「C・D・X（十人委員会）」派遣のマルコは、同じコンスタンティノープル行きでも、商用や私的な旅で行く他のヴェネツィア人とはちがった行き方をした。

言ってみれば、速達便と同じ送られ方なのである。

貿易立国のヴェネツィア共和国では、通商上の必要から通信網が発達している。それがために、当時では最も郵便制度が整備されていたので、普通便と速達便のちがいは明確にあった。

普通便だと、投函《とうかん》地から目的地まで、同じ船で運ばれる。

速達の場合は、寄港地に着くやただちに、そこから最も早く出港するヴェネツィア船に移されて、次の寄港地まで運ばれる。これを寄港地ごとにくり返すので、航海に要する日数も大幅に節約できるのだった。

マルコも、「速達便」あつかいだった。そのために旅は二十日余りと短縮されたが、大勢の使用人を連れて行くこともできず、もっていく荷物も制限された。

身のまわりの世話のために、老僕が従《つ》いて行くと言ったのだが、夫婦を離す気にはなれなかったマルコは、老夫婦の甥《おい》を連れて行くことにしたのである。任務の性質上、派手な赴任ははばかられた。

ガレー船での旅は、マルコにとっては、まさに十三年ぶりのことだった。おかげで、「船乗りの足」も完全に失っていた。

どこに行くにも舟を使わなければならないヴェネツィアに住んでいれば、小舟には始終乗っている。だが、潟《ラグーナ》の中を行ったり川をさかのぼっていく旅と、海の上は完全にちがう。ゆれ動く船の上でも陸上と同じように振る舞うには、「船乗りの足」が不可欠だった。

ジブラルタル海峡を抜けてイギリスのサザンプトンを経由してオランダのアムステ

ルダムまで行ったことのある自分が、十年程度の空白を経ただけというのに、ヴェネツィア男の誇りでもある「船乗りの足」を忘れてしまったということは、マルコの誇りをひどく傷つけた。

それで、コルフ島に着くまでの一週間というもの、マルコは、「船乗りの足」再修得以外のことは考えないですんだのだ。なるべく坐《すわ》ったり横になったりしないで、海の上を進む船の甲板上を歩きまわる。水夫たちはそんなマルコを笑いながら眺めていたが、その笑いも、嘲笑《ちょうしょう》にまではいかなかった。大使の副官として赴任中の元老院議員殿は、まもなく船乗りと同じ「足」を再修得したからである。

ところが、再修得に成功した後は、やることがなくなってしまった。それに、幸か不幸か、コルフ島を出港した後は、順風に恵まれっぱなしであったのだ。

ペロポネソス半島の南端に達するまでは、マエストラーレ（北西風）が礼儀正しく吹いてくれたし、南端をまわれば、今度はポネンテ（西風）が後押ししてくれる。エーゲ海に入れば、リベッチオ（南西風）が、ダーダネルス海峡の入り口まで送ってくれるというわけだ。

こうなると、誰よりもやることがなくなってしまったのは、漕ぎ手《レマトーレ》たちだった。

ガレー船といっても、櫂《かい》で漕《こ》ぐだけで進むわけではない。逆風でもジグザグながら前進できるように、帆は三角形が主流だったが、その帆をかかげる帆柱は、大型船ならば三本はあった。三本マストの帆船に、左右の船腹からむかでの足のように、何十本もの櫂が出ているのがガレー船なのである。

櫂は、現代のヨットでもついているモーターと同じで、帆に風をはらんだままでは困難な港の出入りの際か、海上で風がやんでしまった凪《なぎ》のときとかに使われるのが普通だった。

帆だけに頼る帆船ならば、凪になってしまうとお手あげだが、櫂という人力モーターをそなえたガレー船ならばその心配はない。港での出入りの際も、曳《ひ》き舟を必要とする帆だけの船よりも、行動はずっと自由だった。微風でも、〝モーター〟をフル回転すれば航路は稼げる。

とはいっても、相当に重労働なのが漕ぎ手の仕事だが、奴隷《どれい》を使う習慣のないヴェネツィア船では、彼らもまた給料をもらう船乗りなのだ。鉄の鎖のふれあう音や鞭《むち》がふりおろされる音のような不快な騒音は、奴隷を使うのが普通のイスラム教国の船での話だった。

だが、ヴェネツィア船でも、騒音はあった。凪に恵まれたために暇になってしまった漕ぎ手たちが、長い櫂を甲板上に引きこんで固定し、その上に車座《くるまざ》になった彼らが賭博《とばく》に熱中してあげる歓声だ。

賭博には、手のあいている船乗りも、乗船している商人たちも、そしてしばしば船長まで加わる。良家の子弟が普通の石弓兵だって、例外ではない。賭《か》け事は、船上の暇つぶしでは最も好まれたが、マルコは、昔から苦手だった。偶然というものに賭ける気持ちに、どうしてもなれないのである。

こんなふうで暇つぶしの方法にもこと欠いてしまったマルコは、やはり、考えることにもどるよりしかたがなかった。

機密文書は、一通ももたされていない。だから「C・D・X」の機密は、マルコの頭の中に入ってコンスタンティノープルに運ばれているのだ。それを使ってどのような成果をあげるかも、そのほとんどは彼の能力にかかっているのだった。

マルコは、自分が、国際的な規模で展開されようとしている諜報《ちようほう》活動に、首までどっぷりつかっているのを感じていた。

前年の一五二七年五月、神聖ローマ帝国の皇帝であると同時にスペイン王でもあるカルロス五世の軍勢によって、ローマは占領され掠奪《りやくだつ》と破壊によって見る影もなくなっていた。ローマ法王も、捕囚同然の身におち、勝者カルロスの出した条件をすべて呑《の》んで、ようやく殺される恐怖をまぬがれていたくらいだ。

すでにナポリから南はカルロスの領土になり、ミラノやジェノヴァを中心とする北西イタリアも、スペイン軍の支配下に入っていた。そして、ローマも今やカルロスのもの。フィレンツェにも、スペイン軍は迫りつつある。いまや全イタリアをおおう勢いのカルロス五世の前に、唯一《ゆいいつ》、対抗可能な勢力と見られていたのがヴェネツィア共和国である。

しかし、ヴェネツィアの内部とて、対カルロスで一致していたのではない。プリウリを中心とする反グリッティ一派は、もはや公然と、カルロスと同盟を結ぶ利益を主張していた。

カルロス五世は、ハプスブルグ王家の当主である。自身はもっぱらスペインにいるが、ハプスブルグ王家発祥の地であるオーストリアは、弟のフェルディナンドが治めている。また、オランダを中心とするネーデルランド地方も、カルロスの統治下にあった。この他に、植民地化が非常な勢いで進んでいる新大陸も、カルロスの領有ということになる。強大な権力を手中に収めたこの若い君主が、近いうちに天国に行ってくれることも期待できない。しかも、三十歳にも達していないカルロスは、なかなかに有能な君主でもあったのだ。

ヴェネツィア政府内の親ハプスブルグ派は、これらのことを説いて、ヴェネツィアもカルロスの傘の下に身を寄せたほうが安全だと主張していた。フィレンツェのように、軍勢に迫られてはもはや遅いのだ、と。

だが、元首《ドージェ》グリッティは、ちがう考えをもっていた。

彼とて、強大なカルロスの勢力を認めなかったのではない。認めてはいたが、いったんカルロスの傘の下に身を寄せてしまったら最後、ヴェネツィア共和国は実質的に消滅するしかない、と信じていたのである。

それは、スペイン人とヴェネツィア人の気質のちがいでもあった。

ヴェネツィアは、他国と交易することで繁栄している。しかし、スペインは、他国を領有することで繁栄しようとしていた。ヴェネツィア人は、交易関係さえ成りたてば相手は異教徒であろうとかまわないと思っていたが、領有関係となると、立場は対等ではなくなる。スペイン人にしてみれば、キリスト教の、しかもカトリックの宗派の中でも厳格な反動宗教改革の教えを唯一のものと信じているので、それを受けいれない者は、キリスト教徒であっても「敵」なのである。

当時のヴェネツィアは、信教の自由がどこよりも尊重されていた国で、街中の書店では、ローマのカトリック教会に反旗をひるがえした、ルターの著作さえ売られていた。このように、他者との共生は当然視することを伝統にしてきたヴェネツィア共和国が、スペイン的な狂信と相容《あい》れるはずはない。

カルロス個人は狂信的な人物ではなかったが、カルロスが基盤にしているのはスペインだ。そのスペインは、いまや強大な軍事力をもっている。たとえカルロスという傘の下に身を寄せることによって、物体としての国家は維持できても、ヴェネツィア人の魂とも呼んでもよいものが失われてしまっては、それは早晩、物体としての国家の消滅につながらないではすまないのだった。

元首《ドージェ》グリッティは、この危機打開の方策として、フランスとトルコを利用しようと考えたのである。

フランスに眼をつけるのは、当然な選択だった。東と北と西南の国境いずれもがハプスブルグ勢に囲まれ、そのカルロスの台頭に誰よりも不安を感じていたのは、フランス王だったからである。このフランスが動いてくれれば、カルロスの軍勢を凍結できる、とグリッティは考えた。カルロスが対フランスにかかわらざるをえなくなれば、イタリアへ兵を送る余裕も減少するわけである。

実際、この考えは二年前に試されていた。コニャック同盟と呼ばれるもので、フランスとイタリア諸国と、それにイギリスまで加わった対カルロス軍事同盟だったが、その結果は、ローマ掠奪、という無惨《むざん》な結果しか生まなかった。いざという時になって、フランス王が踏み出さなかったからである。

このフランスを、頼りにすることはできなかった。

それで、トルコだが、ヴェネツィアには、トルコと公式の同盟関係を結ぶことは許されない。結ぼうものなら、西欧諸国から孤立してしまうのは明らかだ。イスラム教国であるトルコと同盟など結べば、カトリック第一の国と自負するスペインからまず、裏切り者呼ばわりが高々となされることだろう。ヴェネツィアの交易先は、カルロスの支配下にある西欧にもあるのだ。

同じキリスト教国であるフランスは、当時公然とトルコと同盟していたが、フランスはもともと、全国土が耕地のような国である。国境を閉鎖され海岸線を封鎖されても、自給自足は充分に可能な国であった。

事情がまったく違うヴェネツィアは、トルコとの間に、戦争終結の講和は結べても、友好通商条約は更新できても、政治的で軍事的な意味をもたないではすまない同盟は結べないのである。

このヴェネツィアがトルコを「利用」しようと考えた場合、それが実に複雑に、しかも秘密工作ばかりになるのも当然だった。

結局のところヴェネツィアは、トルコに、ウィーンに迫ることで、オーストリアのハプスブルグ勢を釘《くぎ》づけにしてもらいたいのである。ヴェネツィア共和国の北の国境は、オーストリアと接している。地中海に港をもたないオーストリアは、以前から、ヴェネツィア攻略を狙《ねら》っていた。

だが、このような意図が西欧に知れようものなら、それこそヴェネツィアは孤立無援になり、カルロスの軍事攻略に大義名分を与え、共和国は滅亡してしまうであろう。国内の親ハプスブルグ派に知られずに、また西欧諸国には少しも気づかれずにことを運ぶにあたって、これ以上は不可能というほどに細心な注意が必要だった。

トルコの首都コンスタンティノープルでのこの仕事の第一人者は、元首《ドージェ》の息子のアルヴィーゼ・グリッティなのだ。

アルヴィーゼは、トルコ側の情報ばかりをヴェネツィアにおくっていたのではない。ヴェネツィアの「C・D・X」からは、彼あてに、ヴェネツィア側の情報はもちろんのこと西欧諸国の動きまで、逐一知らされていたのである。

その彼に現地で協力する者となると、長年の友人という間柄は、かっこうの隠れみのになるのであった。

船室のたれ幕が突然に開いて、船長の声がマルコを現実にもどした。

「見えてきましたよ、コンスタンティノープルが」

甲板にあがると、マルコにははじめてのコンスタンティノープルの都が、船の左舷《さげん》に姿をあらわしはじめていた。

天を突き刺すようにそびえ立つモスクの尖塔《ミナレット》は、先端にかかげられた半月が金色に塗られているので、まるで光り輝く林のようだ。その外側を、ビザンチン帝国時代に造られた城壁が、延々と連なっている。

マルコも、堂々としたその美しさには言葉がなかった。頭の中は空っぽになったようで、ただ眼だけが、近づいてくるトルコ帝国の首都にそそがれたままだった。

コンスタンティノープル

コンスタンティノープルに海から入っていくのは、奥行きが深く幅も広い劇場の舞台に向かって、一歩一歩近づいて行くのに似ている。

その舞台で待っていた一人は、コンスタンティノープルを経由する黒海航路にくわしい船長から教えられてわかったのだが、大使の副官だという。船着き場に降り立ったマルコに、その男は、人の良さ丸出しの笑みを浮かべて近づいてきた。

彼の満足はわかるのだ。任期が切れて母国にもどれると思っていたのに、それから四カ月も待たされていたのだ。ヴェネツィアの政府は、後任者いまだ決まらず、と伝えてきただけなので、とどまるしかなかったのである。

それが今、後任者の到着だ。マルコに向かって、長旅の労をねぎらう声もはずんでいた。

副官のとなりに立っているもう一人の男は、誰に言われないでもマルコは知っている。船上にいるときから気がついていた。

トルコ式の服装だが、「恥じいる乞食《ポーヴェロ・ヴェルゴニョーソ》」に扮《ふん》していたときとはちがって、もうマルコはだまされない。それにしても、赤い絹地の足もとまでとどくトルコ式の長衣に純白のターバンとは、ずいぶんと派手なかっこうで出迎えたな、と、マルコは胸のうちで苦笑した。

それどころか、船上にマルコの姿を認めるや、手まで振るではないか。しかも、「マルコ！」と、大声で呼びかけさえする。これには、船着き場にいた人たちや港人夫まで、足をとめて振りかえったくらいだった。

いつものいたずらっぽい笑顔で、アルヴィーゼは、副官との挨拶《あいさつ》を終えたばかりのマルコを抱擁した。

「幼友だちがやってくるというのに、出迎えないわけにはいかないじゃないか」

この言葉を、なぜかアルヴィーゼはトルコ語で言った。これには、副官や船長だけでなく、近くにいたトルコ人までが笑った。

「つもる話もおありでしょうが、大使が待っておられるので」

という副官に、マルコのほうに答えるという感じで、アルヴィーゼは言う。

「近いうちに、迎えをおくる」

そして、待たせてあった馬に乗って去って行った。マルコは、その馬のすばらしさにも眼を瞠《みは》る想いだった。

マルコも、副官と馬首を並べて船着き場を後にする。ヴェネツィア大使館は、ガラタ地区の高台にある。坂道をゆっくりと馬を進ませながら、五十歳近くと思われる副官は、実直そのものの声で感嘆したように言った。

「アルヴィーゼ・グリッティ殿と、そのような特別な御関係とは知りませんでした」

この、マルコには前任者にあたる男は、なにも知らされていないのである。だから、大使館に着き大使の執務室にマルコを案内したときも、感じたままを口にしたのだ。

「十人委員会の委員をつとめたほどのお方が、コンスタンティノープルの大使館の副官として就任するというのも珍しいですね」

七十歳は越えている老練な外交官である大使ピエトロ・ゼンは、それに、こともなげに答えた。

「若いうちは、なにごとでも経験するにかぎる。わたしはもう老《お》いぼれだから、ダンドロ殿には、おおいに働いてもらいますよ。これでやっと、菜園の葡萄《ぶどう》の手入れも愉《たの》しめるというものだ」

マルコは微笑を浮かべて軽くうなずいたが、この老外交官が、「C・D・X（十人委員会）」が密《ひそ》かに名づけている、〝金角湾作戦〟の重要な一翼をになっていることを知っている。それどころか、グリッティの元首《ドージェ》選出と同時にトルコ大使として送りこまれたピエトロ・ゼンがいなければ、〝金角湾作戦〟も生まれなかったかもしれないのである。

元首《ドージェ》グリッティがトルコ語に堪能《たんのう》なのは知っていたが、大使ゼンも、堪能とまではいかなくても相当に話せた。

言葉の理解は、それを母国語にする民族の理解につながる。グリッティにとってもゼンにとっても、トルコは、利害が反することが多いという点では敵ではあっても、スペイン人の考えるような、存在することすら認めたくない、絶対の敵ではなかったのだ。〝金角湾作戦〟も、トルコ帝国とヴェネツィア共和国の間に平和が存続してこそ、効力を発揮できるのである。平和は、オリエントとの交易を国の経済の柱としているヴェネツィアには、全力をつくしても維持する価値のあるものだった。

マルコ・ダンドロは、他の大使館勤務者と同じに、大使館内に部屋を与えられ、そこに住むことになった。

ヴェネツィア共和国の大使館は、各国の大使館や領事館の集中しているガラタ地区でも、最も見晴らしのよい高台に建っている。高い塀にかこまれた広い敷地内には、葡萄や野菜を植えた菜園まであった。ヨーロッパ様式の建物自体も大きい。なにしろ、館員と使用人をあわせれば数十人になる人全員の、職場と住居でもあるのだ。

まず、領事も兼ねる大使が一人。ヴェネツィア共和国ではコンスタンティノープル駐在大使だけは特別に、普通は大使を意味する「アンバシアトーレ」ではなく、「バイロ」と呼んでいた。

その次に、大使《バイロ》同様、貴族階級出身の副官が一人いる。大使になにかが起こったときは、ただちに代理をつとめる権限をもっていた。

この下には、書記官が数名と財務担当官一人と、書記たちがひかえる。この人たちとは別に、語学研修生がいつも数人いた。もちろん、研修するのはトルコ語だ。

ここまでが、本国から派遣された「館員」たちである。大使と副官以外は、貴族出身ではなく、ヴェネツィアでは「チッタディーノ」と呼ばれる、市民階級に属す男たちだった。

この他に現地採用組もいて、その人たちはもっぱら、雑役に傭《やと》われたギリシア人やユダヤ人。彼らは大使館内には住まわず、ギリシア人地区やユダヤ人居住区から通っていた。

大使だけは家族同伴を許されていたが、実際は、単身赴任が圧倒的に多かった。それは、ヴェネツィアはトルコを、仮想敵国ナンバー・ワンと見ており、この重要きわまりない国には、フランスやスペイン、イギリスやローマ法王庁あたりの大使を歴任した熟練外交官を送りこむからである。いきおい老齢者で、妻を亡《な》くしている者も多く、妻はいても、わざわざトルコまで来たがらないのだ。だが、息子や弟を同伴する大使は少なくなかった。

館員や使用人の他には、二人のトルコ兵が、大使館護衛として常駐していた。ただ、このトルコ兵たちの給料は、彼らが属するスルタン親衛のイェニチェリ軍団が払うのではなく、大使館側に支払う義務があった。

スルタンに忠誠を誓うトルコ兵よりも、同じ金《かね》を払うのなら、ヴェネツィア人の石弓兵でも傭ったほうが信用がおけるではないかと思うが、これはトルコ側が許さなかった。

しかし、大使館を自国の武力で守ろうがたいしたちがいはないのである。ヴェネツィア共和国とはちがって、外交官特権なるものは無視してはばからないトルコでは、戦争でもはじまれば大使館はよくて封鎖、悪ければ館員だけでなく使用人まで牢獄《ろうごく》に放りこまれるのは普通であったからだ。これも、ヴェネツィア大使館に女気のない理由だった。

それでも、十七世紀に入るまでは、コンスタンティノープルにある大使館では、ヴェネツィア共和国のそれが、最も大規模で最も組織のゆきとどいた在外公館であった。国家間の外交の他に、トルコ国内で経済活動に従事しているヴェネツィアの交易商人の数は多い。彼らの身の安全を保障するのも、コンスタンティノープル駐在大使の職務だった。もちろん、経済活動が支障なく行われるようにつとめるのも、大使館の職務に属す。

ヴェネツィア大使館に次ぐのはフランスのそれだったが、オリエントでの経済活動にフランス商人の占める地位は低い。また、一四五三年のビザンチン帝国滅亡までは、ガラタ地区を独占していたジェノヴァも、本国の衰退とともに、ここオリエントでも昔の面影はなかった。イギリスやオランダが在外公館をおくようになるのは、これよりは百年以上も過ぎた十七世紀に入ってからになる。

ヴェネツィア人の数と力が、コンスタンティノープル在住のヨーロッパ人の中では第一ならば、トルコ人が「異教徒地区」と呼ぶガラタで、最も景観の良い地に最も広い大使館を営《いとな》むのも当然だ。

ちなみに、かつてのヴェネツィア大使館は、たび重なる改築と敷地の縮小で昔を想像するもむずかしいが、あれからは五百年が過ぎている現代でも、イタリア公使館として使われている。

アルヴィーゼからの使いは、三日がすぎた日にやってきた。翌日の夕暮れ時に、迎えの者を送るという。マルコは、大使ゼンにはただちに報告した。老大使は、「ほう」と言っただけだった。

迎えの者というのは、マルコもわずかに見覚えのある、アルヴィーゼがいつかスペインで、火あぶりにされるところを救ってやった男だった。あの当時はほんの少年にすぎなかったが、今では立派な若者に成長している。

だが、このトルコの若者は、マルコが自分のことを覚えているかと問いかけたのに、「ええ」と短く答えただけで、後は黙ってマルコの乗る馬のくつわをとった。なにか、誰にも心を許していないという感じだ。アルヴィーゼにだけは許しているのだろうと思ったが、それは、マルコも口にしなかった。

ヴェネツィアにいた頃にすでに、「C・D・X」の極秘資料から、アルヴィーゼ・グリッティについて、幼なじみのマルコさえも知らなかった事実を多く知ったが、コンスタンティノープルに到着して三日しかたっていなくても、マルコの耳には、やはり現地にいなくてはわからない、と痛感する情報が入ってくる。だから、今もどこに連れて行かれるかは、問わなくてもわかっていた。


コンスタンティノープルは、西暦三三〇年に、ときのローマ帝国の皇帝コンスタンティヌスによって建設された都市である。西暦五世紀に西のローマ帝国が滅亡してからは、東ローマ帝国の首都であったこの街が、それ以来、ヨーロッパとオリエントをあわせた世界では最大の都《みやこ》となった。

ビザンチン帝国とも呼ばれた東ローマ帝国時代は、西暦一四五三年までつづく。その年、十六万の大軍をひきいたトルコのスルタン、マホメッド二世は、五十日余りの攻防の末に落城したこの都市を、自らの帝国の首都に変えた。

その後五百年近くトルコの首都でありつづけたが、一九二三年、ケマル・アタチュルクによってトルコが共和国に変わった際、首都はアンカラに移される。だが、実質的にはトルコ第一の都市であることでは、現代でも変わりはない。

共和国になって以来、この街の名も、イスタンブルというトルコ名のほうが公式になった。今では誰でもイスタンブルと呼ぶが、一九二三年以前は、東ローマ帝国はとっくの昔に滅亡していても、コンスタンティヌス帝の都という意味のギリシア名である、コンスタンティノポリスのほうが、一般的であったのだ。

ヨーロッパでもオリエントでも、人々は、このギリシア語の都市の名を、自国風に発音して呼んでいた。

イギリス人は、コンスタンティノープル。この街とは歴史的に縁の深いイタリア人は、コンスタンティノーポリと呼ぶ。イスタンブルも、コンスタンティノポリスをトルコ式に発音したものにすぎない。

現代のイスタンブルは、金角湾とボスフォロス海峡に橋がかけられ、文字どおりヨーロッパとアジアを結ぶ都市になったが、これらの橋は二十世紀になってからつくられたのだ。それまでは、ヨーロッパ側のコンスタンティノープル地区、金角湾とボスフォロス海峡にはさまれたガラタ地区、そしてアジア側にあるウスクダラ地区は、同じコンスタンティノープルという都市に属していても、いずれも違う性格をもっていた。

しかし、この三つの地区の中でも、常に重要な地位を占めてきたのは、マルマラ海と金角湾にはさまれたコンスタンティノープル地区であったろう。地中海世界では最も堅固といわれ、一四五三年当時は激戦がくり広げられたことでも有名な三重の城壁も、海中にせり出したような広大なこの地区の、陸側からの敵にそなえて築かれたものである。

この地区には、ビザンチン時代は皇帝の宮殿があり、宗教の中心であるハギア・ソフィアの大教会もあった。トルコ人の都に変わってでも、スルタンの居城であることから政治の中心になったトプカピ宮殿、宗教と教育の中心である数多くの重要なモスク、それに経済活動を一手に引き受けるバザールまで、すべてこの地区に集中している。

それに比べてガラタ地区は、この都の主人がトルコ人に変わってからは、外国人居留区、と呼んでもよい感じの地区に変わっていた。ギリシア人、ユダヤ人、アルメニア人、コーカサスの人々。とくに西欧人は、一人の例外もないくらいにこの地区に住んでいる。トルコ人もいないではなかったが、港で働く下層の人々か、反対に、この地区に別荘をかまえる富裕なトルコ人かに分かれる。ガラタ地区は眺めがよかったので、別荘は増える一方だった。高台であれば、右には金角湾の向こうに横たわるコンスタンティノープル地区を、左にはボスフォロス海峡を眺めることができたのである。

マルコを乗せた馬が、「ベヨグルー」(トルコ語読みでは「ベイヨル」)と呼ばれる一帯に足をふみ入れて、しばらくたったときだった。それまでは道の右側につらなっていた高い塀が切れ、武装兵が両わきに立つ鉄の大扉があらわれる。マルコの馬を先導していたトルコの若者がなにか言うと、その扉が両側に大きく開いた。開いた鉄の大扉の中に馬を進めたマルコは、わが眼を疑った。だが、すぐつづいて、胸が痛みでいっぱいになった。

広い庭園の向こうに、ヴェネツィア様式であるのは疑いようもない邸宅が建っていたからだ。ヴェネツィアの貴族たちが、土地に余裕のある本土《テッラ・フェルマ》に建てる、別荘《ヴィラ》そのままである。しだれ柳が岸辺を埋める、邸宅前を流れるブレンタ川がないだけであった。

「君主の息子《ベヨグルー》」

現代では、繁華街ながらごみごみした一画になってしまっているが、「ベヨグルー」という地名だけは、五百年昔と変わっていない。

ガラタ地区でも最も高台になるこの一帯は、高台のまま、北に向かってしばらくつづく。それで、現在のイスタンブルでも高級ホテルは、ヒルトンをはじめとして、ベヨグルーの繁華街をさけ、そこから少しばかり北にいったあたりに集まるようになったのだろう。

だが、このあたりがトルコ語で君主の息子という意味の「ベヨグルー」と呼ばれはじめたのは、アルヴィーゼ・グリッティがそこに、広大な屋敷を建てて住んでいたからであった。

五年前の一五二三年にアンドレア・グリッティがヴェネツィア共和国の元首《ドージェ》に選出されたときから、元首《ドージェ》の息子のアルヴィーゼは、トルコ人たちから「君主の息子《ベヨグルー》」と呼ばれるようになり、その彼の住む一帯の地名までも、「ベヨグルー」と呼ばれるようになったのである。

このトルコ語の意味を知ったとき、マルコは、書類をめくっていた手を思わずとめ、窓の外に眼をやったまま、しばらくは無言だった。胸の内にこみあげてきた感情を、そのままで抑えこもうとしたからだ。

ヴェネツィアではアルヴィーゼがどんなふうに呼ばれているか、マルコは知っている。父親の元首《ドージェ》がいない席では、貴族たちは、悪気《わるぎ》がない者でも、

「われらが元首の妾の子《フィーリオ・バスタルド・ディ・ノストロ・ドージェ》」

と呼んでいるのだ。

正妻だけでも四人許されているイスラム世界では、また高位の者ともなればハレムをもつのが普通のトルコでは、正妻の子であろうと妾《めかけ》を母にもとうと、人々は問題にもしないのである。

それで、父親がヴェネツィアの最高位者になったときから、アルヴィーゼ・グリッティを「君主の息子《ベヨグルー》」と呼ぶようになったのも、イスラム世界ならば自然なことだっ

た。

反対にヴェネツィアは、異教徒との共生には賛成でも、キリスト教徒の国である。キリスト教では、一夫一妻しか認めていない。正妻に生まれた子は嫡子《ちゃくし》であり、それ以外の女を母にもてば庶子《バスタルド》なのだ。イタリア語で「バスタルド」といえば、侮蔑《ぶべつ》の言葉でしかなかった。

アルヴィーゼの屋敷は、ヴェネツィア大使館などははるかにおよばないほどの、広大で豪華なものだった。

門を入ると、そこから道は三方に分かれる。真ん中の道は、正面に建つ館《やかた》の玄関にまっすぐに通じている。左右の二本は、それぞれ馬小屋と使用人たちの住まいに行けるようになっているらしい。正面に見える館《やかた》を左右から守るように、右方には馬小屋が軒をつらね、左方には、二階建ての長屋がつづいていた。

「アラブの駿馬《しゅんめ》だけでも百頭以上、ラクダが百五十頭近く、それに荷運び用のろばが六十頭います」

トルコ人の若い従僕は、それまでは沈黙していたのが、にわかに多弁になったようだった。その声音に、誇らし気な調子がただようのを、マルコは、微笑する想《おも》いで聴いた。マルコの乗った馬は、真ん中の道を進んでいる。

「奴隷《どれい》は、三百人。御主人様所有の船で働く船乗りや漕《こ》ぎ手の数は、別にしてです」

館《やかた》は、二階にまでのびた白い大理石の円柱が並ぶ玄関を中央に、両翼を二階建ての建物で押さえた、まったくのヴェネツィア様式の屋敷《ヴィラ》だった。その裏側には、これもヴェネツィアのヴィラ風に、広い庭園がひかえているのだろう。

「お庭はとても広く緑にも恵まれていて、御主人様はよくお客を招かれ、狩りをなさいますよ」

とトルコの若い従僕が言ったとき、マルコは、玄関の扉の前にアルヴィーゼが立っているのに気がついた。マルコが馬からとびおりるのと、アルヴィーゼが足をふみ出したのが同時だった。互いに走り寄った二人の友は、道と玄関をへだてる階段の中ほどで抱きあった。船着き場で会ったときとはちがって、アルヴィーゼの口からは、派手な歓迎の言葉は一言も出なかった。

その日のアルヴィーゼ・グリッティは、船着き場に出迎えた日と同じようにトルコ式の長衣を着けていたが、今日は砂色の絹服で、頭にはターバンでなく、黒貂《くろてん》のトルコ帽をかぶっている。その黒貂の帽子のふちには、小粒のルビーとエメラルドとサファイアをちりばめたブローチが飾られているだけで、他に宝飾品といえば、指輪だけだった。その指輪は、金製の台にエメラルドがはめこんであるものだが、緑色の宝石の表面には、グリッティ家の紋章が彫られている。

広い客間をいくつも通りすぎてたどりついた部屋は、庭に向かって大きくテラスが張り出している。アルヴィーゼの居室らしい。テラスから見える庭には、広くはなかったが池もあった。池のほとりにしだれ柳が立っているのを見たマルコは、笑いだしながら友をふりかえって言った。

「これで完璧《かんぺき》だ。まったくヴェネツィアにいる気分だよ」

「いや、ちがう。庭木の向こうの風景を見たまえ」

たしかに、庭木を通して眺められるのは、コンスタンティノープルの都《みやこ》だ。この部屋は南に向いているのか、まさに正面に、尖塔《ミナレット》が黄金色にきらめくコンスタンティノープル地区が横たわっている。

「これなら、ヴェネツィアの別荘《ヴィラ》よりもはるかに上等だ」

マルコは、心底そう思ってそれを口にした。アルヴィーゼは、そんなマルコの腕をとる。そして、そばにあったヴェネツィア風の椅子《いす》に坐《すわ》らせながら、マルコの顔をのぞきこむようにして言った。

「ぼくたちは、なんでも話せる仲になったようだね」

マルコも、そんな友の眼をじっと見かえしながらうなずいた。二人とも、眼は笑っていなかった。

それから一週間、マルコはアルヴィーゼの客として、彼の屋敷に滞在することになった。ヴェネツィア大使館には、アルヴィーゼから、幼友だち歓待の許可を乞《こ》う手紙がおくられる。大使からは、心ゆくまで旧交をあたためられよ、と書いた返事が送られてきた。

一週間というもの、マルコとアルヴィーゼは、まったく常に一緒にすごした。眠るのが別の部屋であったという以外は、それこそいつも一緒だった。トルコ人の歓待ぶりは有名だ。それで、アルヴィーゼのいたれりつくせりの歓待も、トルコ人たちはあたたかい微笑で眺めるだけだったし、また、必要となれば進んで協力した。このような奴隷たちに、遠く、ときには近く奉仕されてくらす一週間ほど快適な日々を、これまでにマルコは、味わったことがなかった。

アルヴィーゼが仕事で出向くときも、親友なのだから同行する。コンスタンティノープルでのアルヴィーゼの商いの規模の大きさは、「C・D・X」の極秘資料ですでに知っていたが、実際に眼の前にするのとはやはりちがう。

西欧人ならば商人でも立ち入りを許されていない黒海沿岸との交易は、まったくアルヴィーゼの独占といってよかった。

トルコが売りたくてヴェネツィアが必要としている小麦は、アルヴィーゼが一手にあつかっている。毛皮や皮革も、黒海からコンスタンティノープルまではアルヴィーゼ所有の船で運ばれ、そこからは西欧の全域に発《た》っていくのだ。

その他に、アラビア人が運んでくるオリエントからの香味料。絹の糸の山。上等品ならば宝石の値段ほどもする、ペルシアからの絨毯《じゅうたん》。そしてこれもオリエントの特産品の宝石の数々。なかでも真珠を好むのでは、トルコ人もヴェネツィア人も同じだった。

スルタン・スレイマンの宝飾品の用立ては、アルヴィーゼがうけおっているということだったし、アルヴィーゼの商う品の中でも重要なもう一つ、ギリシアの島々やトルコで産する葡萄酒《ぶどうしゅ》は、宰相イブラヒム案件《あんけん》ということらしい。

だが、これらの品よりももっと利が多く、しかも確実に利益をもたらしていたのは、トルコの軍隊に必要な品々、つまり軍需品の調達だった。

トルコは、軍隊でもっているような国である。いざ戦いとなれば、少なくとも十万の兵が動く。この兵たちに必要な品々の調達となれば、厖大《ぼうだい》なものになるのだった。

この仕事は、手広く交易業をいとなんでいた父親のグリッティですら、獲得できなかった特権である。彼だって、当時のスルタンであったバヤゼットと、ほとんど友だちづき合いの仲であったのだ。それなのに、息子のアルヴィーゼは手に入れた。このアルヴィーゼが、コンスタンティノープル在住の外国人の中では、自他ともに認める第一人者であるというのも、マルコは、自分の眼で見てはじめて心から納得がいったのである。

商談は、グラン・バザールに軒をつらねる店の奥の一室でされるのが普通だ。そこに出向くアルヴィーゼに、マルコも同行する。金角湾を渡ったのも、そのときがはじめてだった。

自家用の小舟を漕ぐのは、いつものトルコの若者だ。ガラタの船着き場からコンスタンティノープル地区に向かう舟の上で、アルヴィーゼは、少年時代にもどったようないたずらっぽい眼つきで、マルコに言った。

「なぜ金角湾と呼ばれるか、知っているかい」

「夕陽を受けると、金色に変わるからだろう」

「それもそうだが、この角状《つの》をした湾には、オリエントからもヨーロッパからも物資が入ってきては出ていく。つまり、莫大《ばくだい》な金《かね》が動いている。金角湾の金は、夕陽の金色というよりも、金貨の金色というわけさ」

二人の笑い声は、海風にのって消えていった。かもめも人間を怖《おそ》れないのか、一羽などはコンスタンティノープル地区の船着き場に着くまで、船の舳先《へさき》で羽を休めていた。

ヨーロッパでも、この時代は、あらかじめきまっている日に立つ市《いち》のほうが人々になじみがあった。だが、コンスタンティノープルのグラン・バザールは、大市《おおいち》と呼ぶのはためらわれる。恒久的な店が一カ所に集まっている、大商業センターと呼ぶほうが適切だ。慣れない者は、入り口でさえもあちこちにあって、しかも内部は複雑に入りくんでいるから、たちまち道に迷ってしまう。あまりの人と物の多さに眼を丸くしているマルコに、アルヴィーゼは言った。

「六十以上もの通路。祈りのためのモスクは五つ。噴水は七カ所にあり、日没とともに閉まる出入り口は十八。この中には三千を数える店があって、宝飾品、織物、金銀、絨毯に毛皮に、中国から運ばれてくる陶磁器を商う店まである」

胡椒《こしょう》をはじめとする香味料をあつかうバザールは、ここととは別にあるのだった。そちらのほうは、ビザンチン帝国時代にヴェネツィア商人の商いの本拠であったので、通称「ヴェネツィア人のバザール」と呼ばれている。トルコ時代になってもこの呼び名は受けつがれ、五百年たった現代になってようやく、「エジプト人のバザール」と呼び名が変わった。

香味料以外は売っていないものはないといわれるほど大規模なグラン・バザールでは、マルコはその活気には唖然《あぜん》とするくらいだったが、建物自体は、西欧人の彼の眼には粗末にしか映らなかった。

屋根は天幕をいくつも重ねたようで、これは、コンスタンティノープルの港に入るときに左手に見えた、トプカピ宮殿の屋根と変わらない。トルコ人は、移動が本性だった民族なので、恒久性を第一に考えるヨーロッパの建物は、この人々の観念とはちがうものなのだろう。

それに、住居も木造がほとんどで、道路も舗装されているのは少なく、多くの道は土をかためただけだから、雨でも降ればひどいぬかるみに変わる。馬が必要なのもわかる気がした。

アルヴィーゼとともにバザール通いをしながら、マルコは、トルコ帝国の首都コンスタンティノープルという都《みやこ》は、遠くから眺めたほうがずっと美しい都市ではないかと思った。それをアルヴィーゼに言ったら、この街の生まれの友は、機嫌を損なうどころか賛成した。

「この街でがんじょうな石造建築は、みなビザンチン時代の遺物《いぶつ》だ。城壁もそうだし、水道や地下貯水池もそうだし、モスクだって、ギリシア正教の教会を改造しただけのものが大部分だ。内部をちょっと変えて、尖塔《ミナレット》をつけ加えただけさ。だが、この街は今、他のどこよりも活気にあふれている。トルコ帝国の将来には、雲ひとつ浮かんでいない。汚いのは、この連中なりの活気のあらわれとでも思うんだね」

これには、マルコも同感だった。日がたつにつれて、コンスタンティノープルの汚さと喧噪《けんそう》が気にならなくなっていた。それどころか、トルコ人でさえも顔つきが極端にちがう種々雑多な民族のるつぼの中で、なにかしら愉快な気分になってくるのだ。あぐらをかいて坐るのにも慣れたし、なにかというと出てくる茶《チャイ》にも、口をつけたとたんにやけどをすることもなくなった。

だが、アルヴィーゼもマルコも、金角湾を往復することだけで一週間をすごしたのではない。なにしろ別れるのは眠る間だけという状態では、話しあう時間は充分にあった。

ヴェネツィア本国での「敵」と、ここコンスタンティノープルでの「敵」についても、情報と意見の交換は、コンビを組むようになった二人にとっては絶対に必要だったからである。

ヴェネツィア内の「敵」は、プリウリがリーダー格の親カルロス派だが、今のところは、人眼をひかない巧妙なやり方で、その力の排除には成功している。「C・D・X（十人委員会）」は、元首《ドージェ》グリッティの考えに共鳴する人々でかためられていた。

「C・D・X」と略称される十人委員会は、その名称に反して、元老院議員の中から選ばれる十人の委員と、元首一人、それに六人の元首補佐官の十七人でなりたっている。委員たちは任期一年、休職期間一年。国会で選ばれる元首補佐官は、任期一年、休職二年が決まりだ。だが、ヴェネツィアの法は、休職期間はおかねばならないとは決めていても、その間に他の役職に選ばれてはならないとは決めていない。それで、委員を一年つとめた人物が任期切れとほとんど同時に元首補佐官に選ばれるという具合で、「C・D・X」の一員でありつづけることは可能であったのだ。

選挙で選ばれるのだから、こんなふうに都合よくことは運ばないのではないかと思うかもしれないが、元首《ドージェ》グリッティの進めつつある外交路線は、暗黙のうちとはいえ、相当な数の元老院議員の支持を得ている。また、元首《ドージェ》と元首補佐官には、候補者名簿の一つを作成する権限もあった。選挙制とは、持続する明確な意志さえあれば、結果は意外と左右できるものなのである。マルコも、ヴェネツィアにもどれば、「C・D・X」に復帰するはずになっていた。

問題は、トルコ国内の「敵」なのだ。

マルコがコンスタンティノープルにおくられてきたのは、この「敵」対策に、アルヴィーゼと共同であたるためであった。

「きみのこの家での滞在の最後の夜に、きみが主客ということで、ちょっとした酒宴を開くことにしている。

なに、たいしたものではない。気のあった友人たちだけの集まりだ。だが、宰相のイブラヒムがくる」

奴隷《どれい》から宰相になった男

その日は、なぜかマルコは、コンスタンティノープル地区に出かけるアルヴィーゼに同行しなかった。

しだれ柳の下に椅子《いす》をもってこさせ、そこから、眼の下いっぱいに広がるコンスタンティノープルの市街を眺めながら、漫然と午後をすごしたのだ。友の家の客となってすごす最後の日を、一人だけで愉《たの》しみたい気もあった。

夕陽が、一千二百年もの間、地中海世界ではローマに次ぐ都《みやこ》であったこの街を、やわらかな黄金色に染めていた。まもなく、夕べの祈りのはじまりを告げるモアヅィンが、金角湾を渡って聴こえてくるだろう。それも終わると、尖塔《ミナレット》の先端についた金色の半月だけが、落ちる寸前の夕陽を受けてきらりと輝くのを最後に、コンスタンテイノープルの街も夜の闇《やみ》に沈んでいくのである。

ローマ人の都からギリシア人の都市に、そして今はトルコ人の都《みやこ》になったコンスタンティノープル。

都市というものは女に似て、主《ぬし》は代わっても、なにごともなかったように生きつづけていくものか。ローマだって、皇帝から法王に主が代わっても生きのびた。主の好みをいれて、上にはおる衣装ぐらいは代えたとしても……。

マルコは、ヴェネツィアの街を思い出していた。あの都市も、主は代わっても生きつづけるだろうか。

いや、と、彼は首を横にふる。黄金色に輝く尖塔《ミナレット》が林立するヴェネツィアは、想像もできなかった。かといって、天を突くように空に向かってのびる、北ヨーロッパのゴシック様式の鐘楼で占められたヴェネツィアも、想像することはできない。ヴェネツィアは、ヴェネツィア人がいなくなれば死ぬ街なのだろう。そう思うと、マルコはなぜか安心した。

そのとき、あわただしい足音がして、奴隷の一人の声がふってきた。

「御主人様の御部屋に、早くおいでくださるようにと」

マルコは、なにも問いかけないで走りだしていた。奴隷に囲まれる生活で学んだ第一のことは、彼らには質問をしても無駄だということだった。

アルヴィーゼの使っている部屋の一つに、広い天蓋《てんがい》つきの寝台のおかれた一室がある。寝室は、ヴェネツィア式の装飾のほどこされたものが別にあるので、アルヴィーゼはこの部屋を、くつろぐときに使っていた。

その部屋の中に足をふみいれたマルコは、寝台の上に、予想した人とはちがう人物が横たわっているのを見て、かえってびっくりした。寝台の上に横たわるのは、トルコ風のターバンをつけた一人の男で、アルヴィーゼは、寝台のわきに立っていたのだ。マルコが近づくと、奴隷たちは外に出ていった。最後に、医者らしいユダヤ人も部屋を出た。

珍しくも蒼白《そうはく》な顔をこわばらせたアルヴィーゼが、横たわる男の耳もとで、トルコ語でなにか言った。マルコは、自分が紹介されたのがわかった。男がうなずき、意外に元気そうな顔で自分を見たからだ。アルヴィーゼは、今度はマルコに向かい、イタリア語で言った。

「宰相閣下イブラヒム・パシャだ」

そして、低い声でつづけた。

「この近くまで供《とも》をしてきたとき、刺客に襲われた。襲ったのは二人だが、身体《からだ》つきから二人とも、アナトリア出身のトルコ人にちがいない。傷を負われた宰相閣下に気を奪われているすきに、刺客には逃げられてしまった」

イブラヒムは、そんなアルヴィーゼをなぐさめるかのように、ほとんど陽気にきこえる声で口をはさんだ。それも、流暢《りゅうちょう》なイタリア語で。

「かすり傷ですんだのだから、心配しないでいただきたい。地位が高くなるということは、身の危険も増すということだ。

ただし、今夕の出来事は、極秘にしてもらいますよ。わたしの護衛たちは心配ないが、あなたの医者と従僕は大丈夫かな？」

アルヴィーゼに問いかけた最後の言葉は、やはり一国の宰相らしく重みがあった。子音で終わる言葉の多いヴェネツィア方言のイタリア語で話されて、思わず少しはゆるんでいたマルコの頭は、それで再びひきしまったのである。

トルコの宰相イブラヒムには、トルコ民族の血は流れていない。両親はギリシア人で、ギリシア正教派のキリスト教徒だった。

今ではパシャという尊称をつけて呼ばれるイブラヒムも、生まれたのは、わずか二十年前にさかのぼればヴェネツィアの植民地だった、イオニア海ぞいの港町パルガである。ヴェネツィアが築いた城塞《じようさい》にいたっては、今でも完全に残っている町だ。ヴェネツィア共和国の軍事と通商の重要拠点のコルフ島からは、東南に向かえば数時間で着ける距離にある。三百年もの間ヴェネツィアの植民地だったので、住民はギリシア人でも、イタリア語を話せた。

この町に生まれたイブラヒムは、ごく幼少の頃に、襲ってきたサラセンの海賊にさらわれる。ガレー船の漕《こ》ぎ手として使うには幼なすぎたので、コンスタンティノープルの奴隷市場に売りに出された。

少年を買ったのは、未亡人になったばかりのトルコの上流婦人で、この婦人は、少年を、彼女が住んでいた、トルコ第二の都アドリアーノポリに連れていった。まもなく、婦人は少年の利発さに気づき、教育を与える気になったらしい。婦人には子がなかった。少年はこうして、奴隷ではあっても、哲学を学び音楽を知り、ギリシア語の他にトルコ語、ペルシア語、アラビア語からイタリア語まで、完全にわがものにすることができたのである。

このイブラヒムに、いつどのようにしてスルタンのスレイマンが知りあったのかは、史実は明らかにしてくれない。だが、この二人の出会いは、一歳だけ年長だったイブラヒムとスレイマンもともに十代の終わりの頃で、皇太子時代のスレイマンが、アドリアーノポリに滞在していた時期ではないかといわれている。

いずれにしても、スレイマンとイブラヒムは、多感な十代の終わりの頃に知りあい、おたがいにひきつけあうものがあったのか、まもなく、皇太子と奴隷という立場を超えた親友の仲になった。育ての親のトルコ婦人が、このイブラヒムを、皇太子に献上したのはいうまでもない。

スレイマンが二十六歳の年、父親のスルタンが死んだ。後を継いで即位したスレイマンが、首都コンスタンティノープルのトプカピ宮殿に移ると同時に、イブラヒムも、当然のことのようにスルタンの宮殿の住人になる。

当初の彼の仕事は軽いものだったが、鷹匠頭《たかじょうがしら》からはじまった役職は、小姓たちの教育係をつとめた後も昇進をつづけ、まもなく閣議に列するまでになる。四人いる大臣の最高位、宰相に任命されたのは一五二三年。イブラヒム、三十歳の年であった。

三年間でこれほどの出世を果たしたのは、スルタン以外は全員が奴隷、と西欧人が評した当時のトルコでも、異例に早い昇進と評判になったものだった。

しかし、このイブラヒムに、ヴェネツィアの「C・D・X（十人委員会）」が注目したのは、異例に早い昇進のためばかりではない。スレイマンとイブラヒムの、スルタンと宰相の立場を超えた特別なかかわりあいにある。これだけは、トルコの宮廷でも前例がなかったのだ。

この二人は、国政面でのよき協力者であるだけでなく、食事も常に一緒にとり、戦場では同じ天幕に眠るのである。夜、詩を口ずさむスレイマンのかたわらで、楽を合わせるイブラヒムの姿は、ヴェネツィア側のスパイが、二人は同性愛の関係にあるのではないかという、報告まで送ったほどだった。

同性愛関係は早とちりにしても、二人の関係の親密さは疑いようがなかった。スレイマンはイブラヒムに、最愛の妹を妻として与えもしたのだ。

しかし、水ももれないほど完璧にみえたこの友情関係に、少し前から、ある異分子がかかわるようになっていた。ヴェネツィアの諜報《ちょうほう》機関「C・D・X」が、アルヴィーゼ・グリッティからの通報によって知ったこの新事実に、慎重に対処する必要を感じたのも当然だ。普通ならば男女の間の問題ですむものが、大帝国の絶対専制君主ともなると、思いもかけない余波をおこすことがあるからだった。

宰相イブラヒムの受けた傷は、ほんとうに彼の言うように、かすり傷ですんだようである。刺客の剣は左手をわずかにかすった程度で、血もすぐに止まったし、包帯の上を袖《そで》でかくせば、傷を負ったばかりの人とはとてもみえない。立ちあがったイブラヒムは、予定どおり夜会を行うよう、アルヴィーゼに言った。他の客たちは別室で待っている。その人たちには、夜討ちの件は秘密だった。

夜会のために用意されていたのは、ヴェネツィア様式で統一されたこの屋敷の中でも、いくつか特別につくられている、トルコ様式の一室だった。

天井は、薄い絹地を中心部に向けて幾重にもひだをつくった、絹製の天井というところ。部屋の壁は、ペルシア風の模様のタイルで一面におおわれている。タイルの模様は草や樹《き》や花なので、まるで庭園の中にいる感じになる。しかも、壁の一つには、小さいながら優しく水を噴きあげる、噴水まであった。

床は一面、アレクサンドリア産の木綿の敷物でおおわれている。そのあちこちに、小ぶりだが繊細な模様の絹の絨毯《じゆうたん》が、人の坐《すわ》る位置を示しておいてあった。その上に、ビロードの地に金糸を織りこんだ大型のクッションがおかれてある。トルコでは人は、その上にあぐらをかいて坐るのだった。

十人足らずの男たちの間で進む夜会は、その存在がまったく気にならない女奴隷たちの給仕で、なにごともなかったようにおだやかに進行していた。マルコは、四、五人離れたところに坐る宰相イブラヒムを、自然に観察する感じになる。

年の頃は、アルヴィーゼや自分よりは四歳年長と知っていても、実際の年齢よりは少しばかり老《ふ》けてみえる。だが、話しぶりは明快でいて隙《すき》がなく、頭の良さがただちにわかってしまう型の男だった。

それに、ユーモア気分も旺盛《おうせい》らしく、一座を彼の話に引きこむのが巧みだ。また、なに気《げ》なく彼が話すスレイマンの人間的なエピソードは、彼とスルタンの仲の特別さを、人々に感じさせるに充分だった。

背丈は、もりあげたターバンの上に鉢型のトルコ帽までつけているのでまどわされるが、小男といったほうがいいだろう。顔つきも、生き生きとした眼の光をのぞけば、品格を感じさせるものではない。生地のパルガでは、漁師の息子でもあったのだろう、とマルコは思う。

だが、そのようなことで判断を左右するマルコではない。宰相イブラヒムとは、自らの利益に合致しているかぎり、感情ではなく理《ことわり》で動く男であると見たのだ。仮想敵国ナンバー・ワンの国の宰相としては、えがたい人物であるのも明らかだった。

その次の日、マルコは大使館にもどった。大使に願った一週間の休暇は終わったのだし、二日後には、大使のスルタン訪問に同行することになっている。恒例になっている儀礼訪問なのだが、副官を欠くわけにはいかない。それに、イスラム世界最強の君主への好奇心は、やはりある。マルコには、アルヴィーゼの屋敷での快適な生活を後にするのが、それほど残念ではなかった。

玉座の間、と呼ばれているトプカピ宮殿内の大広間では、ヴェネツィア大使とその副官が到着した頃には、トルコ側の高官たちはすでに全員が顔をそろえていた。後は、スルタンの来場を待つだけだ。

イスラム教の高位の僧だけでも、十人はいる。白い丈《たけ》なすあごひげと、押しつぶしそうなほど大きく盛りあげたターバンと、どこかに必ず緑色を使った絹の長衣ですぐそれとわかる。緑色は、イスラム教徒にとっては聖なる色なのだ。彼らは全員、純血トルコ人であることでも、他の宮廷人とはちがっていた。

イェニチェリ軍団の団長もいる。財務官も大臣たちもいる。トルコ宮廷では高位を占める人々が、一カ所に集まった感じだった。もちろん、宰相イブラヒムもいる。だが、この場での彼は宰相だ。大使の副官などには、視線もおくってこなかった。

接見の間のつくりは、特別に豪華というのではない。中央にある玉座も、絹張りの天蓋《てんがい》がついているのだけが特別の、西欧式の椅子にすぎない。

待機中のマルコの注意をひいたのは、トルコの高官たちの種々さまざまな帽子だった。服は、色こそ少しは変化はあっても、いずれも絹地のトルコ式の長衣で、少しすれば見飽きてしまう。だが、頭から上のファンタジーはすばらしい。

ターバンを巻きあげている者ももちろんいたが、高々とかぶったフェルト製の帽子の形の種々相は、こうも一カ所に集まると壮観だ。

三十センチはある帽子の上に、それだけでも足りないのか、羽毛までつけている者がいる。その羽も、駝鳥《だちょう》の羽のような大げさなものまであって、いずれも左右に大きくたれさがっている。こうなると、ひたいからの高さは一メートルにも達するいきおいだ。高々とかかげた後で、背後にすそを長くひいた帽子まである。それらがまた、色とりどりだった。

トルコ男のファンタジーは、帽子に集中しているのかもしれない、とマルコは思う。これほども頭の上にのせるものに凝《こ》るのは、男たちの背丈が、総じて低いからかもしれなかった。たしかに、ファンタスティックな帽子は、彼らの背丈を、実際よりはずっと高く見せていた。

だがこれも、高位の人々にだけ許された特権のようである。グラン・バザールを行き来する商人たちは、小ぶりのターバンか、まるで植木鉢のような小型のトルコ帽をかぶっているだけだった。

しばらく待った、と思う頃になって姿をあらわしたスルタンは、まず、その背の高さで他を圧倒していた。もともとが家臣たちの丈高の帽子の高さに迫るくらいの身長があるところに、重さで首が曲がってしまうのではないかと思うほど大きい、純白の絹のターバンをつけている。

宰相イブラヒムよりは一歳年下というから、三十代の半ばという年頃だろう。痩《や》せ気味だが、弱々しい感じはしなかった。そして、これで大国トルコの絶対君主かと眼を瞠《みは》るほどの率直さで、すたすたと玉座に近づくや、すぐになにかを命令した。

だがそれは、老齢のヴェネツィア大使のために、椅子をもってくるよう言ったのだった。玉座近くに椅子を与えられた大使ゼンに、玉座に坐ったスレイマンは、少しばかり猫背の身体をのりだすようにして話す。大使ゼンも、通訳なしで応じている。それに、うなずいたり口をはさんだりするスレイマンの眼は、じっと老大使にそそがれていながら、あたたかい笑みがにじみでていた。特別に椅子を与えたのは、老齢だからというだけではなく、大使ゼンに好意をもっているからだろう。

生まれながらの帝王を眼前にしている想《おも》いが、マルコの胸中を満たしはじめていた。スレイマンには、なにひとつとして、不自然なものが見いだせない。歩き方も話しぶりも、三十代半ばの男のものだ。それでいて、いつのまにか人々の心を征服してしまう。声音も、親しみにあふれていながら、威厳を感じさせた。白絹のターバンの谷間に輝く、卵ほども大きいエメラルドさえ、彼以外に誰が、これほど自然に身につけることができるかと思うくらいだ。

大使ゼンが紹介したのか、スルタン・スレイマンははじめて、大使の後方に立っているマルコに眼を向けてきた。

「マルコ・ダンドロというと、エンリコ・ダンドロの御子孫ということかな」

マルコは、一礼した後でギリシア語で答えた。スレイマンがギリシア語も解することを知っていたからである。

「はい。三百年昔ですが、先祖ということになります」

それに、スレイマンは、黄金色に輝く絹の長衣のふれあう音が聴こえたほど身をのりだしながら、好奇心を隠すでもなくギリシア語で言った。

「ハギア・ソフィアにある御先祖の墓には、もう参られたかな?」

スレイマン大帝

次の日、マルコは、トルコ語ならばアヤ・ソフヤと呼ぶという、ハギア・ソフィアの前にいた。一四五三年に起こった東ローマ帝国の滅亡までは、帝国第一のキリスト教の教会だったが、帝国滅亡とともに、征服者マホメッド二世の命によって、イスラム教のモスクに変えられていた。

モスクは、周辺に並び立つ尖塔《ミナレット》の数によって格づけが示される。ハギア・ソフィアは、四本の尖塔をもつ。スルタン・スレイマンが建てさせるスレイマン・モスクと並んで、コンスタンティノープルでは最高の格をもつモスクになっていた。

ちなみに、現代のイスタンブルで最も有名なモスクは、青色のタイルが一面に張られているので通称ブルー・モスクと呼ばれるモスクだが、十七世紀に入ってから建てられたものなので、スレイマンの時代にはまだない。このモスクは、六本もの尖塔をもっている。ただ、これではイスラム教徒の聖地メッカのモスクと同じ数の尖塔をもってしまうことになり、ブルー・モスクを建てさせたスルタンは、メッカのモスクを上位におくために、メッカのそれには、わざわざ一本の尖塔を贈らざるをえなかったという。

ハギア・ソフィアのモスクの外観は、イタリアの教会を知っている者には、美しいというよりも醜い印象のほうが強い。それは、正十字形のギリシア正教式の教会に、後からいろいろなものをつけ加えたからで、モスクとしてははじめから建てられたものは、外観も調和が尊重されている。また、つけ加えにも理由はなくはない。イスラム教の「教会《モスク》」は、祈りの場だけでなく、学習の場も寄宿舎も、病院でさえ附属しているのが普通だったからである。

それで、ハギア・ソフィアのまわりにも、祈りの前に手足を清める者や、学びの場に向かうトルコの若者たちの往来がはげしかった。誰も、コンスタンティノープルでは見慣れた、西欧の商人ふうのゆったりした黒の長衣姿のマルコを振りかえる者もいない。

内部に足をふみ入れる。中に入るとさすがに、壮麗さには言葉がないほどだ。六世紀にビザンチン帝国皇帝ユスティニアヌスによって建立《こんりゅう》された当時の面影が、やはり相当に遺《のこ》っている。内部の壁面全体をおおっていたという色彩豊かなモザイクは、モスクにされたときから白いしっくいの下に塗りこめられてしまっているが、内部のつくりは昔のままだった。

だが、皇帝の玉座はスルタンの玉座に変わり、十字架も燭台《しょくだい》も聖者の彫像も姿を消して、四分の三世紀が過ぎている。色とりどりの大理石が敷きつめられた床面も、それらがまったくうかがえないほど、ひれ伏して祈るのに都合よいようにと敷かれた、敷物で隠されてしまっていた。偶像を拝すことを厳禁しているイスラム教のモスクに変わったハギア・ソフィアは、キリスト教の教会を見慣れた者の眼には、巨大な空洞と感じられてもしかたがない。

マルコは、その巨大な空洞を眼前にしながら、一四五三年五月二十八日、翌日に迫った陥落を予知したかのように、東ローマ帝国最後のキリスト教のミサに列席するために、ここに集まった人々のことを思っていた。

一千百年以上もつづいた大帝国でさえ、滅びのときをのがれることはできないのである。今や最大最強の力を誇り、落日など想像するもむずかしいトルコ帝国とて、いつかは滅びのときがくる。いや、もしかしたら、現在のように繁栄の頂点にあるように見える時代こそ、衰亡に向かう第一歩なのかもしれない。

マルコの足は、それでも二階に向かっていた。かつては皇帝の家族親族がミサに列席するときの席であったという二階の回廊は、イスラム教徒には祈りの場にふさわしくないのか、人の影さえもない。その壁ぎわの一カ所に、実に簡素な大理石板をはめこんだだけの石棺があった。そこには、エンリコ・ダンドロとだけ、ラテン語で彫られてあった。肩書も献辞の言葉もない、名だけをしるした墓棺である。

昨日の接見のとき、スルタン・スレイマンは、マルコにこう言ったのだ。

「われわれトルコ民族は、ハギア・ソフィアはモスクに変えても、あなたの御先祖の墓は残した。八十歳を超える高齢でありながら、しかも両眼とも視力が非常に劣っている身ながら、あれほどの大事業の先頭に立って、国家の繁栄の基礎を築いたあなたの御先祖を、キリスト教徒ということを超えて尊敬してきたからだ」

こう言ったスレイマンの声音は、トルコのスルタンが他国の君主を賞《ほ》めたたえるというよりも、一人の若者が、年長の人物を認め、賞讃《しょうさん》を惜しまないという感じのほうが強かった。

エンリコ・ダンドロの名は、第四次十字軍と切っても切れない関係にある。

十三世紀初頭、フランスの貴族や騎士たちの間で起こった十字軍遠征計画は、海路パレスティーナまで軍勢を運ぶのを、当時台頭のめざましかったヴェネツィア共和国に委託する。ヴェネツィアの元首《ドージェ》エンリコ・ダンドロは、軍の輸送を請け負うだけでなく、兵と船提供の共同出資者ならばという条件で、引き受けた。

軍勢がヴェネツィアに集結したのは、一二〇二年の春。ヴェネツィア側も、フランスの示した三万五千の人間と四千五百頭の馬の輸送が可能な、四百隻《せき》近い船を用意して待つ。

ところが、実際に集結地に集まったのは、この三分の一の兵数でしかなかった。これでは、輸送費用さえ払えない。困り果てたフランス騎士たちに、元首《ドージェ》ダンドロの提言は、救いの神のように思えたかもしれない。エンリコ・ダンドロは、借金は帳消しにするから、パレスティーナ攻めの前に、コンスタンティノープル攻略をしよう、ともちかけたからである。

ただし、十字軍精神旺盛《おうせい》なフランス騎士たちには、困惑はないでもなかった。十字軍とは、イスラム教徒と闘うことを目的としている。それなのに、いかに仲の悪い関係にあろうと、カトリックとは共同歩調をとりたがらないギリシア正教徒の国であろうと、ビザンチン帝国はキリスト教徒の国である。だが、金《かね》を払えないからといって、騎士道の華たるフランスの貴族が、旗を巻いて、おめおめと祖国に引き返すわけにもいかなかった。

いろいろなことがあったにしても、第四次にあたる十字軍の軍勢はヴェネツィアを出発し、一二〇四年、コンスタンティノープルは攻略されたのである。このときの陣頭に立ったのが、エンリコ・ダンドロだ。老いた元首《ドージェ》は、征服がなり、ヴェネツィア共和国の国益が確立するのを見た後で、コンスタンティノープルで客死した。

十字軍としてならば評判ははなはだ悪いこの第四次十字軍も、ヴェネツィアに高度成長期をもたらしたという点では、画期的な事業であったのだ。クレタ島をはじめとして、エーゲ海の沿岸に数珠《じゅず》つなぎのように築かれたヴェネツィアの基地は、それ以後の三百年間、「海の力《シー・パワー》」をヴェネツィア人が手中にしつづけるのに貢献する。コンスタンティノープルのヴェネツィア人居留区を本拠にしたオリエント交易が、大きく飛躍したのもこの時期からであった。

マルコは、自分と同じ姓をもつ男が眠る、墓の前にしばらく立っていた。

だが、その彼の胸中には、この高名な先祖への気後れは、少しもわいてこなかった。

あの時代のヴェネツィアは、興隆期に向いつつあったのだ。エーゲ海の基地を一つ、そしてまた一つと失いつつある、今とは完全にちがう。三百年昔のヴェネツィア共和国は、衰退いちじるしいビザンチン帝国を東に、いまだ自らの力を効率良く使うことに目覚めていず、王よりも封建諸侯の力のほうが強いヨーロッパを西に、もっていたにすぎない。

それが、三百年後の今、ヴェネツィアが東にもつのは、大帝国トルコであり、西には、これも王国としてまとまっているスペインやフランスの強国がひかえている。いかに国の総力を結集しようとも、戦争に訴えて不利なのは、今ではヴェネツィアのほうなのであった。

しかし、とマルコは、確信をもってわれとわが身に言いきかせることができた。外交も、武器を交《か》わさない戦いではないか、と。ダンドロの姓をもつ自分は、別の戦争に参加しているのだ。たとえそれが、いかに不名誉な手段に訴えてまで集めた情報を駆使して闘われるものであっても、戦いは戦いなのであった。

マルコは、二階の回廊を後にしながら、このような考えは、スルタン・スレイマンには理解できないだろう、と思った。祖国の衰亡を、気配さえも感じないでいられるスレイマンは、幸福な男だ。幸福な男たちには、汚い手段も人道にはずれた行為も、非難する贅沢《ぜいたく》さえも許される。

スレイマンとの初の会見を終わって、小舟で金角湾をガラタへ向かっている途中、大使ピエトロ・ゼンが、マルコにこんなことを言ったのが思い出された。マルコが、スレイマンの、誠実で公正でしかも品格あふれる振る舞いに魅了されたらしいのに気づいて、少しばかり冷水をかけるつもりであったのかもしれない。

「スルタン・スレイマンが、実に魅力的な君主であるというのには、わたしもまったく同感だ。彼ほど自然に紳士でいられる男を、わたしとて他に知らない。

しかし、個人的な友人関係ならばこれ以上は望みようもないという彼のこのすばらしい資質が、われわれとはほとんどの面で利害が反する国家の君主となると、かえってマイナスになってくる場合もある。

スレイマンは、自分は常に正しくありたいという願望を、人一倍強くもっている男だ。そして、もつこともできる環境にも恵まれてきた。

だが、わがヴェネツィアが望んでいる相手は、常に正しくありたいと思い、そうすることを最上の満足と信ずる人物ではない。

なぜなら、われわれの欲しているのは、妥協だからだ。妥協とは、自らにやましいところをもつと自覚している者だけがやれる。うしろめたいなにかをもつことを、胸中では知っている者だけができることなのだからね」

大使のこの言葉は、マルコをひどく考えこませたので、舟がガラタの船着き場に着いたのも、気がつかないほどだった。


スレイマンは、血に汚れた玉座につかないですんだという点でも、トルコの歴史では珍らしいスルタンであった。

一五二〇年、二十六歳の若さでスルタンに即位した当時、トルコ宮廷の慣習のようになっていた、弟殺しを命ずる必要がなかったのだ。スレイマンは、一人息子だった。後継者争いを未然に防ぐという大義名分があろうと、たとえ同腹の弟ではないといっても、多い場合だと十人を越える数の弟を殺して玉座につくのは、やはり暗いものを引きずらざるをえない。

これを、スレイマンはしなくてすんだのだ。このようなことをするからトルコ人は野蛮なのだ、という西欧の君主たちの非難と軽蔑《けいべつ》に対して、スレイマンが堂々と胸を張ることができたのも、肉親の血で手を汚したことがなかったからであった。

スルタン・スレイマンの幸運の二番目は、完成した帝国を引きつぐことができた点にある。

曾祖父《そうそふ》にあたるマホメッド二世は、一千年の歴史をもつ東ローマ帝国を滅亡させ、その首都コンスタンティノープルを自らの国の首都ときめた後も征服をやめず、セルビア、ボスニアと攻略し、トルコの国境を、ポーランドやハンガリーに接近する線にまで拡大する。黒海沿岸もトルコの手におち、南のエーゲ海も、ヴェネツィアの基地をのぞいたギリシアのほとんどは、トルコに屈した。

その子のバヤゼットは、父の建設した帝国の保全に専念するだけで一生を終わったが、スレイマンには父にあたる次のスルタン・セリムは、一五一七年、シリア、パレスティーナ、エジプトの征服に成功する。アラビア半島もその中にふくまれ、イスラムの聖地メッカを手中にしたスルタンは、イスラム教では宗教上でも第一人者になったのだった。

スレイマンが受け継いだのは、この大帝国である。彼には、帝国の安全保持からも征服の必要あり、とされる地域さえ、残っていなかったことになる。

いや、一つあった。それはロードス島で、黒海につづいて東地中海までトルコの内海にしてしまうには、聖ヨハネ騎士団のこもるこの島は目ざわりだったのだ。

スレイマンは、即位後二年が過ぎた一五二二年、ロードス島攻略に着手する。六カ月の攻防戦の末、この島もトルコのものになってから六年がたっていた。十六世紀前半の当時、東地中海に残った西欧の勢力といえば、ヴェネツィア領のキプロスとクレタの両島しかなかったのである。

これほどの環境に恵まれ、若くして無理なく君主になった男に、紳士的振る舞いが容易なのも当たり前だ。スレイマンには、曾祖父マホメッドのような、人道に反し法に反する行為に訴える必要がなかったのだから。

スルタン・スレイマンは、「立法者」という尊称で呼ばれることが多かった。彼自身もそれをひどく気に入っていたらしいが、自分こそ、無法の時代を過去のものとし、法の時代を築いた君主と信じていたのだろう。

六カ月もの間しぶとく抵抗した聖ヨハネ騎士団の騎士たちにさえ、武器をもっての名誉ある退去を許している。それまでは、トルコ軍の勝利というときまって、その後に残るのは籠城兵《ろうじょうへい》の死体と、奴隷にされてひかれて行く、住民たちしかいないのが普通だった。

しかし、スレイマンの後を襲うことになるスルタンたちを見ると、受け継いだ環境では同じなのに、スレイマンほど公正でありたいと願い、それを相当な熱心さで実行した者を見いだすことができない。つまり、環境さえ同じならば資質も同じ人物が生まれるとは、かぎらないのである。やはり、スレイマンには、死後「大帝」と尊称されるだけの資格はあったということだろう。

このスレイマンはまた、親友までもつという幸運にも恵まれた。宰相イブラヒムだ。専制君主にとって、心の友をもつことほど、得がたい幸運はない。しかも、イブラヒムは、宰相としての能力でも抜群の存在だった。

しかし、スルタン・スレイマンにとっての人生最高の喜びは、愛する女を得たということであったかもしれない。三百人もの女をかかえるハレムの主《あるじ》として、女という存在は寝床をともにする対象でしかないのが普通だったトルコの宮廷では、それこそ、前代未聞《みもん》の異例事であった。

この恋愛がまた、いかにもスレイマンらしかった。老齢の君主が、若い女に夢中になったのではない。二十九歳のスレイマンは、さして年のちがわない女奴隷を愛したのだ。

しかし、この恋愛は、トルコの宮廷を動揺させずにはおかなかった。

それまでのスルタン第一の側近は、イブラヒムであったのだ。そこに、ライヴァル登場である。愛妾《あいしょう》ロクサーナは、絶対の権力をもつ男に愛されているだけでは満足しない女だった。

この情況の変化は、宰相イブラヒムという、絶好の協力者をもつことで支障なく進行していた、それまでのヴェネツィア共和国の対トルコ外交にも、見直しの必要が生じたことを意味する。

イブラヒムは、スルタンとの信頼関係に絶対の自信をもっていたから、思うとおりにことを運べたのだ。それが、スルタンに影響力を発揮できる人間が、もう一人出現したのである。権勢をほしいままにしてきたイブラヒムの立場も、微妙に変わりつつあった。

ハギア・ソフィアを後にしたマルコは、大競技場に寄ってみた。これもビザンチン帝国時代の遺物だが、トルコ人も、大きな催しとなると活用している。一カ月後に催されるスルタン主催の大競技会の招待は、ヴェネツィア大使館にもとどいていた。スルタンの後宮もはじめて列席するということで、トルコ人さえ好奇心にかられているという。マルコも、副官だから出席しなければならない。

だが、彼にはその前に仕事が待っていた。アルヴィーゼから呼び出しがかかっていたのだ。

二枚の図面

トルコ式のくらしにすっかり慣れた様子のマルコに、アルヴィーゼは、二人だけの話し合いには、しばしばトルコ風の部屋を使うようになった。噴水のついた、例の部屋だ。季節も夏の盛り。床は一面のタイル。居心地は完璧《かんぺき》だった。それに、噴きあげる水の音が、密《ひそ》かな話し合いを守ってくれる。

床の上におかれたクッションの上に坐《すわ》るのには少しも苦痛を感じなくなったマルコだが、トルコ様式には、一つだけ、どうにも我慢できない欠点があった。背と両ひじを預けるものが欠けているのである。この点だけは、ヨーロッパ式の椅子《いす》がなつかしかった。

あるとき、それをアルヴィーゼに話したら、友は愉快そうな笑い声をあげた後で言った。

「キリスト教徒でなくても、同じように考える人はいるのさ」

そして、奴隷《どれい》に命じて、まるで小人《こびと》用の机のような家具を、二つもってこさせた。

それは、半円に近い形に曲げられた板面を、二本の足がささえているつくりで、光沢のある黒地には、一面に金や銀の象嵌《ぞうがん》模様がほどこされている。その繊細な美しさには、マルコも思わず眼を瞠《みは》った。

「ジパングでつくられたものということだ。かの地では、貴人はこれにひじを預けるのだという」

「ジパングとは、マルコ・ポーロの書いていた、あのジパングかい」

東西交易では伝統あるヴェネツィアに生まれたマルコでさえ、はるか遠くのジパングのものを見るのははじめてだった。まだ眼を丸くしたままで、ほとんどため息でもつくように、友にたずねる。

「きみは、そのジパングとも商いをしているのか」

「いや、あそこまでは手を広げていない。アラビア商人を通してだが、カタイとは商いがある。この家具も、カタイを通じて運ばれてきたものだろう」

ジパングとは日本のことで、カタイとは、中国の呼び名である。当時のヴェネツィア人は、東洋の二つの国をこのように分けて呼んでいた。

というわけで、マルコもアルヴィーゼも、ジパング製の脇息《きょうそく》に寄りかかって、眼の前の床面に広げられた、大きな二枚の図面に相対《あいたい》することになったのである。アルヴィーゼが、まず口を切る。

「これは、二枚とも、トプカピ宮殿の中にある、スルタン私用の一画、つまり後宮の見取り図だ」

「よく手に入ったね。あそこには、外部の者は立ち入り厳禁というのに」

「ぼくの商いの中には、宝飾品も高級織物もあることは忘れないでほしいね。二つとも、ハレムの美女たちとて眼の色を変える。それに、外部の者にかぎらず男ならば誰でも立ち入り禁止のハレムだが、女ならば出入りできる。とくに、その女が商人ならば簡単だ」

なるほど、とマルコは感心した。潜入させたスパイは、女の商人だったのだ。しかも、アルヴィーゼによれば、情報の正確を期すために、宝石売りと織物売りの二人を送りこんだという。二人の女の間には、互いに関係はなく、女たちはそれぞれ、自分一人がこの仕事をまかされたのだと思いこんでいる。宝石売りはユダヤ女で、織物を商う女は、ギリシア人だった。イスラム教徒の都コンスタンティノープルに住む異教徒としては、ギリシア人が最も多く、その次がユダヤ人といわれたものだが、この二つの被支配階級は、支配者トルコへの思惑から、互いに反目しあっていることでも知られていた。

アルヴィーゼはつづける。

「この図面自体は、彼女たちの話をもとにぼくがつくった。一枚は、二年前のものだ。もう一枚は現在の状態を写《うつ》している」

そう言われれば、二枚の図面は、外わくはまったく同じなのに、内部の区分けに微妙なちがいがうかがえる。内部だけにしても、改造がなされたにちがいない。二枚の図面は、スルタン・スレイマンの後宮で起きた異変を、実に的確に写し出していたのである。

ここからはもう、十年も昔から後宮にスパイを潜入させているという、アルヴィーゼの説明を待つしかなかった。

「スレイマンが即位して三年が過ぎた頃のことだ。スルタンの後宮に、ロシア生まれのロクサーナという名の若い女が送りこまれてきた。

あの地方の太守から献上されたという話もきかないから、後宮をとりしきる黒人の宦官《かんがん》が、奴隷商人からでも買ったのだろう。絶世の美女と呼ぶほどの美人ではないというが、生き生きした気性で頭の良い美女ではあったにちがいない。

なぜなら、トルコ帝国の支配のおよぶ全域から集められた美女ばかりが、三百人もひしめいているスルタンのハレムなのに、スレイマンは、この女だけを身近におくようになったからだ。一年後には、男子も誕生した。

このままなにも起こらずにつづいていたのならば、問題にはならなかったのだ。絶対君主スルタンだって、愛妾《あいしょう》ならば常にいる。問題になった原因は、ロクサーナが、愛妾であるだけでは満足しない女、であったことにある。

このことは後ほど説明するとして、まず、第一の図面を見てもらいたい」

マルコも、ジパング製の脇息を引きよせて、身をのりだす。

「きみたち外国使節がスルタン接見の間に向かうときに通る広い内庭の一部に、ハレムに通ずる小さな入り口が口を開けている。護衛の兵も立っていないその入り口からは想像できないが、後宮の内部はとても広いのだ。なにしろ、三百人もの女に加え、その召使の女奴隷たち、去勢された黒人の宦官の一隊、それに、女たちの産んだ子たちも、幼い頃はこの中で育てられるのだから相当な数になる。

その、人目をひかない小さな入り口が、これだ」

アルヴィーゼは、図面の左手前を、手にしていた細い象牙《ぞうげ》の棒で指し示した。象牙の棒は、彼の説明が進むにしたがって、図面の上を移動していく。

「入り口を入るとすぐのところに、黒人宦官の詰め所がある。ハレムの出入りは、ここで厳重にチェックされる。女商人も、品物以外のものをもちこんでいないかを、厳しく調べられる。入り口の外に衛兵などおいていなくても、警戒は完璧《かんぺき》だ。ハレムの女たちも、勝手な出入りはまったく許されていない。病気になっても、ハレムの中に治療所があって、そこで幸いにも治るか、または不幸にして死体で外に出るかなのだ。

黒人宦官の詰め所を過ぎると、庭に面した居心地もよい一画に達する。ここが、スルタンの母后の住居だ。

母后こそ、ハレムで最も厚遇され尊敬を受ける女で、アパルトマンも広々としていて、内部も豪華にととのえられている。女ならばお望みしだいというスルタンでも、母親は一人しかいないのだから当然だ。

この母后の住まう一画の左手に、スルタン居住の一画がある。ここだ。この一画だけは、両側とも庭園に面していて、もちろん、ハレムの中ではどこよりも広く居心地もよく、豪華さも、金《かね》にあかして飾りつけたらしいから、大変なものだろう。ヨーロッパの宮殿とちがうのは、この華麗きわまる一画も、外部の人の眼にはまったくふれないということだけ。

この一画と相対《あいたい》する右手には、庭をはさんで中央にある母后の部屋から、監視しようと思えばできる位置に、四人の正妻たちのアパルトマンが一列につづいている。その向こうには、正妻以外の女たちの住む小さな部屋が、無数という感じで並んでいる。ハレムに住まう女たち専用のモスクもあるし、水浴び用のプールもある。入浴好きのトルコ人だから、浴場ももちろんある。散策用の庭も不自由しない。イスラム教徒は、花の咲く庭がことのほか好きだからね」

アルヴィーゼは、少しばかり話し疲れたのか、卓上のグラスに手をのばした。松やにの匂《にお》いのするギリシア特産の葡萄酒《ぶどうしゅ》を、一息に飲みほす。彼は、一人のときはこの葡萄酒をそばから離さなかった。ギリシア風の美人であったという、今は亡《な》き母の思い出でもあろうか。だが、マルコには、友には悪いと思ったが、この匂いにはどうしてもなじめない。それで、つい、友の話のつづきをせかすことになった。

「言われてみてはじめて納得がいったが、この二枚目の図面は、やはり少しはちがっているね」

「黒人宦官たちの詰め所までは、変わっていない。変わったのは、母后の居住用の一画と正妻四人のアパルトマンが一緒にされ、スルタンの住まう一帯と密着するように変えられたということだ」

「スレイマンの母親は、亡くなったとでも？」

「そう、一年前に死んだ。だが、母后が亡くなっただけでは、こうは変われない」

アルヴィーゼは、さらにつづける。

「ロクサーナがスレイマンの愛妾になったことまでは話したね。これから話すのは、そのつづきだ。

スレイマンには、ロクサーナのトプカピ宮殿入りの前に、すでに男子を与えた正妻がいた。皇太子時代からの妻で、アドリア海沿岸のモンテネグロ生まれの女奴隷だが、名を『春のばら』という。彼女から生まれ、スレイマンの第一子にあたる息子は、ムスタファという名で、利発に健やかに成長中だ。

イスラムの法では、正妻は四人許されても四人の間の階級差は厳然とあって、第一子を与えた女が第一の正妻になる。たとえ男子を産んでも、それが第二子ならば、第二の正妻の地位に甘んずるしかない。いかにスルタンの愛情が深かろうと、この順位は不動だ。

だから、イスラム教徒にとって聖なる日である金曜日の夜は、スルタンは第一の正妻とともに過ごさねばならない決まりは、スレイマンも守ったのだった。

これが、ロクサーナには我慢がならなかったのだろう。事件は、スルタンが執務室に去った、土曜の朝に起こった。『春のばら』のアパルトマンに押し入った彼女は、この第一の正妻につかみかかり、二人の女の間では、黒人宦官たちの制止もきかないほどのとっ組みあいがくり広げられた。そのとき、正当防衛ではあったろうが、第一妻のほうが第二妻の顔をひっかいたのだ。

翌日から、ロクサーナは、スルタンの御召しに応じなくなった。顔が傷ついたから、という理由を申し立ててだ。そして、その翌日も応じない。その次の日も、またその次の日も、会おうとしない。それでいて、見事なのは、『春のばら』については、いっさいふれなかったことだった。

ついに折れたのはスレイマンのほうだ。スレイマンは、第一妻には今後会わないと誓って、顔のひっかき傷などはとうの昔に消えていたロクサーナに、ようやく会うことができたのだ。これ以後、『春のばら』は、第一妻の地位は保ちながらも、夫の訪れもなく、息子ムスタファの成長だけが楽しみの妻にされてしまったというわけさ」

「母后は、なにも言わなかったのかい」

「スレイマンの母は、もともと権力を振りまわす型の女ではなかった。それに、長い間病身だった。この事件からしばらくして、亡くなる」

「ロシア女はもちろん、この好機を無駄にしなかったのだろう」

ロクサーナという名には、「ロシア女」という意味もあったのだ。アルヴィーゼも、深くうなずいて話をつづける。

「今度は、第一の正妻の追放だ。『春のばら』の息子で皇太子ということにもなるムスタファは十六歳に達していたから、理由は充分にあった。皇太子は十六歳を迎えると、トルコ帝国の各地方の長官をつとめながら政事を学ぶと決められている。その折に母親を同行するのも慣例になっていた。この年頃の息子を持つ女となれば年齢も進んでいるのが普通だから、まあ外見はいいにしても、お床入り辞退というわけだ。

それで、『春のばら』追い出しは簡単に実現したのだが、ロクサーナは、ここから、それまでは誰一人として試みもしなかったことをはじめたのだよ。

第一の正妻は追い出したが、他にも正妻は二人いる。そのうえ、何百人という数の女たちもいる。彼女は、これらの自分の同僚たちを、トルコの高官たちの妻にすることを始めた。女たちにしてみても、悪くない転職だ。スレイマンはロクサーナとばかりいるので、彼女たちは失業状態にあったのだからね。

こうして、トプカピ宮殿内のハレムは、もうハレムと呼んでは適切ではない、単なるスルタンの私邸に変わったのだ。スレイマンとロクサーナと、二人の召使役をつとめる、去勢された黒人男と奴隷女の一群、それに、ロクサーナの産んだ、セリムを頭にする五人の子供たち。まったく、トルコのスルタンの後宮としては大異変だった。

第二の図面は、この時期の状態を示している」

「見事な女だね」

マルコは心底感心したような声を出す。

「そう、たしかに見事な女ではある。スレイマンが惚《ほ》れこんだのも、この種の魅力のせいかもしれない。だが、見事な女であるだけに、ロクサーナは、ここで留まる女でもない気がするんだ」

「ならば、これ以後はどんなことを考えていると思う?」

「こういう場合の予測は、この次はなにを望んでいるかということを探るよりも、終局的には彼女はなにを欲しているか、を想定し、それから逆に近い未来に向けて予測してくるほうが、当たる確率は高いと思う」

「そうだね、たしかに。それで、イスラム世界最高の権力者スレイマンの愛を一身に受けるようになった奴隷女は、終局的にはなにを望んでいると思う?」

「断言できるが、息子セリムのスルタン就任だろう」

「母親の情を考えれば、わからないでもない」

「母親の情などという清らかなものではすまないんだ。スルタンの後宮ともなると、存亡を賭《か》けた戦いと言ったほうがいい。

今のままだと、スレイマンの第一子であるムスタファが、次のスルタンになるだろう。そうなれば、ロクサーナが産んだ息子たちは全員殺される。彼女もそれまで生きていれば、トルコの後宮の慣習に従うしかない。先のスルタンのハレムにいた女は、寵妃《ちょうひ》であろうが愛妾であろうが関係なく、通称『愛妾たちの墓場』と呼ばれている建物に死ぬまで幽閉されるということだ」

「わかった! つまり、ムスタファが生きているかぎり、皇太子の地位でさえセリムにはまわってこない」

「そう。だからいつかは、ムスタファの排除が起こる」

「しかし、ムスタファは民衆の人気上々と聴いているし、イェニチェリ軍団の支持も強いというではないか」

「それだけではない。宰相イブラヒムが控えている。それになによりも、スレイマンが法を曲げることなど考えないだろう」

「ならば、ロクサーナの野望の実現は、ほとんど不可能ということになるではないか。彼女は、ただ、スルタンを独占したかったのではないかね。それなら実現したのだし、スレイマンは、まだ三十代の半ばという若さ。次のスルタンが登場するまでに、まだ何十年とありそうだ。その間に、ムスタファになにかが起こることも考えられるし……。

今、無理を重ねてスレイマンの愛を失う危険を冒すよりは、ときを待つほうが利口なやり方だと思うんだが」

アルヴィーゼは、これには賛同しないようだった。

「いや、ぼくの思うには、あのロシア女は、ときは待っても、ただ待つのではなく、一つ一つ賭けをしながら最終的な勝負のときを待つ型の人間ではないかと思う。だから、問題は、その賭けがなんであるかだ」

マルコは、突然頭の中がはっきりしてきた想《おも》いだった。

「きみの推理を踏襲すれば、アルヴィーゼ、終局はセリムのスルタン即位となるから、その前に彼は、皇太子の位を獲得しなければならない。そのためには邪魔なムスタファは殺されるだろうというところまでは、まったくきみに賛成だ。

この、順序からいえばその前ということになるが、ぼくの考えるには、イブラヒム対策がくる。ロクサーナが宰相を懐柔するか、それとも決裂かはわからないが。

それにしても、イブラヒムを失うのは、ヴェネツィアにとっては痛手だな。スレイマンの法と秩序の精神は、どれだけ信ずるにたりるのかもわからないし」

アルヴィーゼからは、答えがなかった。だが、それから一カ月も過ぎない秋のはじめ、トプカピ宮殿のロシア女は、二人が想像もしていなかったことを実現させたのである。

後宮の内と外

去勢された黒人奴隷《どれい》の一群によって、世間と隔離されている後宮内での出来事は、常ならば、首都コンスタンティノープルに住む人々の噂《うわさ》の種になることはない。とびきりの美女が献上《けんじょう》されようと、大帝国トルコのスルタンなのだから当たり前だし、妻妾《さいしょう》の一人が死んで運び出されようと、奴隷女には墓さえも与えられないのが、イスラム世界でのしきたりだった。

また、噂というものは、このようなことに特別の関心をもつ女たちがいないことには、立ってもすぐに消えてしまう。トルコの女は家の中にいるのが普通だったし、市街のあちこちにある公衆浴場では、噂は、湯けむりの中に消えて終わりになるのがいつものことだった。

ところが、後宮からにじみ出て市街全体に広がりつつあった今度のそれは、女たちよりも、男たちの注意をひかずにはすまなかったのだ。イスラム教徒であることに誇りをもつトルコの男たちは、それを耳にするや、いちように眉《まゆ》をひそめるのだった。

「スルタンが、正式な結婚をするという話だ」

「奴隷から自由の身にし、しかも皇后にまでしてやるらしい」

六世紀の昔からずっと、トルコのスルタンは、正式の結婚はしてはならないと決められ、十六世紀の当時まで、それは厳格に守られてきたのである。

いまだトルコ民族が小アジアの流浪《るろう》の民でしかなかった時代、スルタンの妻が敵の捕虜になって以来のことであった。そのとき、捕らわれた妻は裸にされ、敵将の食事の給仕を強いられた。トルコ民族にとってこのような屈辱的な事態が二度と起こらないようにと、それ以降、スルタンの正式の結婚は禁じられたのである。

いかに華麗に着飾った第一の正妻であろうと、公式の身分ならば、ハレムの女奴隷にすぎない。女奴隷ならば、何人捕虜にされ裸体で奉仕させられたとて、スルタンの面子《めんつ》には傷がつかないということだろう。正式の妻にしてくれと迫ったロクサーナは、トルコ民族発生以来のしきたりに挑戦したことになる。

愛する女の願いとはいえ、さすがにスレイマンも、この要求は簡単には聴きいれるわけにはいかなかった。だが、ロクサーナはあきらめない。ハレムにいた他の女たちは正式な結婚をして出て行ったのに、自分だけが、世界最高の権力者に愛されている自分だけが奴隷のままでいる、と言って、スレイマンを責めたのだった。そして、一方では、トルコの法を破ることに眼をつむっていてもらうために、イスラムの高僧たちに多額の金をおくった。反対の声は、それが起こる前に沈黙させられたのである。最後にはついに、スレイマンも屈服する。イスラムの高僧の前で、スルタンは次のように宣言した。

「この女を自由の身にする。そして、自分の妻にすることを、アラーと預言者マホメッドにかけて誓う。この女の所有するものはすべて、公式に彼女の所有権に帰すことも宣言する」

トプカピ宮殿の中で行われた結婚式は簡単だったが、その翌日から一週間つづいた祝宴は、このようなことははじめてのトルコ人と在住外国人を驚かせるに充分な、豪華をきわめたものになった。

ビザンチン時代の遺物である大競技場では、連日、数々の催し物が次々とくり広げられる。貴賓席の半分は、ペルシア風のよろい戸で仕切られ、皇后ロクサーナと、皇后に仕える女奴隷たちも見物できるようになっていた。

ロクサーナの息子たちにも、皇子として、スルタンの近くに座を占める皇太子ムスタファに、つづく席が与えられている。スルタンをはさんだこちら側には、各国の大使や領事が居並んでいた。スルタンのすぐ右横の、大使団第一の席には、ヴェネツィア共和国大使ゼンが、連日のこととて少々うんざりした顔で、それでも欠席するわけにもいかないために坐《すわ》っている。副官マルコの席は、大使のすぐ背後にあった。

トルコの高僧たちも、いかめしい顔をつらねている。宮廷の高官たちも、宰相イブラヒム以下、一人の顔も欠けていなかった。

コンスタンティノープル在住の有力者たちも、名のきこえた者はみな、招待されてきている。もちろん、アルヴィーゼ・グリッティの姿は、いつもあった。

コンスタンティノープル中が、結婚の祝いのために集まったのだ。よろい戸で隠され、祝いの言葉を直接に受けられないとはいえ、また、全身を飾っているにちがいない、スルタンから贈られた数々の高価な宝飾品を見せびらかすこともできないとはいえ、奴隷女であったロクサーナの、見事なまでの勝利であった。

大競技場が、もとの無人の大空間にもどって数日がすぎたある夜、アルヴィーゼ・グリッティの屋敷では祝宴が開かれていた。

祝宴の理由は、表向きは、元首《ドージェ》グリッティの七十三歳の誕生日を祝うということにある。「君主の息子《ベヨグルー》」であるアルヴィーゼの屋敷に、大使をはじめとするヴェネツィア大使館の人々を招くには、格好の理由だった。

だが、これはあくまでも表向きの理由だ。それで、招かれた人々は実に巧妙に小さなグループに分けられて、それぞれ別々に食事をし、その日一日中を狩りでも愉《たの》しむように仕組まれていた。大使ゼンと副官マルコと、そしてアルヴィーゼの三人だけが、途中で姿を消そうと、誰にも怪しまれないようにという配慮からだ。

三人がこもったのは、例のトルコ様式の一室である。噴水の水の音が、密談の場を守ってくれる。

マルコは、この部屋は密談の場にもふさわしいが、密会の場にはもっと適しているのではないかと、けしからぬことを考えている自分に気づいて、思わず苦笑をもらしてしまった。密会を考えたとたんに、ヴェネツィアにいるオリンピアを思い出したからだ。アルヴィーゼが用意してくれた女奴隷は、コーカサス地方出身の美しい女なのだが、肉体をむさぼった後はなにもすることがないのが、マルコには不満だった。こ

れをアルヴィーゼに言ったら、友はそのときだけは冷淡な声で、

「おれには、それでいい」

とだけ答えて、後はなにも言わなかった。

その夜の噴水の部屋の雰囲気には、なにかしら、前線基地の参謀本部を思わせるものがあった。

大使ピエトロ・ゼンと、マルコ・ダンドロと、アルヴィーゼ・グリッティの三人は、それぞれジパング製の脇息《きょうそく》に身を預けたくつろいだ姿勢ながら、三人の間には、低い声音で短く切られた会話がつみ重ねられていった。

ヴェネツィアの「C・D・X（十人委員会）」から暗号文で送られてくる、西欧の情勢の分析がなされる。

神聖ローマ帝国皇帝でスペイン王でもある、カルロスの力の増大が、最新情報をもとに話された。わずか十年前は悪い予感にすぎなかったものが、今では現実になっている。しかも、このカルロスと、宿敵と誰もが信じていたフランス王フランソワ一世の間には、接近の気配さえ漂いはじめていた。

ヴェネツィア共和国は、この情勢下で、孤立だけは避けなければならない。通商国

家であり、領土の広さと人口からすれば小国にすぎないヴェネツィアにとって、孤立は、国の独立を失うことを意味したからである。

このカルロスに対抗できる勢力は、東のトルコしかない。トルコとの間に友好的な状態を維持すること。これこそ、今のヴェネツィアにとっては、至上命令であったのだ。

だが、トルコの宮廷内では「ヴェネツィア人」と綽名《あだな》されるほどヴェネツィアに友好的であった宰相イブラヒムの立場が、このところ、以前ほどの確かさを失ってきていた。

皇后ロクサーナの登場は、スルタン・スレイマンに影響力を駆使できる人物が、イブラヒムの他にもう一人出現したということであり、イブラヒム暗殺未遂事件は、それまで隠れていた彼の敵が、表面にあらわれたことを意味していた。

この二つが、同じ根から発しているのかどうか、三人の間の密談では、これがまず真剣な話題になった。大使や、副官マルコにしてみれば、それについての確かな情報を、一刻も早く祖国に送る義務がある。そして、これを与えられる最上の人物となれば、宰相イブラヒムとは友だちづき合いの仲であると同時に、トプカピ宮殿の後宮深くスパイを潜入させている、アルヴィーゼしかいなかった。

大使は、老人とは思えない鋭い視線を、アルヴィーゼに向ける。マルコも、友の顔に眼をあてたまま、言葉を待った。

「結論から先に言うと、今度の皇后即位では、イブラヒムは妥協したのです。終始反対しつづけたのが彼でしたが、最後には妥協するしかなかった。ただし、条件づきで。反対の理由は、スルタンの後宮の影響力が、これによって際限なく拡大する危険を心配してです。だから、彼のつけた条件も、皇太子ムスタファの地位は動かさない、という一点に尽きた。

これを、スレイマンは受けいれる。不承不承呑《の》んだというのではなく、自分の後継者はムスタファをおいて他にはないと、スレイマンも信じているからでしょう。ロクサーナにも、誓わせたということです。

このことから推測するに、皇后ロクサーナと宰相イブラヒムとの間には、共同戦線は成立していないとわたしは見ます。この二人の間には、しばらく前からはじまった、綱引きに似た関係がつづいていると思うのです」

大使は、一言も口をはさまない。ただじっと、元首《ドージェ》の息子の顔を見つめたままだ。

アルヴィーゼはつづける。

「イブラヒムの皇太子支持の理由は、彼のこれまでの言動からも二つ考えられます。第一は、皇太子ムスタファの資質が優《すぐ》れていること。それに、イェニチェリ軍団も一般庶民も、ムスタファを好いている。

第二の理由は、イブラヒム自身の、トルコ帝国の将来を想《おも》う心です。

漁師の息子にすぎなかった自分に、これほどの可能性を与えてくれたスレイマンへの感謝の気持ちから発し、スレイマンの国であるトルコ帝国に、スレイマンが望むような将来を約束することさえできれば、イブラヒムはなんでもするでしょう。

彼が思い実行することを、奴隷あがりの男の野心だけに帰したのでは、判断を誤ります。被支配民族であるギリシア人でも、支配民族のトルコ人より国を想う心をもつことがあるのを、単一民族の国家であるヴェネツィア人には、理解はむずかしいかもしれませんが」

最後の部分は、マルコには、アルヴィーゼの独り言のように聴こえた。

だが、大使のほうは表情を変えない。あいかわらず鋭い視線をアルヴィーゼに向けながら、はじめて口をはさんだ。

「ロシア女は、ムスタファが皇太子でありつづけるという条件を、なんの反対条件もつけずに承知したのかね?」

「もちろん、それは忘れていません。これはイブラヒムの口から直接に聴いたのですが、ロクサーナは、ムスタファが成年に達するや自分の娘と結婚させ、ムスタファのスルタン即位後も、自分の息子たちの身の安全は保障するよう、要求したそうです。スレイマンもイブラヒムも、これは、誓書までつくって保証したということです。イブラヒムはこれで、ロクサーナも満足せざるをえないだろう、と言っていました」

七十代の半ばに達している大使ゼンは、

「そうかな」

と言っただけだったが、アルヴィーゼの眼のほうが、深い緑色にきらめいた。

「それで、わたしは考えるのですが、スレイマンは、いまだ三十四歳の若さ。イブラヒムも三十五歳です。だからこそ、考えられることなのですが……」

アルヴィーゼは、低い小卓の上におかれたグラスに手をのばす。それには、琥珀色《こはくいろ》の液体が満たされていたのだが、手がつけられないままであったのだ。それを手にとり、一息に飲みほした。松やにの匂《にお》いが漂う。大使も、視線はアルヴィーゼにあてたまま、琥珀色の葡萄酒《ぶどうしゅ》に口をつけた。

「わたしの考えるには、われわれは今までのように、ただただ宰相イブラヒムの親ヴエネツィアの心情に依存していることはできないと思うのです。

なぜなら、わたしの集めた情報によれば、皇后ロクサーナはどうやら、反イブラヒムで固まっている純血トルコの有力者たちに接近し始めたらしい。だが、この動きは、スルタンのイブラヒムに対する信頼にゆるぎがない現在はまだ、水面下の動きにすぎない。しかし、宰相イブラヒムにとっては、要注意事態であることには変わりはありません。

それでですが、宰相イブラヒムにとっての危機は、われわれにとっての好機と見ることはできないでしょうか？」

大使は、短く答えた。

「できないこともないだろう」

アルヴィーゼは、たたみかけるように言う。

「つまり、これからは、われわれのほうこそ、積極的に動くべきだと思うのです」

大使の眼が、きらりと光った。

「積極的に動くとは、どういう意味かね？」

アルヴィーゼは、すぐには答えなかった。絨毯《じゅうたん》の上に落としてもこわれてしまいそうな、繊細なつくりのヴェネツィア産のグラスに再び手がのびる。琥珀色の液体が近づくと、彼の緑色の眼は、それに呼応するかのように深味を増すのだった。

「スレイマンが、東欧に眼を向けていることは周知の事実です。スルタン即位一年後の一五二一年、彼は、ベオグラードの領有に成功した。その直後、ハンガリーとオーストリア攻略の準備をはじめたので、ヨーロッパ中は、トルコはさらに西方に攻略の手を伸ばしてくるのか、と大騒ぎしたものです。だが、その後しばらくは、スレイマンの眼は、東地中海に向けられていた。一五二二年のロードス島攻略は、その収穫です。

しかし、一五二五年になるや、再び、彼の眼は東欧に向けられる。その年、スレイマンは、トルコの脅威におびえるハンガリー王の申し出を受けて、王との間に七年間の不可侵条約を結んだ。

だが、ヨーロッパがほっとしたのもつかの間、翌一五二六年には、対ハンガリー戦の火蓋《ひぶた》は切って落とされ、ハンガリー王は戦死し、トルコ軍はウィーンに迫ったのです。オーストリアを治めるハプスブルグ王家も、対トルコ防衛に真剣にのぞまざるをえなくなった。

そして、二年後の今年、王位を狙《ねら》うハンガリー内の反ハプスブルグ派は、スレイマンと友好条約を結ぶことによって、王位を確実なものにしようと策す。もはや、ハンガリーは、事実上トルコの属国になったということでしょう。しかし、属国を属国にしつづけるためには、軍を常に送りつづける必要があります。この仕事は、イブラヒムが担当しなければならない。だが、イブラヒムは、反対派牽《けん》制《せい》のためにも、首都を留守にできない。ならば、誰かが彼の代わりに、ハンガリーに軍を率いて行けばよい。トルコが再びウィーンに迫れば、カルロスはイタリアで自由勝手に動けなくなります。

それを、このわたしにやらせてほしい」

大使は、さすがに声をあげて言った。

「きみは、ヴェネツィア共和国の元首《ドージェ》の息子であることを忘れたのか！」

「ここでのわたしは君主《ベヨグルー》の息子だが、ヴェネツィアでは、私生児《バスタルド》にすぎません」

アルヴィーゼは、抑えた声で低く答える。

沈黙が、部屋の中に重くのしかかった。三人とも、一言も言わなかった。だが、マルコは、自分が考えていることを大使も考えていると確信した。

妾腹の子なのだ。私生児なのだから、共和国とはなんの関係もないと、言い張れないこともない。それも、ヴェネツィアは利益を得ながら、である。

しばらくして、大使ピエトロ・ゼンの、重いがきっぱりした口調が、張りつめていた空気を破った。

「これは、わたしの一存で進められることではない。決定をくだす権利も、大使にはない。ダンドロ殿にも、ない。決定権は、ヴェネツィアの『C・D・X』だけがもつ。だから、マルコ・ダンドロ殿には、急ぎヴェネツィアに発《た》ってもらうことにしよう。アルヴィーゼ殿も、『C・D・X』の決定がくだるまでは、行動を起こすことはつつしんでもらいたい」

マルコは、大使の判断には賛成だった。だが、彼は、親友の眼の奥に、暗い光がきらめいたのを見逃さなかった。

ロシア人形

マルコのコンスタンティノープルからの船出は、実に異様な光景のうちに行われたので、港中の注意をひかずにはすまなかった。担架に横たわって、であったからだ。担架の両わきには、大使とアルヴィーゼがつき、徒歩で船着き場までおくる。重病にて急遽《きゅうきょ》本国送還、となったマルコには、宰相イブラヒムからの見舞いの品までとどいた。

マルコを乗せて行くガレー船は、アルヴィーゼが提供した自分専用の船である。この船でコルフ島まで病人をおくり、コルフからはヴェネツィア船に乗りかえる。これも、大使からコルフ総督にすでに連絡ずみだ。任期終了前、後任到着も待たない突然の帰国には、細心の注意が必要だった。

大使もアルヴィーゼも、船室まで〝病人〟をおくってきた。船室は、コンスタンティノープル一の大商人アルヴィーゼ専用の船だけあって、贅《ぜい》をつくしたつくりだ。船尾にある広々としたその部屋には、海に向かって大きく開いた窓が二つある。アルヴィーゼは、船を提供しただけでなく、従僕も提供した。船室に運びこまれたマルコは、いつもアルヴィーゼのそば近くに仕《つか》える、あのトルコの若者がいるのに驚いた。

「この男なら、絶対に信用できる。船乗りも漕《こ》ぎ手たちも、長年ぼくの下で働いている者だから大丈夫と思うが、コルフに着くまでは、甲板上の散歩などはしないことだね」

アルヴィーゼのこの言葉に、大使ははじめて笑い声で口をはさんだ。

「こういうのを、〝黄金の捕囚〟というのだ」

そして、二人を残して船室を出て行った。アルヴィーゼは、寝台に腰をかけたマルコのそばに近寄り、友の手をとって、小箱を一つその中に押しこんだ。

「これを、ヴェネツィアにもどったら、あの女《ひと》に渡してくれ」

開いて見せた小箱の中には、男物の指輪が一つ入っていた。黄金づくりの台にはめこんだエメラルドの表面に、グリッティ家の紋章を刻んだものだ。いつも、アルヴィーゼの指に輝いていた指輪だった。思わずマルコが見た友の指には、なにもなかった。

船主専用の船室というだけあって、欠けるものはなに一つない。従僕の部屋もすぐ隣にあるし、専用の台所までついている。トルコの若者の奉仕も完璧《かんぺき》だった。秋なので、海もまだおだやかだ。アルヴィーゼが命じたのだろう、風はあっても漕ぎ手は休まない。ガレー船は、船足も速くエーゲ海を南下する。広く快適な船室にめぐまれ、甲板に出られないのもさして苦にはならなかった。

マルコは、アルヴィーゼが、なぜ今、指輪を愛する女《ひと》に贈るのかを考えていた。出発のときにたずねることもできたのだが、あまりに不意に手の中に押しこまれたので、質問も頭に浮かんでこなかったのだ。だが、もしあのときに問いただしていたとしても、友は答えてくれたろうか。

しかし、この指輪は、普通の贈り物ではない。まずもって男物だから、女が使うことはできない。それに、値が予想もできないほど大粒のエメラルドの表面に、グリッティ家の紋章を刻んだこの指輪は、アルヴィーゼの指にあった当時から、誰もが眼を見張るほど見事で特殊なもので、一度見た人は忘れない品であったのだ。トルコ式の服であろうとヴェネツィア風の身なりをしようと、この指輪だけは、アルヴィーゼの指からはずされたことはなかった。

アルヴィーゼは、なにかを考えている。自分にさえ打ち明けないなにかを、心のうちにもっている。

それがなにかまではマルコにはわからなかったが、もっていることだけはたしかだった。そして、今、それを実行に移そうとしているのだ。心のよりどころにしてきたこの指輪を、愛する女《ひと》に贈るのは、別れの言葉でもあるのだろうか。

マルコは、今はじめて、友が自分にすべてを明かしていないのではないかという疑いを感じた。そう感じたとたんに、アルヴィーゼの屋敷で交わした、友との会話が思い出された。

ヴェネツィア国内の反グリッティ派の動きについて、話していたときのことだった。マルコは、突然頭にひらめいたことを、深く考えもせずに友にぶつけたのだ。

「聖《サン》マルコの鐘楼から身を投げて死んだ男がいたね。あれは、きみが殺させたのか」

アルヴィーゼは、彼らしくなく驚いた顔をマルコに向け、眼を丸くしてしばらく見ていたが、ほがらかな笑い声をあげた後で答えた。

「殺《や》ったのは、ぼくではない。ぼくが殺らせたのでもない。

だが、あの男を消す理由は、ぼくにもあった。また、『C・D・X（十人委員会）』

にもあったのだ」

これは、「C・D・X」の極秘資料にもなかったことなので、マルコには初耳だ。

マルコは、じっと友の眼から視線を離さないで、つづきを待つ。

「『夜の紳士たち《シニョーリ・ディ・ノッテ》』の刑事であったあの男は、いつの頃からか、ぼくの『恥じいる乞食《ポーヴェロ・ヴェルゴニョーソ》』の扮装《ふんそう》を見破ったらしい。しかも、相当な期間、ぼくの後を従《つ》けてもいたようだ。

あるとき、あの男は、話しかけてはいけないことになっている『恥じいる乞食《ポーヴェロ・ヴェルゴニョーソ》』なのに、話しかけてきた。人影もない、狭い小路の中ほどだったが。

ぼくが出入りする場所も、会っている人も、すべて知っていると言った。プリウリの奥方のことまでわかっている、と言った。

とはいえ、反グリッティ派の頭目のプリウリ元老院議員のところに行って、すべてをばらすことまでは考えていない、と言ったのだ。だが、その代わりに金《かね》を払えと」

「それで、きみはどうしたのだ」

「ゆすりは、こちらが動揺を見せようものなら、際限がない。ぼくは、いったんは話にのるそぶりをしたよ。それで、時間を稼ぐことにした。

あの女《ひと》のこと以外は、『C・D・X』の委員たちの耳にも入れた。もちろん、すぐに、あの男の身辺は徹底的に洗われた。

それでわかったのだが、あの男にゆすられていたのは、ぼく一人ではなかったのだ。それは、誰だったと思う？」

マルコは、黙って首を横にふるだけだ。アルヴィーゼは、今度は彼らしくいたずらっぽく笑い、言った。

「オリンピアだよ。きみの女友《アミーカ》だちのオリンピアさ」

マルコは、髪のひと筋まで硬直したような感じになった。言葉などは、一言も出ない。アルヴィーゼは、そんなマルコに、彼が好むようになったトルコ産の強い酒を満たしたグラスを手渡してやりながら、優しい口調で話をつづける。

「オリンピアは、ただちに、しかし密《ひそ》かに召喚された。『C・D・X』の三人の委員が、彼女を尋問したのだ。だが、きみの女友だちは、こう言い張るだけだった。

ローマにいた頃に、彼女に夢中になった男の一人に、法王の親族がいた。その男が、彼女がローマを去った後も、居所を探しつづけている。『夜の紳士たち《シニョーリ・ディ・ノッテ》』の刑事は、そのことを知り、金《かね》を払わなければ、彼女がヴェネツィアにいることをローマのその男に伝える、と言っておどしていたのだという。

もちろん『C・D・X』は、そんな話は頭から信じなかった。だが、調査を進めていく途中で、あの男がゆすりをかけていた人物が、もう一人浮かびあがってきたのだ。

こちらのほうは、落ちぶれていた時代に『恥じいる乞食《ポーヴェロ・ヴェルゴニヨーソ》』をして生きのびていた前歴のある、今では大きな織物工場をもっている男だった。そんなことが進行中のある朝、あの男が聖《サン》マルコの鐘楼から落ちて、死んでいたというわけさ。

誰が殺《や》ったのか、まったくわからない。

ただ、あの男が死んでくれたために、安堵《あんど》の胸をなでおろしたのは、わかっているだけでも、ぼくとオリンピアと織物工場主に、『C・D・X』の構成員の十七人を合わせて、計二十人もいるということになる。

また、きみもよく知っているように、あの男は性質《たち》が悪かった。他にゆすられていた者もいるかもしれないではないか。そうなれば、この人数はもっと増えるだろう。

それに、自殺ということだって、考えられなくもないよ」

マルコは、ようやく出るようになった声で、これだけはきっぱりと言った。

「自殺だけは、考えられない。あの男のような人間が、自殺などするはずがない」

アルヴィーゼは、マルコの眼の奥をのぞきこむような感じで、ゆっくりと言い返す。

「そうかね。きみは『夜の紳士たち《シニョーリ・ディ・ノッテ》』の署長を二期もつとめたために、頭の中も警察風に変わってしまったのではないかね。

動機というものは、きみたちがよく考えるような、客観的な基準で分けられるものとはかぎらない。

動機は、人それぞれでちがう。同じ理由でも、ある人物ならば殺人を犯すまでにはいたらなくても、別の人物ならば、立派な理由になる。

自殺の動機だって、同じことだ。きみには自殺など考えられもしない理由でも、ぼくにはなるかもしれない。また、きみにもぼくにも馬鹿《ばか》気《げ》た理由としか思えないものでも、あの男にとっては、鐘楼の上から身を投げることにつながったかもしれない。警察の捜査が行きづまるのは、もともとが主観的でしかない動機に、客観的な基準をあてはめようとするからではないかね」

マルコは、もうどうでもいいという気分だった。自殺であろうが他殺であろうが、死んだのは人間のくずなのだ。だが、オリンピアが、この件にかかわりがあったという事実は、心の奥底にこびりついて離れなくなっていた。

マルコは、コンスタンティノープルのグラン・バザールの、とある店で見た、ロシア人形と呼ばれる玩具《がんぐ》を思い出していた。

素材はなんであるかわからない。紙を幾枚も張りあわせて、固めたものかもしれない。二十センチほどの長さがある表面には、人形の姿が描かれている。素朴な表情で、服装もロシアの片田舎のものだろう。

だが、これは、かつてマルコもエジプトのアレクサンドリアで見たことのある、ミイラの棺《ひつぎ》に似たつくりになっている。ぱくりと二つに割ると、その中からはまた、同じ顔つきで同じ服装の人形があらわれるという具合だ。これを何回もくり返すうちに、人形も小さくなっていき、最後に小指ほどの小さなものが出てきて終わりという玩具だった。

店の表でそんなことをしていたマルコを、売り物に関心をもった客と見たのだろう。主人らしい男が、マルコを店の奥に連れて行き、これは特別な品です、と言って、一つのロシア人形を見せたのである。

これも、つくりは他の人形と同じだった。最初の顔も、素朴でほがらかな笑いをたたえて他と同じなのだ。だが、二つに割った中から出てきた第二の顔はちがった。中からは、別の人形があらわれたのである。そして、またも二つに割れば、またもちがう人形が顔を出す。その次も、またその次も、二つに割るたびにあらわれるのは別の人形だ。

ただ、まったくちがう顔で服もちがう人形が次々とあらわれるのに気をとられて、はじめのうちは気がつかなかったが、それぞれちがう人形にも、共通点といえそうなものが一つだけあった。それは、人形の顔の表情にある。顔が、最初のほがらかな笑いから、少しずつ、悲しい顔に変わっていくのだ。二番目はまず笑いが消え、三番目になると悲しみが少し見え、四番目は、悲しい表情がもう少し増し、というように、二つに割っていくにつれて、中からあらわれるのは、悲嘆の度を増した人形だった。だんだんと、涙さえこぼしてくる。そして、最後には、絶望にゆがみ、それをうちに溜《た》めこんだ者の、死の直前のような顔があらわれたのだ。

ところが、これで終わりではなかった。最後だと思っていたマルコの前で、店の主人は、これもさらにまた、二つに割ったのだ。中から出てきたのは、小指ほどの大きさの人形だった。その人形の顔の表情は、一転して笑っていたのだ。だが、その笑いは、第一の顔のような、ほがらかな笑いではなかった。嘲笑《ちょうしょう》と言ったほうが適当な、あざ笑いだったのである。

死の顔よりも、この笑い顔のほうが、マルコにはよほど不気味に感じられた。

この一年、マルコは多くのことを経験した。だがそれは、知るたびに霧が晴れていくのとはちがう。視界は、たしかに広がった。広がったが、霧はますます深くなっていくようだった。

つい先ほどまでは、自分の手を引いて先に導いてくれているように思っていたアルヴィーゼも、濃い霧にかくれて、姿はぼんやりとしか見えなくなっている。その向こうに、あざ笑うロシア人形の小さな顔が、右に左にあらわれては消える……。悪夢をふり払うように立ちあがったマルコの眼の前に、蒼《あお》いエーゲ海が広がっていた。

コルフ島に到着すると、マルコをヴェネツィアに運ぶ船が待っていた。

アルヴィーゼの専用船を降りるときに、マルコは、ここまでの船旅の間、心から仕《つか》えてくれたトルコの若者を呼び、せめてもの感謝のしるしとして、金貨の入った袋を手渡そうとしたのだが、トルコの若者は、固辞して受けとらない。それで、船乗り全員で分けてくれるよう、船長に渡して、少しはマルコの気も晴れたのだった。

だが、トルコの若者とこのまま別れる気持ちになれなかったマルコは、再びこの若者を呼び、言った。

「アルヴィーゼのそばから離れないと、約束してほしい。なにが起ころうと、あの男のそば近く仕えると、約束してほしいのだ」

トルコの若者は、当たり前のことなのになぜわざわざ約束しなければならないのかというふうに、しばらくは不思議そうな顔でマルコを見ていたが、最後には、きっぱりとした口調で言った。

「わたくし奴《め》の生《せい》は、あの方にお預けしているのです。あの方のものです。アラーの神よりもスルタンよりも、わたくし奴にはあの方が大切なのです。だから、お心をつかわれる必要はありません」

マルコは、思わず微笑し、横からささえる小柄なトルコの若者に助けられて、船を降りた。まだ、病人を装《よそお》う必要があったのだ。ヴェネツィア船上の人になれば、その必要もなくなるのだったが。

ヴェネツィアに着いたのは、秋も深まった日の夕暮れだった。公務専用の快速船だけに、リドにある外港での検査も簡単に終わる。そこから潟《ラグーナ》に入ると、はるか向こうに、元首官邸《パラッツォ・ドゥカーレ》の正面が見えてくる。まるで海の上にそのまま立っているかのようだ。緑の勝った蒼い海の上に建つ、バラ色のゆったりとした元首官邸《パラッツォ・ドゥカーレ》は、海からヴェネツィアに入ってくる人の心を、優雅な優しさでいっぱいにするのだった。

近づくにつれて、元首官邸《パラッツォ・ドゥカーレ》の左右と奥に向かって広がる多くの建物が、はっきりと見えてくるようになる。聖《サン》マルコの鐘楼の直立した強い線も、それらに天への力をつけ加えているかのようだ。その左側には、大運河が広く口を開けていた。

一日の仕事の終わりをひかえてか、海の上も運河の入り口も、小船の往来でにぎわっている。元首官邸から右方にのびている船着き場には、帆を巻きこんだ大型船が、船腹を接して並んでいた。

いつものヴェネツィアが、そこにあった。

マルコの見慣れている祖国が、眼の前に息づいている。

それを眺めながら、彼の心中にはあらためて、この人々への愛情がわきあがってきたのだった。

浅瀬の潟《ラグーナ》とはいえ、海の上に、ビーバーのような性こりもない勤勉さで築きあげられたのが、ヴェネツィアの都《みやこ》なのである。絶好の地勢に恵まれたコンスタンティノープルではない。地の利を生かして建設された、ローマでもパリでもフィレンツェでもなかった。

考えてみれば、なんでわざわざこんな土地を選んだのかと不思議になるほど、都市を建設するにはふさわしくない地に、建てられた都なのである。

だが、そんなことを考えていたマルコに、不意に笑いがこみあげてきた。通商でも外交でも戦争でも、苦労するのはわれわれヴェネツィア人の、生まれながらの性質ではないかと思ったからだ。

船着き場には、旧知の、「C・D・X」専属の秘書官が出迎えていた。

エメラルドの指輪

ヴェネツィアでは、仮にも病人を装《よそお》うなど不可能な日々が待っていた。

元老院では、トルコ情勢全般についての報告を行う。諸外国とも、ヴェネツィア共和国の外政は元老院で決まると信じているので、それをつづけさせるためにも、外地からの帰還者は、その人物が公務にたずさわる者ならば一人の例外もなく、元老院での報告が義務づけられていたからである。

だが、ほんとうの意味での報告は、「C・D・X（十人委員会）」の、閉じられた部屋の中で行われるのだった。

この場合は、暗号を使った報告書を、コンスタンティノープルからことあるごとに送ってあるので、事実の報告はする必要はない。マルコの役目は、それらの事実の裏の動きを、彼ならどう読みとったかを述べることにある。

しかし、最も重要なことは、暗号文でさえも報告しなかった新事実、つまり、アルヴィーゼ・グリッティがトルコ軍を率いてハンガリー遠征に向かう、という提案を、「C・D・X」に伝えることだった。

これが、委員会の空気を一変させた。他者の眼を刺激しないために、週に三回の定例会議でしか討議しないとなったのだが、会議開催のたびに、密閉された扉の中では、白熱した討議がくり返された。だが、結論はまだ出ない。

そんなある夜、気分的余裕をもてるまで待つのがもどかしくなったマルコは、オリンピアの家に出かけて行った。

ローマ生まれの高級遊女《コルティジャーナ》は、顔中を喜びで埋めて迎える。その夜の客は彼一人だったので、マルコは愛人を独占することができた。

半年ぶりの抱擁は、さすがに冷静なマルコにも、どれほどこの女が自分に合っているかを痛感させた。愛を交わし合う部屋は、他の男たちにも知られている部屋にはちがいないが、そのようなことはどうでもよい。

厚い絹地のカーテンが左右からおおう大型の寝台は、それに横たわると、天井に描かれた絵が眼前に迫ってくる。回廊とその上の空を描いた天井画は、遠近法で描かれているので、回廊の手すりから顔をのぞかせている人々の注視の中で、愛を交わすような感じになる。

これが、以前のマルコには当惑ものだったのだが、今はそんなことはない。いや、かえって、彼の情熱をかき立てさえした。コンスタンティノープルの半年間は、自分になにをもたらしたのだろうと、マルコは、漠然と考えていた。

コンスタンティノープルに着いてはじめてアルヴィーゼの屋敷の客になった一日、アルヴィーゼはマルコを、奴隷《どれい》市場に連れて行ったのだ。

コンスタンティノープルの奴隷市場は、中央の広い部屋を囲んで、小さな部屋部屋がめぐるつくりになっている。小部屋にはそれぞれ、性別や年齢別に分けられた奴隷たちが、売られるのを待って入れられている。中央の部屋に次々に呼び出されて、そこにいる買い主に展示されるわけだ。

だが、客がアルヴィーゼと知ると、ユダヤ人の奴隷商人は、二人を、市場から外に案内し、そのすぐ近くにあった小さな家に連れて行った。

行く途中で、アルヴィーゼはマルコにささやく。

「馬だって、純血アラブの逸品は、上得意にしか見せないものだよ」

その家で見せられたのは、金髪に青い眼の若い女だった。コーカサス地方の生れだという。金髪も、オリンピアやヴェネツィアの女たちのような、暖かい金色ではない。金属的に冷たい色で、ヨーロッパでも北にしか見られない金髪だ。肌も、青白いほどに白かった。二人の眼の前で裸にされた女を、奴隷商人は、自分でさわったりつまんだりして、肉のしまりがいかによいかを力説する。アルヴィーゼがトルコ語でなにか言うと、女はくるりと向きを変え、盛りあがった尻《しり》を二人にさらした。

マルコは、アルヴィーゼが、アラブの駿馬《しゅんめ》よりも冷徹に売り物を吟味しているのを見て、はじめはびっくりして言葉もなかったのだが、売買交渉の一部始終がようやく結末に達する頃には、彼もまた、女を見る眼が変わっていたのだった。

アルヴィーゼが買ったその女は、次の日から、ベヨグルーの屋敷でくらすことになった。マルコ用の、女奴隷というわけだった。

それにしても、と、ヴェネツィアの遊女の寝室の天井画を見やりながら、マルコは考える。

あのコンスタンティノープルで、スレイマンとアルヴィーゼという、女についてならば思うままに振る舞える男二人が、なぜ純愛にも似た愛ひとすじに、生きることになってしまったのか、と。

オリンピアは、愛を交わし合った後も、マルコを離そうとはしなかった。二人は、大運河《カナル・グランデ》が東のほうから白みはじめてくる明け方まで、眼を閉じなかった。

ただ、ローマ生まれの遊女は、あらゆることを話したが、マルコが知りたいと思う一つのことだけは、口にしなかった。マルコも、強いて問いたださなかった。それどころか、二人の関係は、お互いに嘘《うそ》は言わないがほんとうのこともすべて打ち明けるわけではないという関係であるために、うまく行っているのかもしれないとさえ思っていた。

三日後《のち》の午後には、あらかじめ訪問の許しを願ってあったプリウリの奥方を、訪ねていくことになっている。

ヴェネツィアの「C・D・X（十人委員会）」は、アルヴィーゼ・グリッティの提案に対する回答を、ようやくまとめあげようとしていた。だが、それは、「C・D・X」からの指令書という形でなく、父親から息子にあてた私信の形をとることに決めたのだ。

ヴェネツィアの国益を考えれば、アルヴィーゼの提案を無下《むげ》にしりぞけるわけにはいかない。かといって、双手《もろて》をあげて歓迎するのもまた、国益に反する危険があった。このような複雑な内情を秘める回答は、父から子への手紙のほうが適切だと判断したのである。

手紙は、あたたかい肉親の情もあらわに、次のようにはじまる。

「わたしの、誰よりも愛する息子アルヴィーゼ、おまえは、わたしにとって自慢してもしきれないほど忠実な息子であると同時に、おまえが血をひくヴェネツィア共和国にとっても、忠実で自慢できる市民であった。

これまでの長い間、ヴェネツィアの存続を至上命令としている『C・D・X』に向けて、おまえが、トルコ軍についての詳細で正確な情報を送りつづけてきたことが、ヴェネツィアに対するおまえの忠誠が、本物であることをなによりも実証している。

だが、おまえの祖国への貢献は、これだけではなかった。祖国が食糧不足に悩んでいれば、黒海沿岸地方から大量の小麦を輸入し、この難問を解決してくれたのはおまえだ。それも一度のことではなかった。

そのうえ、コンスタンティノープルでのおまえの地位を活《い》かして、ヴェネツィアの交易商人たちに数々の便宜をはかってくれたことも、われわれは決して忘れてはいない。

ヴェネツィアとトルコの間に横たわる、多くの外交上の難題も、おまえが間に入ることによって、どれほど危機をまぬがれることができたか。これにも、われわれはひとときも感謝を忘れていない。

今度のおまえの申し出も、おまえの、父であるわたしへの愛と祖国ヴェネツィアへの愛の証《あかし》と受けとった。なぜなら、交易という経済面での戦いでは達人であるおまえも、武器をとっての戦いでは未知数だ。その未知の分野にも進出しようとするおまえの心の中に、父と祖国への愛情がないはずはないからである。

しかし、これへのおまえの奉仕は、父であるわたしとしても、祖国であるヴェネツィアとしても、簡単に受けるわけにはいかない。ヨーロッパ情勢への影響が大きすぎるからだ。強大な君主カルロスを、刺激しないではすまないからである。

だが、トルコがオーストリアを東方から牽制《けんせい》してくれれば、イタリアでのカルロスの行動に足かせがはめられるのは、眼に見えているのも事実なのだ。

それで、父であるわたしは、最愛の息子であるおまえに、次のような忠告を与えようと思う。

つまり、宰相イブラヒムを通じて、トルコ軍のハンガリー遠征はなるべく早期に実現すること。ただし、軍を率いるのに、おまえは表には立ってはならない。とはいえ、ハンガリー王位を狙《ねら》うヴォイヴォダが、トルコのスルタンに臣属することでそれを確実にするのに、おまえが裏で動いたということだが、そのようなことはかまわない。表面に立つことさえなければ、なにをやろうと、祖国の役に立つのだからかまわない。

やはり、あらゆる事情からみて、ハンガリー遠征の総司令官は、スルタン・スレイマンがつとめるのが最も賢明な策だろう。これならば、トルコ軍のハンガリー遠征は、その成果にかかわらず、危機にあるヴェネツィアを救うことになるからである。

わたしはもう、七十代の半ばに達しようとしている。日ごとに深まる老いを、感じないではいられない毎日だ。おまえがいつの日か、ヴェネツィアにもどってくれるなら、どんなに喜ばしいことか。これまでのおまえの祖国への数々の奉仕に対し、祖国の政府は、おまえに一千ドゥカートの終身年金を贈るとまで決議している。そうすれば、昔のように、親子一緒にくらせることも夢ではなくなるだろう。

アンドレア・グリッティより、

アルヴィーゼ・グリッティへ」

「C・D・X」が、この手紙を起草したとき、マルコは列席していなかった。「C・D・X」の委員ではまだない彼は、コンスタンティノープルから帰って以来、報告の義務はあったが、この問題に対する討議にも投票にも権利はなかったのである。ただ、これまでの彼の任務からも、父の名で送られるこの手紙の内容は、それが起草され、承認された後ならば知ることができたのである。

一読後、マルコは、現在の段階では、ヴェネツィア政府の最高決定機関「C・D・X」としては、これ以外に書きようはないとは思った。しかし、これですむとも、どうしても思えない。しかも、手紙の最後の部分にいたっては、苦笑するしかなかった。「C・D・X」のお偉方たちは、アルヴィーゼの、コンスタンティノープルでのくらしぶりを知っているのだろうか。それに、彼の性格も、わかってのことなのか。

ヴェネツィア共和国政府の発行する国債は、元金の絶対保証と、年率五パーセントの利子支払いの確実さで、他国の君主たちまで財産保全の目的で買うほどの信用がある。政府が支払うことでは同じの年金も、信用度の高さでは、ヨーロッパ随一を誇っていたのである。

それに、終身年金の額は、一千ドゥカートもの大金だ。家賃を払っても、一家五人の一年の普通の生活費が三十ドゥカートもあれば充分で、名声とどまるところを知らない人気画家ティツィアーノでも、一枚の絵を描いて注文主から得る報酬は、相手が教会であったりすれば二百ドゥカートは超えない。なにもしないでの一千ドゥカートは、またそれがヴェネツィア政府からのものとなれば、安全と確実を生涯保障されたという意味をもつ。普通ならば、喜ぶほうが当たり前なのだ。

しかし、マルコには、アルヴィーゼは、安全と確実よりも、危険のほうを、それによるより大きな果実のほうを、求めているような気がしてならなかった。友の眼の奥に、ときにきらめく暗い光が、マルコを、「C・D・X」の委員たちのように、楽観させなかったのである。

ヴェネツィアは、アルヴィーゼを利用しようとしている。それも、完璧《かんぺき》に彼をコントロールしながら、利用しつづけようとしている。だが、はたして彼が、いつまでも、ヴェネツィアの忠実な市民でいるものだろうか。コンスタンティノープルのアルヴィーゼが、どれほど生き生きと自由に動いているかを知ったマルコには、このままでは終わりそうもない予感が、ますます強まるのだった。

元首《ドージェ》グリッティから息子のアルヴィーゼにあてた手紙は、いずれもちがう方式の暗号文が二通つくられ、陸路と海路に分けて発送された。アルヴィーゼからの返書の到着は、航海には不適な冬期に入った今、翌一五二九年の春まで待つしかなかった。

マルコは、約束の時刻に、プリウリの屋敷の門をくぐった。ヴェネツィア一、二といわれる富豪だけに、外部からはうかがいしれないが、驚くほど広く緑に埋まった庭をもつ屋敷だ。マルコは、夫人用の居間に通された。大運河《カナル・グランデ》に向かって開かれたこの家の応接間ではなく、午後の陽ざしが樹々《きぎ》の緑を通して入ってくる、庭園に面した静かな一室だった。

プリウリの奥方は、待つ間もなくあらわれた。今日は、ヴェネツィアの貴族の女の、くつろいだ家庭着の姿だ。くつろいだとはいっても、簡素なものではない。フクシアと呼ばれる赤紫色のビロードの服は足もとまですそを長くひき、背中から胸にかけて広く開けられた衿《えり》もとは、繊細な模様の純白のレースで飾られている。まるで、美しいヴェネツィア様式の宮殿の最上部に並び立つ、メルリと呼ばれるアラブ式の飾りと同じ感じだ。メルリという言葉自体が、レースという意味でもあった。

長い髪は、何本かの三つ編みに分けられた後、後頭部で丸くまとめられている。これに、ひたいに一面にかかる巻き毛があれば古代ローマ式なのだが、プリウリの奥方は、巻き毛なしで髪を整えるほうが好きらしかった。

だがこれだと、整いすぎるほど整った美貌《びぼう》が、ますますとりつく島もない感じになる。マルコも、祝祭の場や夜会の席ならば夫人を見知ってはいたが、面と向かって話をするのは今日がはじめてだ。そのことと、夫人の高貴すぎる容姿が、無意識にマルコに、話を切り出すのをためらわせた。

しかし、夫人のほうが、はじめから親しい態度を示してきたのだ。

「コンスタンティノープルでは、あなたとアルヴィーゼがとても近しかったことは、あの人からの手紙でよく知っていますのよ」

自分の今日の訪問も、あながち不意打ちではなかったのかと、マルコは思う。そうならば、余計な説明は無用だった。マルコは、アルヴィーゼから頼まれたと言って、小箱を差しだした。

夫人は、それを手にとり、ほとんど当然という感じでふたを開けた。

だが、このとき、冷たいまでに高貴な夫人の顔が、瞬時にして崩れたのだ。いや、崩れたのではない。たちまち両眼をいっぱいにした涙が、頬を伝わって流れはじめたのである。ただ、声はなかった。夫人は、声もなく泣きつづけた。その指は、小箱からとり出したエメラルドの指輪に、愛撫《あいぶ》するかのようにいつまでもふれて離れなかった。

その一瞬だった。マルコの頭に、直観的に一つのことがひらめいたのである。

これは、贈り物ではないのだ。あらかじめ二人の間で決められていたにちがいない、合図なのだ。夫人には、自分の訪問は不意打ちではないようだったのに、小箱の中に入っていた品は、不意打ちだったのである。夫人は、おそらく、いつもの宝飾品の贈り物とでも思って開けた小箱に、そうでないものを見つけて、態度が変わったのだ。しかも、それが重大なことを意味する品であったために、マルコの前も忘れて、思わず崩れてしまったのにちがいなかった。

マルコは、霧を晴らすことができるかもしれないこの好機を、無駄にしたくなかった。彼の頭は、冷酷なくらいに冴《さ》えかえった。

「アルヴィーゼが、なにか言ってきたのですね」

プリウリの奥方は、頬に涙の跡がのこる顔をあげた。そして、このときになってはじめて、愛する男と無二の親友という、眼前のマルコをじっと見た。その彼女の口をついて出た言葉には、完璧なまでの抑制がもどっていたのである。

「ええ。あの人は、わたしを誰よりも愛していると伝えてきたのです」

マルコの頭は、それだけではない、と言っていた。しかし、彼の口からは、夫人を追及する言葉は出なかった。無駄だと思ったのだ。どれほど残酷な拷問《ごうもん》を受けようと、夫人は一言も、真実を言わないであろう、と。

コンスタンティノープルのアルヴィーゼからの返書は、一五二九年と年が変わってすぐ、ヴェネツィアにとどいた。息子から父親にあてた文面は、情愛あふれるものだったが、その手紙のどこにも、ハンガリー遠征には彼自身は加わらない、と明記した箇所はなかった。

そして、五月、コンスタンティノープルからとどいたヴェネツィア大使からの一通の暗号文書が、「C・D・X」の人々の顔を、蒼白《そうはく》に変えることになるのである。

選択の最初の年

一五二九年五月、ヴェネツィアの「C・D・X（十人委員会）」は、一通の暗号文を受けて愕然《がくぜん》となった。

コンスタンティノープル駐在ヴェネツィア大使からの至急便で、アルヴィーゼ・グリッティ、七万五千のトルコ兵をウィーン攻略のために徴集中、というものである。「C・D・X」が愕然としたのは、相当に上手《うま》く飼い慣らしたつもりの飼い犬に、突然手をかまれたに似た想《おも》いであったからだろう。

この一カ月前から「C・D・X」の委員に復帰していたマルコにとっても、コンスタンティノープルからもたらされたこの知らせは、彼の予想を越えたものであった。アルヴィーゼがまさか、こうも突然、彼の選択を公《おおやけ》にするとまでは考えていなかったのだ。この点では、マルコでさえ、アルヴィーゼの体内を流れるヴェネツィアの血に楽観していたのだった。

「C・D・X」の会議室では、中央に坐《すわ》る元首《ドージェ》グリッティは、沈痛な面持ちのまま一語も発しない。その左右に居並ぶ六人の元首補佐官たちは、もともと完全にグリッティと意見を同じくする人々なのだが、彼らとて、蒼白《そうはく》な顔を伏せたままだ。その前に席をもつ十人の委員たちの中には、かつてしたこともないほどの冷たい視線を、元首《ドージェ》に向ける者までいた。重苦しい空気が、部屋全体を圧する。

だが、年齢の若さから末席にいたマルコは、今こそ自分の出番だ、と感じたのだ。現在の「C・D・X」の中で、コンスタンティノープルの最近の情勢に通じているのは、彼一人であったのだから。

マルコ・ダンドロは、自席を立って、元首《ドージェ》や元首補佐官たちと他の委員たちの席を分けている、数メートル幅の空間へと歩を進めた。そこが、発言者の場であった。低いが落ちついたマルコの声が、すみずみにまでとおっていく。

「仮に、アルヴィーゼ・グリッティ殿が、彼なりの選択をしたとしましょう。

だが、われらがヴェネツィア共和国は、それに抗して、もう一つの選択をすることは不可能な状態にあるのです。

戦争か平和かを決めることのできるのは、圧倒的に優勢な軍事力をもつ国だけです。現在のヴェネツィアは、もはやそれはもっていない。これをまず認識しないことには、あらゆる対策が無駄に終わることでしょう」

マルコの発言は、なおもつづく。彼は、次のことを提案したのだ。

——アルヴィーゼがトルコ国内で占める地位からみても、彼とのつながりを断つことは、ヴェネツィアにとっては適切ではないこと。

しかし、フランス王とスペイン王の間で友好条約が結ばれ、スペイン王とローマの法王との間でも、講和条約による関係改善が成りつつある現在、地理的にも文明的にもヨーロッパ世界に属すヴェネツィア共和国が、ヨーロッパと敵対するトルコ帝国と密なる関係にあることを示すのは、これまたヴェネツィアにとっては不適切であること。

ゆえに、元首《ドージェ》アンドレア・グリッティは、息子アルヴィーゼ・グリッティとの間に、親子の関係が消滅したことを、西欧側にだけは、明示する必要があるのではないか、と。——

二年前の一五二七年に行われた、スペイン王カルロスの軍勢による「ローマ掠奪《りゃくだつ》」以来、勝者と敗者の関係にあったカルロスとローマ法王の特使同士が、スペインのバルセロナで、講和の交渉中であったのだ。孤立こそ国家の滅亡につながるという考えでは一致している「C・D・X」は、マルコ・ダンドロの提案を、一人の反対もなく受け入れたのである。

では、それによって打ちだした「C・D・X」の対策とは、どんなものであったのか。

まず、コンスタンティノープル駐在の大使には、アルヴィーゼ・グリッティが軍を徴集するのはやむをえないとしても、その軍の先頭に立つことだけは断念するよう説得せよ、との密命が発せられる。もちろん、暗号文だ。

同時に、対ヨーロッパ対策もスタートしたのだが、こちらのほうもまた、直接にアプローチすることは避けた。

スペイン王カルロスのもとに駐在しているヴェネツィア大使に対して、グリッティ親子の断絶を王に伝えよ、などとは指令しない。

また、ヴェネツィアに駐在しているスペイン大使を召喚して、このことを王に伝えてくれるよう願いもしなかった。

ヴェネツィアの元老院《セナート》の議場で、発言に立った元首《ドージェ》グリッティが、二百人近くの元老院議員を前にして、次のように言ったのである。それも、現大使ピエトロ・ゼンの後任として、新しくコンスタンティノープルへ派遣される大使の選出中に、元首《ドージェ》としての意見を求められて発言を承諾するという、細かい配慮までしたうえでの公表だった。

「今のわたしは、アルヴィーゼ殿の関係することについて、なにも考えたくなく、なにも言いたくない。彼をわが息子と思えなくなってしまったからだ。親に従おうとしない子は、子と思うことはもはやできないではないか。あなた方も、元老院議員であると同時に、子を持つ父親でもある。わたしの胸のうちもわかってくれると期待している」

駐在大使の任務が、外交交渉と同じくらいの比重で情報収集にあることは、外交では先進国のヴェネツィアでも、この面では後進国のスペインでも変わりはない。ヴェネツィア共和国の対外政策は、元老院《セナート》で決まると思いこんでいるヴェネツィア駐在スペイン大使は、以前から元老院議員の一人を買収してあったから、元首《ドージェ》のこの発言も、苦もなく入手する。そして、ただちに、一語も欠けることなく翻訳されて、スペインにいるカルロスのもとに送られた。

こうして、「C・D・X」は、証拠を少しも残さないやり方で、強国トルコとスペインの二国に対し、ひとまずの対策は講じたのである。

実際、ひとまずにしても、対策はスタートさせる必要があった。

それから一カ月も過ぎない一五二九年六月、法王クレメンテ七世と、神聖ローマ帝国皇帝でスペイン王のカルロスの間で交わされた、講和条約が公表されたのである。

その内容は、ヴェネツィアもふくめた全イタリアを震駭《しんがい》させるものだった。法王クレメンテは、ヨーロッパ一強大な君主カルロスに、全イタリアの支配権まで認めたのだ。代わりに、メディチ家出身の法王クレメンテが得たものは、フィレンツェ共和国へのメディチ家の復帰に、武力を用いてもカルロスは尽力するという一項だった。

しかし、フィレンツェの共和国政府は、メディチの復帰を拒絶する。スペイン軍は、フィレンツェ国境に集結した。

イタリアといえば、ヴェネツィア共和国もふくまれるのだ。フィレンツェが直面させられている国家存亡の危機は、明日はヴェネツィアのものかもしれないのだ。

しかも、カルロスは、正式に神聖ローマ帝国皇帝として戴冠《たいかん》するために、イタリアを訪れるとまで公表したのである。皇帝の戴冠は、ローマ法王によってなされるのが正式だから、法王のいるイタリアへ出向くというのだ。戴冠式のために来る皇帝が、身一つで来るわけがない。数万の兵を従えて来ると思うほうが、常識だった。

たとえそれが二万としても、それにフィレンツェ攻略に向かっている軍勢を加え、さらに、兄のカルロスに以前からヴェネツィア攻略をすすめているオーストリアのフエルディナンドの軍勢まで加えれば、海軍ではヨーロッパ一でも、陸軍はさほどでないヴェネツィアは、ひとたまりもないのは眼に見えている。

しかし、さほどでないにしても陸上戦力をもつヴェネツィア共和国を、無防備も同然のフィレンツェ共和国と同一視はできなかった。また、外交の積極さでは、ヴェネツィアはまだ、友邦フィレンツェを大きく引き離していたのである。

ここにも、アルヴィーゼ・グリッティの利用価値は、まだ充分にあったのだ。

また、十万の兵を集めるのは、トルコとて簡単ではない。五月にはじまった兵の徴集が終わったのは、七月。スルタン・スレイマン自ら率いる大軍勢が北西に向かったのは、それから一カ月の後だった。

九月、ブダペストに入城したスレイマンはヴォイヴォダをハンガリーの王位につける。新ハンガリー王は、ただちにアルヴィーゼ・グリッティを、王の特別補佐官に任命した。

アルヴィーゼは彼自身が軍を率いないということならば、父親の、つまりヴェネツィア政府の忠告は受け入れたのである。だが、王の特別補佐官に任命されるとなると、その後は彼にしてみれば、彼個人の問題なのであった。

ハンガリーを手中にしたと思うスレイマンは、ブダペストからはわずか二、三百キロしか離れていない、ウィーンに向けて軍を進める。

出発の前に、スルタンはアルヴィーゼを呼び、相当数の兵をおいていくから、ブダペストの治安をおまえにまかせる、とさえ言い残したのだ。

しかし、スルタン・スレイマンにとっては二度目のウィーン攻略は、この年もまた成功しなかった。戦闘には不利な冬が迫っていた。十月半ば、スレイマンは、ウィーン包囲を、ひとまずにしても解くと決める。

首都コンスタンティノープルにもどるスレイマンは、帰途再びブダペストを通過した際、アルヴィーゼに、ハンガリー王国の財務担当官の地位と、アドリアの司教職を与えた。

もはや、誰の眼も隠すことはできなかった。キリスト教国ヴェネツィアの元首《ドージェ》の息子は、イスラムの国トルコの後ろだてによって、ハンガリーの地で、権力の手綱を手にしたことは明らかであったのだ。

同じ頃、イタリアでは、ヴェネツィアと並んでルネサンス時代を代表する共和国といわれたフィレンツェが、市街をめぐる城壁のすぐ外まで、敵軍に迫られていた。卓越した経済能力によって、十三、十四世紀には西ヨーロッパの経済界を支配し、十五世紀にはメディチ家の巧みな政治によって、国際政治の主導者であったほどのフィレンツェ。ダンテを生み、レオナルド、ミケランジェロを育て、ルネサンス文化の花の都とうたわれたフィレンツェ。輝かしい文化文明を創造したこの共和国も、今まさに地上から姿を消そうとしていたのだ。

イタリア半島に残る独立国家は、ヴェネツィア共和国だけになりつつあった。そして、このヴェネツィアは、一五二九年の段階では、アルヴィーゼ・グリッティによって救われるのである。

話は前にもどるが、アルヴィーゼが、宰相イブラヒムとスルタン・スレイマンを説得した末にはじめた兵の徴集がようやく終わり、ブダペスト、ウィーン遠征に、スルタン自らの出馬を待っていた八月のことである。

翌年の春に予定されていた戴冠式に向かうにしては早すぎるその八月、一万四千の軍勢を従えたカルロスは、ジェノヴァの港に上陸した。北上してミラノに入城した後、軍勢を東に向ける。そこはもう、ヴェネツィア共和国の領土だ。傭兵隊《ようへいたい》も加えて二万にふくれあがったスペイン王の軍勢は、ヴェネツィア領内を掠奪しながら東に進む。ちょうどその頃、ウィーンにいるカルロスの弟フェルディナンドも、軍を南に向ける準備の最中だった。兄弟の間で、北と西から、ヴェネツィアをはさみうちにする密約が交わされていたのである。

もしこれが実現していたならば、ヴェネツィアは、海に追い落とされていたかもしれない。

だが、秋、北イタリアを東進中のカルロスの陣営に、ウィーンからの急使が到着する。フェルディナンドからの親書をたずさえてきたのだ。親書には、トルコの軍勢がハンガリーに侵入し、ウィーンに迫りつつあるので、防衛のために軍を動かすことができない、と書かれてあった。

海軍に比べれば弱体な陸軍力でも、西欧では未《いま》だに強大なヴェネツィアの経済力にささえられた軍事力である。神聖ローマ帝国皇帝でスペイン王でもあるカルロスも、手もちの軍勢だけでは、ヴェネツィア攻略はあきらめざるをえなかった。

カルロスは、軍を南に向ける。ヴェネツィアは、危機を脱したのだ。

しかし、カルロスは、すでにイタリアの中にいる。戴冠式は翌年の春に予定されているので、その時期までは確実に、イタリアにいることになる。ヴェネツィアは、危機を一応脱したにせよ、その危機はまだ、完全に去ったわけではないのだった。

翌年もまた、トルコ軍には、ウィーンに迫ってもらわねばならない。カルロスがイタリアにいるかぎり、フェルディナンドの軍勢を釘《くぎ》づけにしておく必要があった。カルロスの軍勢だけならば、ヴェネツィアは自力で撃退する自信があった。そして、カルロスがイタリアから去り、たとえその後にウィーンから軍勢が南下しようと、オーストリアのハプスブルグ家の軍事力だけならば、撃退できる自信はあったのだ。ヴェネツィアの意図は、ただ一つのことに集中されねばならなかった。オーストリアとスペインの、両ハプスブルグ家の軍事力を合同させないこと、である。

これには、トルコが必要だった。アルヴィーゼ・グリッティが、必要であったのだ。

「C・D・X」から、アルヴィーゼに、暗号で書かれた密書が送られた。それには、親子のつながりなどないも同然としたことなどなかったとでもいうふうに、トルコの宮廷と軍隊の動向を知らせてくれるよう、書かれてあった。

だが、これは、ハンガリーにいるアルヴィーゼに送られたのである。ヴェネツィア共和国が、暗黙の承認にしても、アルヴィーゼが現に占めている地位を、認めたということでもあった。

とはいえ、塀の上をどちら側にも落ちないで渡るに似たヴェネツィアの外交は、いつまでもつづけられるものでもない。ヴェネツィアを攻略し、全イタリア領有を果たそうとする意図をくだかれたカルロスは、ヴェネツィアに、全ヨーロッパ同盟への参加を要求してきたのである。

カルロスに抗しつづけてきたフランスも、同盟には賛同している。ヴェネツィアも、ヨーロッパ内での孤立を避けたいと思えば、ひとまずここは、少なくともカルロスがイタリアに留まっている間にしても、旗幟《きし》を鮮明にする必要があった。

その年も末近くになって、ヴェネツィア政府は、カルロスの申し入れを受けたのである。中部イタリアの都市ボローニャで行われることになった皇帝の戴冠式に、ヴェネツィア共和国も、公式の使節団を派遣する旨《むね》が伝えられた。

しかし、ヨーロッパ世界に属することを明らかにしたこの決定は、当然、ヨーロッパ世界が敵と見るトルコ帝国を、ヴェネツィアもまた敵と見ることを意味する。

この、西欧での大同団結を知ったトルコは、早速、トルコ、ヴェネツィア間に結ばれた友好通商条約に違反すると、ヴェネツィアを非難してきた。この非難をやわらげるのもまた、アルヴィーゼに頼るしかなかったのである。

このようなことに連日忙殺されていたマルコの耳に、ある午後、「C・D・X」の同僚二人の話し声が入ってきた。「C・D・X」の管轄《かんかつ》には、ヴェネツィアの貴族たちの動静を探る任務もふくまれている。そのときの情報も、この通常の仕事の中で浮かんできたものらしい。

「プリウリの夫人が、尼僧院《にそういん》に入ったそうだよ」

「あれほどの美人なのに、尼寺のほうが望みなのかね」

同僚の委員たちは、これ以上の好奇心は刺激されなかったようであった。男でも女でも、高貴な生まれの人が突然に僧院入りするのは、珍しいことではあっても、まったくないということでもなかったからである。

だが、マルコには、そうとはとても思えなかった。

なにかある、という予感だけは、胸の底から追い出せなくなっていた。それがなにかを明らかにしてくれるのは、エメラルドの指輪ではないか、と。

海の上の僧院

年が変わった一五三〇年、ヴェネツィア共和国の立場は、ますますむずかしいものになっていた。

ヴェネツィアの立場が困難になるにつれて、ヴェネツィアにとってのアルヴィーゼ・グリッティの存在も、不都合なほうに傾きつつあったのだ。トルコによる対ヴェネツィアを目的とした経済制裁では、自分の通商網を全開にしてヴェネツィアのためにつくしてきたアルヴィーゼも、トルコ軍を率いての軍事行動となると、もはや父の国の忠告に従おうとはしなくなっていた。

七月、ウィーンではフェルディナンドが、ハンガリー攻めのために兵を集結中という知らせがとどいたのに応《こた》えて、コンスタンティノープルでも、ブダペスト防衛の軍勢が準備される。この軍の指揮には、今度こそ公然と、アルヴィーゼが任命されていた。

新任のヴェネツィア大使モチェニーゴはアルヴィーゼに会見を申しこみ、スルタンの任命を受けたことを非難した。

「これはどういう意味だ。あなたは元首《ドージェ》の息子なのに、それでもトルコ兵を率いて行くというのか。皇帝カルロスがなんと思うか、考えたうえでの決断か」

アルヴィーゼは、静かに答えただけだった。

「わたしは、トルコのスルタンの使用人にすぎない」

これはもう、キリスト教世界ではスキャンダルだった。

すでに前年の末、ローマの法王クレメンテ七世は、キリスト教徒なのにトルコの助力を得て王位についたとして、ハンガリー王ヴォイヴォダを破門に処していたのである。アルヴィーゼも、父からヴェネツィアの血をひいている以上、キリスト教徒だ。そのキリスト教徒が、イスラム教徒の軍を率いて、法王から破門された者の地位を守るために、同じくキリスト教徒であるオーストリアのハプスブルグの軍と対決する。スキャンダル以外のなにものでもなかった。

だが、ヴェネツィア共和国にとっては、スキャンダルで留まる問題ではない。皇帝カルロスの周囲では、今や公然と、反ヴェネツィアの情報がとび交うようになっていた。

「実の息子なのに、元首《ドージェ》の許しなくして、このような行動に出られるはずがない」

「ヴェネツィア共和国は、元首《ドージェ》の息子を通して、キリスト教世界の弱体化を策しているのだ」

　これには、ヴェネツィアも、一年前のような婉曲《えんきょく》な仕方でなく、直接に弁明でもしなければ、ヨーロッパでの孤立という悪夢から逃れられなくなる。

「C・D・X」は、スペイン駐在のヴェネツィア大使に急使を送った。次のことをカルロスに、至急伝えるようにとの命令も与えられた。

「アルヴィーゼ・グリッティは、コンスタンティノープルで生まれ育った人間であり、元首《ドージェ》グリッティは、この私生児との間に、公的ならばいかなる関係ももっていない。ゆえに、このグリッティが、ハンガリー王やトルコのスルタンからどのような地位や任務を与えられようと、ヴェネツィア共和国には、それをどうこうできる権利も義務もないことを明言するしかない」

　大使には別に、カルロスの前でこの文書を読みあげた後、文書は焼却処分に付すこと、という命令も書きそえられていた。

これが、どれほどの効果があったかは疑わしい。

現にハンガリーで、ウィーンからくり出したカルロスの弟フェルディナンド率いるキリスト教徒の軍と戦っているのは、アルヴィーゼの指揮するイスラム教徒の兵なのである。今度は、スレイマンが最高司令官ではない。トルコ軍の最高司令官は、アルヴィーゼ・グリッティなのであった。

全ヨーロッパの眼は、ハンガリーの地でくり広げられている戦いに集中したようだった。

戦闘は、はじめのうちは攻撃をしかけてきた、フェルディナンドに有利に展開していた。ヴェネツィアに駐在しているスペイン大使は、喜色を隠しようもなく、元首《ドージェ》グリッティも出席していたある夜会で、こんなことを放言しさえする。

「ヴォイヴォダよりも、トルコ軍の指揮官が捕虜にされるのを見たい思いですね。後者のほうが、あんな傀儡《かいらい》政権の王よりも、われわれにとっては危険人物だ。八つ裂きにされるのを、見たいものです」

元首《ドージェ》は、

「神の思《おぼ》し召しが、どうなるかだろう」と、答えただけだった。

しかし、秋まで激戦がつづいたハンガリー戦線も、冬の気配が近づくにつれて、引きあげると決めたのはフェルディナンドのほうであった。ハプスブルグの軍勢は、ウィーンに向けて去る。

この防衛成功の功労賞として、スルタン・スレイマンは、アルヴィーゼを、ハンガリー総督に任命した。ヴォイヴォダの影は、完全にかすんでしまったのである。アルヴィーゼ・グリッティがハンガリーの王位を狙《ねら》っている、という噂《うわさ》が広まったのも、一五三〇年の冬だった。

人々の眼がハンガリーにばかり集中していたので、さほどの大事件としてあつかわれなかったが、その年の夏、カルロスの軍勢に抗して籠城戦《ろうじょうせん》をつづけていたフィレンツェが、籠城十カ月後に、開城していたのである。

フィレンツェ共和国は、滅亡したのだ。勝者とともにフィレンツェ入りしたメディチ家は、スペインの王女を妻に迎え、スペイン支配下の君主国として、再出発することになる。フィレンツェ共和国が消滅した後に生れた、トスカーナ大公国の君主として。イタリア内の独立国は、それこそ、ヴェネツィア共和国のみになってしまったのである。

これまでに何度も、マルコは、プリウリの奥方が入ったという尼《に》僧院《そういん》を訪れてはいたのだ。だが、そのたびに、尼僧院長を通じて、会えない旨《むね》を伝えられただけだった。現世とは離れたのだからと言われれば、マルコには強要する手段もない。だが、マルコはあきらめなかった。今年に入って一段と忙しくなった「C・D・X（十人委員会）」の仕事が、マルコにもなかなか暇な時間を恵まなかったが、いまだ独身の彼には、無理しようと思えば無理はきく。時間の余裕ができるたびに、自家用のゴンドラを急がせて、尼僧院のある小島に向かうのだった。

ただ、その島は、潟《ラグーナ》の中にはあっても、ヴェネツィアの都心部からはひどく離れたところにある。行くだけにしても、三時間は優にかかった。

ヴェネツィアの街が築かれているのは、海の上といっても潟《ラグーナ》の中だから、小島はいたるところにある。

ヴェネツィア人は、五世紀の昔から、それらの海の上に顔を出した島々を人工的に造成し、その上に家や道をつくったのである。

ヴェネツィアが都市として形づくられたのも、潟の中でも地盤の強固な島の集まるリアルトと呼ばれる一帯で、この一帯にある島々を橋でつないでできたのが、今日でも見るヴェネツィアだ。だから、ヴェネツィアの運河は、はじめから運河としてつくられたのではない。もともと島の間をぬって流れていた水流が、両側をかためられることによって生かされ、運河となって流れているだけなのだ。

一見すれば一面の海にしか見えない潟の中にも、天然の水流が網の目のように通っている。その通りをよくすることは、船の運行のためだけではなく、衛生上でも重要な仕事だった。

川から流れこむ淡水は、意外と腐りやすい。これがよどんでくると、マラリアの温床になる。海からの潮の満ち干《ひ》も考えて、潟《ラグーナ》の中の水が常に流れている状態にすることは、水の上に住むヴェネツィア人にとっては、至上の命令でもあったのである。

しかし、潟の中を流れる天然の水流にも、大型船も通れる水深十メートルもあるものもあれば、一メートルにも満たない浅い水流もある。それだけでなく、満潮のときは海水におおわれてわからないが、干潮時には水面に顔を出す、浅瀬も多いのが潟《ラグーナ》の特徴だ。

これでは、少し油断すると、ゴンドラでも泥地にのりあげてしまうことがある。それで、ヴェネツィアの潟《ラグーナ》には、海中にずっと、木の杭《くい》が並んでいる。舟の航行可能な水路を示すためだ。だから、杭には、何メートルと、その水路の水深度も記されている。

敵が迫れば、これらの木の杭を引き抜くのだ。他国の人は、一面海に見える潟の中にもさまざまな深さの水流が流れているとは知らないから、大型船で攻めてきはしたものの、たちまち浅瀬にのりあげてしまう。敵船が動けなくなったのを見はからって、ヴェネツィアの小舟の船隊が襲い、敵を撃滅するという戦法だった。

現代のヴェネツィアは、本土との間が、鉄道と自動車道でつながっているが、これらがつくられたのは、二十世紀に入ってからである。それまでの一千五百年もの長い歳月、ヴェネツィアは、文字どおり、「海の上の都《みやこ》」であったのだった。

中世時代をもつ都市ならばどこにもある、市街地全体を囲む城壁は、ヴェネツィアにはない。海が、城壁であったからである。

尼僧院は、神に身と心を捧《ささ》げた尼僧たちのものだけではない。

当時の良家の娘たちは、親もとにおく年代をすぎると、尼僧院に預けられる。男たちの眼のとどかないその中で、結婚までの期間、教育やしつけを与えられるのだった。

だが、娘たちを預かる尼僧院は、親もとから近いという要望に応《こた》えてか、ヴェネツィアの市街地からはさして離れていない、ジュデッカの島あたりにあることが多い。

それで、ヴェネツィアの市街地から離れれば離れるほど、身も心も神に捧げた尼僧たちだけが生きる、尼寺が多くなる。プリウリの奥方のこもった尼僧院も、そのような尼寺の一つだった。

大運河《カナル・グランデ》をくだって、ヴェネツィアの外港ともいえるリドの港を右に見るまでは、水深十メートル以上もの海を行く。このあたりは大型船の往来がはげしいので、二人漕《こ》ぎのゴンドラは、波を注意しなければならない。

だが、リドを右に見て北西に進みはじめると、波はほとんどなくなり、一面の海が視界に広がる。ゴンドラは、大船ならばとても入れない浅い水路を、水音もさせないで進む。

トルチェロの島の高い鐘楼を左に望みながら、すべるように進むゴンドラの中で、今日のマルコは、期待で胸がはりさけそうな想《おも》いをもてあましていた。

今日は、無駄足を踏まなくてすみそうだった。その日の尼寺通いは、いつものような彼の一存からではなく、プリウリ夫人の呼び出しに応じてだったからだ。夫人のそば近く仕える老女の召使が、マルコの家を訪れて、夫人の意を伝えたのは三日前のことだった。

老女の訪問が、普通ならば女の出歩かない深夜であったのがマルコを驚かせたが、お越しいただけるだろうかという夫人の伝言に、マルコは一も二もなく承諾の意を伝えたのだ。それが今日なのである。

浅い小舟のゴンドラの上では、むやみに立ったり歩いたりしては危ない。マルコも、船室《フェルゼ》の中に坐《すわ》っているしかなかった。時間が、いつもよりはずっとゆっくりとたつような気がする。プリウリの奥方の入った尼寺は、潟《ラグーナ》の中でも最も北の端にあるのだった。

近づくにつれて、水面に顔を出した浅瀬が多くなってくる。舟の姿はほとんど見られず、あると思えば漁師の舟だった。海面も、定規でならしたようになめらかだ。青い水の上に顔を出した砂色の浅瀬には、水鳥たちが群れていた。

人間を感じさせるものよりも、海と浅瀬と水鳥の世界といったほうが適当な潟《ラグーナ》の奥にある尼寺は、美しい妙齢の女よりも、世捨て人の住まいにふさわしい。すべてが人工の美で完成されているヴェネツィアの街を思えば、それから三時間の距離の同じ潟《ラグーナ》の中に、自然しかない世界があるのが奇妙にさえ思えた。

島には、尼僧院があるだけだ。それでも、すぐ近くには小島が二つあって、そこに住む漁師たちが、尼僧たちの必要をまかなっている。漁師の島は尼僧院の所有なので、地代を払う代わりとでもいうことだろう。

ゴンドラは、小さな船着き場に横づけにされた。ほんの小島なので、船着き場からすぐ、尼僧院を囲む塀が眺められる。石塀の外側には、尼たちが耕すのであろう、菜園が広がっていた。

重い鉄の扉につけられた鉄の輪で扉を強くたたくと、しばらくして、重苦しい音とともに扉が開かれた。今日は、あらかじめ知らされていたのか、マルコは来意を告げる必要もなかった。すぐに、中に通された。

僧院ならばどこも同じなのだが、入り口を入ってすぐのところに、会見の部屋がある。尼でも男の僧でも、普通はその部屋まで出てきて、外部からの訪問者と会う。マルコも、そこに通されるかと思っていたのだが、導かれたのは、その奥にある内庭だった。回廊が周囲をめぐる内庭には、数本の糸杉が立ち、中央に石づくりの井戸がある。人の気配はない。そこまでマルコを案内してくれた尼僧は、ここでお待ちを、とだけ言って去って行った。

まもなくして、反対側の回廊の柱の陰から、プリウリの奥方の姿があらわれた。まだ尼僧になったわけではないから、僧服はつけてはいない。麻色の地味な服に、身をつつんだ姿だ。ほのかな微笑を浮かべながら、ゆっくりとマルコのほうに近づいてきた。

マルコも、回廊をまわりながら、夫人に向かって歩みを進める。少しばかり歩調が早くなったのは、胸中に溜《た》めてきた想いから当然だった。

夫人は、回廊の壁にそってある石のベンチに、坐ろうとはしなかった。立ったままで、話をするつもりらしい。マルコも、少し離れて夫人と向かいあう。

夫人は、背の高いマルコを少し見あげるようにして、視線を彼にあてたまま、低い静かな声で話しだした。

「アルヴィーゼからも、手紙で、あなた様にお願いするのが一番だと言ってきました。このことは、元首《ドージェ》様も御存じありません。今まではずっと、わたくしとアルヴィーゼの間だけの秘密であったことです」

プリウリの奥方は、そこで、気分を落ちつけでもするかのようにいったん言葉を切ったが、再び話しはじめる。

「わたくしには、一人の娘がおります。アルヴィーゼの娘です。今年、八歳になりました」

マルコは、思わず叫びをあげたが、それは声にはならなかった。夫人は、預けてあるという、尼僧院の名を言った。ジュデッカにある、良家の娘たちの教育では有名な尼僧院だ。

「娘は、わたくしが母であることを知りません。父親が誰であるかも知らないで、育っています。

今までは、わたくしが、娘をたずねる役でした。アルヴィーゼも、二度ばかり娘に会ったことがあるのですが、とても満足していましたのよ。美しくて利発な女の子だと。

わたくしがここに入ってからは、わたくしの乳母で結婚のときも婚家につれてきた、あなた様のところにもうかがったあの老女の召使が、必要なものや欲しがる品をとどける役をつとめているのです。これからも、この女が、その仕事ならばずっとしてくれるはずですから、そういうことならば、わたくしも安心できるのです。

ただ、わたくしにもしものことがあったら、親代わりは誰がしてくれるのかと思うと、心配でたまりません。

それで、あなた様にお願いする気になったのです。

娘が、なにひとつ不足することなく、尼僧院で生きていくのに必要な経済上の配慮は、アルヴィーゼが、きちんとしておいてくれました。ですから、あなた様にお願いするのは、精神上の後ろだてなのです。お引き受けくださいますでしょうか」

マルコは、驚きで胸がふさがりそうなのを隠すのに精いっぱいだったので、ようやく、次のことが口をついて出ただけだった。

「奥様《マドンナ》には、御身体《からだ》のどこかでもお悪いのですか？」

プリウリの奥方は、なぜかそれに、晴れやかな笑い声で答えた。

「人間には、いつなにが起こるかわかりませんのよ。神様だけが御存じのことですもの」

そう言った夫人は、顔の色つやもよく、健康を害しているとはとても見えなかった。帰りのゴンドラの上で、マルコは、夫人に会ったならば探ろうと思っていたことが、なにひとつ探れなかったのを思い出していた。

アルヴィーゼ・グリッティが、究極的にはなにを目指しているのか、である。これを知っているのは、プリウリの奥方のはずだ。だが、あの女《ひと》は、いかに問いただしても答えてはくれないにちがいなかった。

迷路《ラビリント》

十六世紀前半の当時、離婚するには二つの方法しかなかった。

第一は、ローマの法王が、結婚自体が無効であったと認めてくれることである。

第二は、僧院に入ってしまい、聖職に身を捧《ささ》げる期間を経過することで、つまりは別居の既成事実をつくってしまうことだった。

この期間なるものが、正確に何年ときまっていたわけではない。残されたほうが婚姻関係を解消する気になるまでだから、一年ですむ人もあれば、五年、十年とかかる人もいる。

プリウリ元老院議員は、あきらめの早い人でもあったらしい。彼ら夫妻の結婚生活の解消を告げる報告が、「C・D・X（十人委員会）」の担当委員の机の上にとどいたのは、一五三一年の早春である。尼寺に入ってから一年余りを経ただけで、夫人は、プリウリの姓から離れ、生家のコルネールにもどったのだ。

この事件は、いつもならば、しばらくは人々の噂《うわさ》を独占することになったにちがいないが、ヴェネツィア共和国は難問山積の状態で、少なくとも政府の中では、深く考えをめぐらす者もいなかったようである。

マルコも、そうか、とは思ったが、夫人の離婚も、愛する男がいながら、別の男と生活をともにすることに耐えられなくなったのだろう、と考えただけだった。最後に会ったときの夫人の晴れやかな態度が、マルコには、生き方をきっぱりときめた人によく見られる、決断をくだした後の快感に見えたのである。たしかに、夫人は、自分の生き方をきっぱりときめたのだ。だがそれは、マルコや他の人々が想像していたような、神に捧げるものではなかった。

一カ月後、夫人の失踪届《しっそうとどけ》が、夫人が入っていた尼僧院《にそういん》の院長から出された。尼寺でもそば近く仕えていた、老女の召使も姿を消したという。「C・D・X」に召喚された尼僧院長は、召喚したのが「C・D・X」というだけで動転していた。消えいりそうな声で、前後の筋道もはっきりしない話し方ながら語ったものによれば、失踪にいたる経過は、次のようであったらしい。

一週間前から、夫人は病気と称し、自室にこもったきり、食堂にも出てこなくなったこと。

回廊で姿を見かけることもなくなり、朝夕の祈りにも顔を出さなくなっていたこと。

医者を呼んではという尼僧院長の申し出も、老女の召使を通じて、気疲れにすぎないから休養すれば治ると思う、と言って断ってきたこと。

食事だけは、召使が部屋に運んでいたこと。

そして、ある朝、老女の召使が食事を取りにこないので、皆で不思議に思い夫人の部屋に出向いたところ、中には誰もいなかったという。

アルヴィーゼと夫人の仲を知っているのは、ヴェネツィアでは、マルコと、老女の召使の二人だけなのだ。夫人の失踪と、冬期の休戦期ゆえコンスタンティノープルに帰っているにちがいないアルヴィーゼを結びつけて考えたのは、マルコ一人だった。

だが、そのマルコも、夫人の行方までは知らない。「C・D・X」の要員を使って探らせることもできるが、それをしては、ことが公《おおやけ》にならないではすまなかった。また、なぜかマルコは、それをする気になれなかったのである。

しかし、彼の個人的な感情に忠実であろうとすれば、夫人の失踪を、失踪のままで放置しておくのは自然でなかった。マルコは、探索によってどのようなことが明らかになろうと、自分の胸の裡《うち》にしまっておこうときめた。

まず、マルコがしたのは、ジュデッカにある尼僧院を訪れることだった。夫人とアルヴィーゼの間に生まれた娘が預けられている僧院だ。娘の名がリヴィアであることは、夫人から告げられていた。

ジュデッカにあるその尼僧院は、尼寺というよりも女子学校というほうがあたっている。すべての印象が明るいのだ。明るくて、なにもかもが生き生きしていた。

マルコを迎えた尼僧院長もまた、尼僧よりも女子学校の校長に近い。頭の回転の速いはきはきしたもの言いの女で、マルコには遠縁にあたる、ヴェネツィアの名門貴族の出身だった。

この遠縁が幸いした。なぜなら、リヴィアという名の寄宿生は、三人いたからである。その三人のうちのどれが目指す少女であるかを探るのに、遠縁と知って親愛の情をあらわにした尼僧院長の、規則にはない親切が役に立った。

院長は、プリウリの奥方がよく訪ねてきた相手、と言ったマルコに、それだけで当の娘が誰かを教えてくれただけでなく、彼の訪問を秘密にすることも承知してくれた。そのうえ、夫人の訪問が絶えてから代わって訪ねてくるようになったという、老女の名と住所まで教えてくれたのである。リヴィアという少女にも会っていくかと問われたが、マルコは、それは今回はやめにする、と答えた。老女の行き先を探るほうが、先決問題であったのだ。

教えられた住所は、ヴェネツィアの市街でも、都心からは遠く離れた一画にある。聖《サン》マルコ広場とは反対側の海に面した一帯で、北に向かっているためか、聖《サン》マルコ広場が明るくあたたかい印象が強いのに、このあたりは寒々とした感じだ。民間の船専門の、造船所の集まっている地域でもあった。

マルコは、目指す家にたどりついた後でも、この家に老女の召使がいるとは期待していなかった。乳母として仕えはじめた女の召使は、母代わりで育てあげた女主人に、死ぬまで仕えるのが普通だったからだ。夫人がどこにいるのか知らないが、夫人のいるところに老女もいると、マルコは思って疑わなかったのである。

それなのに老女の家をたずねたのは、なにか手がかりがつかめるかもしれないと思ったからだ。貧しい老女の家に、夫人が隠れているとは考えられなかった。

あんのじょう、夫人はそこにはいなかった。だが、老女はいた。しかも、開いた扉の向こうにマルコを見出《みいだ》しても、老女には驚いた様子もなかった。マルコを中に招じ入れた後で、扉が閉まった。老女は、一人住まいであるらしかった。

「奥方様は、きっとダンドロ様がそのうちに訪ねてこられるにちがいないと、おっしゃっておられました。そうしたら、次のことをお伝えするようにと」

老女の話によれば、尼僧たちが夫人の失踪に気づく一週間も前に、夫人は尼寺からの逃亡に成功していたのである。あらかじめ手配してあった漁師の舟で、外海に面した岸辺までは潟《ラグーナ》の中を、その後はイエゾロの浜辺まで通じている運河を通って、アドリア海に抜けたのだという。

リドの港を通過するのでは人眼にふれないではすまないから、漁師たちの他は塩田の作業員しかいないイエゾロの浜から、外海に出る道を選んだのだろう。イエゾロの浜には、小さいが船着き場がある。漁船専用の港だが、そこには、アルヴィーゼのおくった舟が待っていた。夫人とは、そこで別れたという。老女は、夫人の逃亡を隠すために再び尼寺にもどり、あたかも夫人がまだ病床に臥《ふ》しているかのように、三度三度の食事を、食堂まで取りにいく一週間を過ごしたのだった。

一週間は必要だったのだ。夫人を乗せた舟がポーラの港に着き、そこに待っていたアルヴィーゼの船に乗り移り、そのトルコ国籍の船が、ヴェネツィアが制海権を手中にしているアドリア海にある港町の中で、唯一《ゆいいつ》独立国であるラグーザの港に入るまでの日数が、少なく数えても一週間であったからである。

その一週間が経《た》つのを待って、老女も、尼寺から姿を消した。その近くの漁師の島に数日身を隠してから、ヴェネツィアの自分の家にもどっていたのだ。少女のくらす尼僧院を、ときおりにしても訪ねる仕事があった。

この仕事を老女にまかせた夫人は、わたしのことは心配ないから、これからはリヴィアの身だけを気づかってくれ、と頼んだという。

マルコは、もはや疑わなかった。コルネールの姓にもどった夫人は、アルヴィーゼの待つコンスタンティノープルへ向かったのだ。

自分が友に頼まれ、コンスタンティノープルからヴェネツィアにもち帰って夫人に渡したエメラルドの指輪は、やはり、愛しあう男女の間に交わされた、合図だったのである。

おそらく、それまでの長い間を使って、数々の手紙で、でなければアルヴィーゼがヴェネツィアに来たときの密《ひそ》かな逢《あ》いびきのときにでも、二人が誰の眼も気にしないで抱擁できるための方策が、話し合われてきたのであろう。

エメラルドの指輪は、いよいよそのときが訪れたことを、女に知らせたのだ。しかも、それまではついぞ身から離したことのない指輪を女に送りつけることによって、アルヴィーゼは、愛する女に、夫にそむくだけでなく、祖国ヴェネツィアにそむくことになるかもしれない行為を、迫ったのであった。

今頃、夫人を乗せた船はどの辺の海を航行中だろう、とマルコは思った。

ヴェネツィアの植民地は避けての、航海にちがいない。トルコ領の港といえば、寄港地はレパントかモドーネあたりか。だが、トルコとヴェネツィアの関係は今のところ良好だから、トルコ領の港にはヴェネツィア船も立ち寄る。寄港中だからといって、港を散策するわけにもいかないだろう。

マルコは、病人を装《よそお》った彼がついこの間乗ったばかりの、アルヴィーゼの専用船の船室にいる夫人を想像した。

きっと、あのとき彼の世話をしてくれたトルコの若者が、今度も夫人に仕えているにちがいない。老女をヴェネツィアに残した夫人は、全身全霊を愛する男に預けてしまったのだ。

それにしても、なぜ夫人は、マルコにはすべてを打ち明けたのか。また、なぜ、アルヴィーゼも、それを許したのであろう。

マルコが、ヴェネツィアの「C・D・X」の、もはや欠くことのできない一員であることを、アルヴィーゼぐらい熟知している人間もいないのである。そして、「C・D・X」が考えるのはヴェネツィア共和国の国益のみであることも、知らないアルヴィーゼではない。

それなのに、わざとのようにマルコを、自分たちのことに関与させた。アルヴィーゼは、マルコが、国益よりも二人の間の友情を大切にするとでも、思ったのであろうか。

もしも、マルコが、夫人の失踪がどのような経過をとりつつあるかを「C・D・X」に報告すれば、いまだヴェネツィアの制海権のおよぶ海域を航行中のこの船は、たちまち捕獲されてしまうのだ。それを、アルヴィーゼは、心配もしなかったのであろうか。

マルコは、そこまで考えてきて、ふと笑った。アルヴィーゼにはどこか、マルコの友情に甘えるようなところがあったのを、思い出したからである。

「あいつは、おれにも賭《か》けたのだ」

マルコは、苦笑しながらつぶやいた。

しかし、夫人のことは自分の胸に留めおこうとはきめたマルコだが、アルヴィーゼのハンガリーでの軍事行動には、「C・D・X」の一員として同意できなかった。自分もコンスタンティノープルへ行こう、ときめる。「C・D・X」での任期がもう少しで切れるのが、好機だった。「C・D・X」にも、アルヴィーゼの行動がますます露骨になっている今、誰か適当な者をコンスタンティノープルに派遣する必要があるはずだ。それを自分が受けようと、マルコはきめたのである。

老女の家のある区域は庶民地区と呼んでもよい一画なので、客待ちのゴンドラもない。

大運河《カナル・グランデ》に沿ってある自分の屋敷にもどるには、相当な距離を、北から南に歩くしかなかった。小路を通り抜けたと思ったら、再び別の小路に足を踏みいれる。小さな運河にかかっているタイコ状の石橋を、渡ることもしばしばだ。

小路は、すれちがう人の肩とふれあいそうなほど狭いところもある。その両側には、土地に限りのあるヴェネツィアのこと、日光などまちがっても射《さ》しこまないほど高く築かれた、家々の壁がつづいていた。

他国の人ならば、このように入り組んだヴェネツィアを、迷路《ラビリント》、と簡単に呼んでしまうのだろう。

たしかに、ヴェネツィアの都《みやこ》は、運河も小路も、形からすれば迷路なのである。だが、ヴェネツィアの人間にとっては、迷路ではない。

ヴェネツィアに生まれここで育った人でも、この都市の道という道を知りつくしているわけではない。とくに、自分の家のある地域からは遠い区域の小路までも熟知している者は、少ないのが当り前。だが、ヴェネツィア人は、この迷路を迷路でなくする術《すべ》を知っていた。

それは、地図を常時持参することではなく、また、熟慮の末に道を選ぶという、頭を使わないでは不可能なことでもない。馬鹿馬鹿《ばかばか》しいほど簡単なことなのだ。人が歩いて行く方向に自分も行けばよい、ということにすぎないのだから。

小さな広場《カンポ》でも、そこに出入りする小路は少なくとも二本はあるのがヴェネツィアの街の特色だが、ときにはそのうちの一本は、行きどまりであったり、行きどまりでなくても運河に抜けてしまうことがある。こうなると、同じ道を引き返して、別の小路に向かうしかない。そのようなめんどうを避ける最良の方法は、人が歩いて行く方向に自分も行く、ということなのだ。これは、迷路の多いヴェネツィアに住む者の知恵でもあった。

だから、ヴェネツィアの小路くらい、考えごとをしながら歩むのに適した道もないのである。馬も馬車も通らないから、危険は、すれちがうときに向うからくる人にぶつかることくらい。それも、すれちがう二人ともがぼんやり考えごとをしているという確率も低いから、道路上を徒歩で行くということならば、ヴェネツィアほど安全な街もないのだった。

マルコも、人の行く道をごく自然に自分でも選びながら、頭の中は考えごとでいっぱいだった。それでも、大運河《カナル・グランデ》に近づくにつれて人通りも増え、自分の家にもどりたければ、ただ単に人の進む方向に自分も向かう、ではすまなくなってくる。それで、周囲の街並みに注意を払うようになったのだが、そのとたん、一つの考えが頭にひらめいた。

マルコは、思わず立ちどまってしまった。

まわりを見れば、リアルト橋にほど近い、聖《サン》サルヴァドールの広場《カンポ》だ。このあたりには、高級織物をあつかう店が、軒並みという感じでひしめいている。リアルト橋に近いから、通行人もひどく多い。群衆の間から聴こえる話し声だけでも、立派な雑音だった。

だが、群衆の中に立ちどまったままのマルコには、その騒音が聴こえなかった。眼は、店先に広げられた色とりどりの織物や、その前で商談を交わす、人々の衣服の色を見ているのである。ただ、音だけが、耳に入ってこない。突然ひらめいた考えに集中したマルコの眼の前で、音のない雑踏がくり広げられていた。

ようやく歩きだしはしたものの、マルコの頭の中は、まだその考えで占められたままだった。

アルヴィーゼは、マルコを、コンスタンティノープルに呼び寄せようとしているのではないか、ということだ。

あることを決行するのにマルコが必要で、わざわざ彼だけには、愛する女の行方を知らせたのではないか。

コンスタンティノープル駐在のヴェネツィア大使は、アルヴィーゼの父の元首《ドージェ》グリッティとは親しい仲で、そのうえにアルヴィーゼをなぜか好いていたピエトロ・ゼンから、グリッティ派とは言えないモチェニーゴに代わっている。新大使の副官も、身内ではない。

これは、アルヴィーゼの行動が露骨になった時期に、彼とヴェネツィアとの距離をおくためになされた策だが、コンスタンティノープルのアルヴィーゼにしてみれば、不都合な変化であったのだろう。

マルコは、最近とどいた友人からの手紙の中の、一行を思い出していた。

「きみ専用のコーカサスの美女もそのままにしてあるのに、再びこちらにくる気にはならないかね」

という一行だ。これを読んだときは冗談と思っただけだが、あれは冗談ではなかったのである。

マルコは、迷路《ラビリント》を迷路でなくするヴェネツィアっ子の知恵に、自分も従おうと思った。

深く考えると、かえって道をまちがうことになる。ここは、与えられた合図を受けて、それに素直に応《こた》えたほうが適策ではないのか。明日は、「C・D・X」の定例会議の日にあたっていた。その席でオリエント行きを申し出てみよう、ときめた。

「C・D・X（十人委員会）」へのマルコの申し出は、ただちに受理されたわけではない。

ヴェネツィア共和国外政の事実上の最高決定機関である「C・D・X」としては、この際、委員会の一員であるマルコをコンスタンティノープルに派遣することは、そうは簡単には決められないことだったのだ。カルロスがどう反応するかを、考慮にいれないではすまないのが現状であった。

だが、アルヴィーゼを野放しにしておく危険も無視できない。

それで、一私人としてならば、ということで、マルコの申し出を受けることにしたのである。

交易立国であるヴェネツィアでは、貴族が一私人として他国に出向く場合、考えうる最も自然な形態は交易業者である。マルコも、商人に扮《ふん》することになる。

ダンドロ家の資産運用を受けもっている叔父の商いの本拠は、エジプトのアレクサンドリアにあり、コンスタンティノープルでの商いは代理人が代行していた。マルコの仕事は、これまで代理人まかせであったコンスタンティノープルの市場を、より強化するということにある。言ってみれば、本社からの強化要員派遣だ。なにも知らない叔父もそれには大賛成で、コンスタンティノープルにあるヴェネツィアの銀行に、ダンドロ家の口座を開設する便まではかってくれた。

出発の準備は整った。これならば、たとえカルロスのスパイがかぎつけようと、言いのがれの道は完璧《かんぺき》だ。

一人、密《ひそ》かにヴェネツィアを発《た》つ。前回のコンスタンティノープル行きのときのような、大使の副官としての公人の特権はなに一つない。トルコ領内通行許可証も、一商人としてのものだ。

コンスタンティノープルへの旅路も、今度は、商品をたずさえない商人たちが活用する、ラグーザまでは船、そこからは陸路という道を使う。これならば、馬を駆けさせる速度次第で、旅程もおおはばに短縮できるからだった。

出発の前の夜は、オリンピアの家ですごした。しばしの別れを惜しむ気持ちはもちろんあったが、それだけではない。オリンピアは、彼のこのたびのコンスタンティノープル行きには、重要な協力者の一人であったからだ。

公人ではないのだから、暗号で書かれた報告書も、送り先を「C・D・X」に統一するのでは危険だ。「C・D・X」に送りつけるものも、ある。その他に、委員の一人の私宅も、送り先の一つになっていた。元首《ドージェ》直系といってもよいほど、元首《ドージェ》グリッティの政治路線に賛同する者だ。元首に送るのと、同じことだった。

残るもう一つの送り先が、オリンピアなのである。

こうも送り先を分散したのは、一私人にすぎないマルコからの暗号文が、「C・D・X」だけに集中して送られては人眼をひく怖《おそ》れがあることと、暗号の種類から生まれた配慮でもあった。

暗号の種類の一つに、楽譜があったからだ。音符の一つ一つが、アルファベットの一つ一つと対応するという構成になっている。一見すれば、普通の楽譜となんら変わりはない。ただし、それに従って弾《ひ》いてみれば、音楽にはなっていないのだから、疑いは誰でももてるのだが、楽譜を見るだけでただちに音をたどれる人も、少ないのが現実である。

それで、この暗号文書は、他の国では解読されていない、ヴェネツィア暗号の最新兵器として重用されていたのだが、欠点もあった。

第一は、政府の一委員あてに次々と楽譜が送りつけられるのも奇妙な話で、ために不審の念を呼ばずにはすまない、ということ。

第二は、音楽のわかる人を、送り先にするわけにはいかない、ということである。遊女であるオリンピアだと、第一の欠点ならば心配ない。彼女の奏楽の才は、高級遊女の間でも評判であったからだ。あて先が彼女ならば、多量の楽譜が届いても不思議ではない。

だが、それがかえって、欠点になる。とどいた楽譜をたわむれに弾いたとして、それがただの楽譜でないことを、彼女ならば一瞬のうちに見抜くだろう。

だが、この点に関する心配解消ならば、手段は考えてあった。

もう一種類の暗号による報告書の送り先ときめた委員を、マルコは、オリンピアの新しい客として紹介したのだ。

マルコは、女の裸身に滑《すべ》らせる指も止めずに、女の耳もとでささやいた。

「楽譜は、封も切らずにそのままあの男に渡してくれるね」

愛撫に身体中がわななないているオリンピアは、身も心もないような声にしても、必ずあなたの言ったとおりにする、と誓った。

マルコは、女の心を信用したのではない。女の肉体を信用したのである。

三年前にコンスタンティノープルから帰って以来、日を追うに従って、オリンピアのマルコへの愛着が強くなっていた。愛を交わしあった後ならばいつものオリンピアにもどり、気のきいた冗談を言っては笑いあう仲なのだが、そこにいく以前の彼女が変わったのだ。

マルコが呼び出そうものなら、どんな上客の来訪が予定にあろうと、それは先にのばし、人眼にふれない地味な服に身をやつして、マルコの家の扉を遠慮気にたたく。

女は、男の言いなりだった。いや、言いなりにはもっとなりたいと、女のほうから哀願する。マルコは、オリンピアを完全に支配しているという快感を、日ごとに確かなものにしていた。これでは、愛を交わした後で立ち去ろうとするアドニスにとりすがるヴィーナスという、ギリシア神話の話と同じだな、と思いながら。

遊女は、マルコの前でだけは遊女でなかった。あなたは変わったわ、とため息まじりにつぶやく女の声を耳にするたびに、マルコは、コンスタンティノープルにおいてきたコーカサスの女奴隷《どれい》よりも、かつてはローマ中を足もとにひざまずかせたというこの女のほうに、奴隷の心をより感じていた。

この女ならば、自分の望むことならばなんでもやる、と、マルコは思ったのだ。いや、オリンピアのほうがたびたび、彼の足にすがりながら、そう言ったのだった。

遊女を協力者にするというマルコの案に、はじめのうちは良い顔をしなかった「C・D・X」の委員たちも、マルコの確信をもった態度には、受けいれるしかなかった。「C・D・X」も、安心していたのである。他国の人間であるオリンピアのヴェネツィア居住が今後もつづくかは、いつに、ヴェネツィア政府の胸ひとつにかかっていたのだから。

再訪だけに、コンスタンティノープル入りは、マルコにとって初回ほどの感動はなかった。

商人なのだから、ヴェネツィア大使館で寝泊りするわけにはいかない。ガラタの港近くにある、ヴェネツィア商館の一室で旅装をとく。大使館には、連絡もしない。私用の滞在なのだ。

商館の一階は、広い内庭とともに商品の倉庫や商談の場に使われているが、二階からは、単身赴任の多いヴェネツィア商人の居住の場に使われている。専用の調理場もあって、短期の滞在者は重宝していた。理髪店も銀行の出張所も、船の席の予約受付所もある。郵便だけは、ヴェネツィア共和国の郵便制度を使いたいと思えば、大使館に行かねばならなかった。

商館で旅装をといた後にまずやったことは、ダンドロ家の代理人を探すことだった。これは簡単にいった。商館の事務局には、ヴェネツィア商人の代理人ならば、現地人であるギリシア人の名まで網羅《もうら》されたリストがあるからだ。代理人とは、二日後に会う約束もできた。

商人らしい仕事をまず終えてから、マルコは、アルヴィーゼの屋敷に、使いの者を送る。彼の到着を告げさえすれば、あとはなにをするか、アルヴィーゼがきめるだろう。コンスタンティノープルにきても、ヴェネツィア人の、迷路を迷路でなくする知恵を、見習おうときめたのだ。待つだけだった。

アルヴィーゼからは、反応はただちに返ってきた。ヴェネツィア商館を訪れたアルヴィーゼ腹心のトルコの若者は、マルコの顔を見るや、言った。

「今すぐ、お屋敷のほうにお伴《とも》するように、と言われています」

マルコの予想どおりだった。そのまま、トルコ人の従僕とともに商館を出る。外には、マルコを乗せていく馬も待っていた。


三年ぶりの「君主の息子《ベヨグルー》」は、屋敷だけを見れば少しも変わっていなかった。だが、なにかしら騒然とした雰囲気につつまれている。広い前庭をあわただしく行き来する人や馬は、三年前にはなかったものだ。

再会した友も、やはり変わっていた。三年前には内にこもっていた激情が、表に噴き出した感じを与える。マルコを抱擁した腕も、前よりは力がこもっていたし、笑い顔も影がなかった。そして、なによりも、眼がきらきらと輝いていたのだ。

マルコは、導かれた部屋に腰をおろすや、アルヴィーゼに言った。なつかしい、トルコ風のあの部屋だ。

「呼び出したのは、きみだ。今度は、なにもかも打ち明けてもらいたい」

アルヴィーゼも、深くうなずいた。真剣な眼差《まなざ》しをマルコに向け、これだけは少しも変わっていない、低い静かな、しかしきっぱりとした口調で話しはじめる。

「きみが、『C・D・X』から送られて来たことくらいは、わかっている。誰かから知らされたというわけではないが、きみの性格を知るぼくには、想像するも容易だ。それなのに、『C・D・X』に筒抜けになることがわかっていながら、なぜきみに胸を開いて話すのかは、はっきり言ってぼくにもわからない。

もしかしたら、ぼくが今打って出ようとしている勝負に、ぼく自身でも幾分かの不安を感じているのかもしれない。もしも、その結果が負《ふ》と出るようなことにでもなったら、せめてはきみにだけは、真実を知っていてほしいと思うのかもしれない」

これも三年前と変わらず、アルヴィーゼのかたわらの小卓には、松やにの匂《にお》いを漂わせるギリシア産の葡萄酒《ぶどうしゅ》の入ったグラスが置かれてある。マルコ用の小卓の上には、アルヴィーゼが忘れないで用意させたのだろう、トルコ産の琥珀色《こはくいろ》の液体がそそがれたグラスがあった。二人とも、ほとんど同時にそれに手をのばす。口にしめりを与える目的以上の量をふくんだアルヴィーゼは、強い酒だけになめた程度でグラスを置いたマルコをしばらく眺めていたが、口を開いたのは彼のほうだった。

「ハンガリーの王位が欲しい」

マルコの表情は、まったく変わらなかった。琥珀色の酒に手をのばすこともなく、じっと友の眼に視線をあてたまま、一言も発しない。

「ハンガリーの王位が欲しいのだ。スルタン・スレイマンは、トルコ帝国の臣属する国としてならば、ぼくにそれをくれる気持ちがある。宰相イブラヒムにいたっては、より積極的に賛成だ」

マルコは、ここではじめて口をはさんだ。

「トルコは、きみにハンガリーを与えて、なにを得るのかね」

「北西の国境線の凍結を得る。トルコ帝国では南東に位置するペルシアが、このところ不穏な動きをはじめているのだ。北西が心配なく、南を接するヴェネツィアも、ヴェネツィアのほうが平和を望んでいるのだから心配ないとなれば、トルコも、対ペルシアに専念できることになる」

「理論的には、そのとおりだ。だが、なぜスレイマンは、一気に大軍を投入して、ハンガリーを自領にしてしまわないのかね」

「ハンガリー人というのは、なかなかむずかしい民族だよ。スレイマンですらも、そのハンガリー攻略に時間をとられているすきに、ペルシア人に離反される危険がある」

マルコは、探りの道を少しずらすことにした。

「きみは、もうすでにハンガリーの総督ではないか。ハンガリー全体の、財務担当権も与えられている。王位にはヴォイヴォダがついているとはいっても、事実上のハンガリー王は、きみではないか。それでも不満だと言うのかね」

「不満なのではなくて、不充分なのだ。ぼくは、あの女《ひと》と結婚したい」

マルコは、そのときになってはじめて、アルヴィーゼの指に、エメラルドの指輪がもどっているのに気がついた。

「きみの愛する女《ひと》は、もう自由の身だ。ハンガリー総督であろうとコンスタンティノープル第一の商人であろうと、結婚はできる身なのだ」

「あの女《ひと》は、コルネール家の生まれだよ。プリウリに嫁いでいた女《ひと》だ」

マルコは、こんなことには言い負かされなかった。

「ぼくは、ほんの数度会っただけだから、きみの愛するあの女《ひと》を、よく知っているとは言えない。

だが、そのぼくでも断言できる。あの女《ひと》のきみへの愛は、ハンガリーの王位など問題でないくらい、強くて深いものだということは断言できる」

「それは、ぼくだってわかっている。あの女《ひと》は、ここで一緒にくらせれば、それで充分だと言った。正式の結婚などしなくても、かまわないとまで言ってくれたのだ」

マルコは語気鋭く、友に迫る。

「ならば、ハンガリーの王位を望むのは、きみ自身の野心ではないか。きみは、自らの野望に従って行動することが、どれほど祖国ヴェネツィアを苦境に陥《おとし》れているか、考えてみたことがあるのかね」

だが、アルヴィーゼには、マルコの予想とは反対に、臆《おく》した色も見えなかった。それどころか、まるで学生時代にもどったように、マルコの手をとり、説明でもするかのように話しだした。

「ハンガリーが、トルコ帝国の属国としてでもぼくのものになれば、ヴェネツィアだって得《とく》をするのだよ。

ハンガリーとオーストリアの国境が緊張状態にあればあるほど、オーストリアのハプスブルグ家も、簡単には南下できない。南下して、ヴェネツィアとの国境をおびやかすことはむずかしくなる。スペインのカルロスだって、ヴェネツィア攻略はあきらめざるをえないだろう」

「ところで、きみがイスラムに改宗したという噂《うわさ》が広まっている」

「それは嘘《うそ》だ。改宗などしては、ぼくに損だし、スレイマンも望んでいない」

「なぜだね」

「ハンガリーは、キリスト教国だ。イスラム教徒に治められるよりも、同じキリスト教徒を主《あるじ》にいただくほうが安定する。このことは、スレイマンもイブラヒムも、わかっている。

それにキリスト教徒であるぼくが王になるのだから、キリスト教世界でも問題は少なくなる。実質的にはトルコの属国でも、公的にはあくまでもキリスト教国で留まるのだ。ローマの法王もスペインのカルロスも、ハンガリーの併合を主張するオーストリアのハプスブルグ家に対して、その言い分を認めるのがむずかしくなるだろう」

マルコは、ほとんど微笑さえ浮かべながら、友を見て言った。

「昔からそうだったが、きみの話を聴いていると、ミイラ取りがミイラになるという、言い伝えを思い出すよ。

今までは、それでよかっただろう。だが、今度だけは、きみの思いどおりにはことが運ばないような気がしてならない。勝負の相手が、いずれも大きすぎるから、ではない。今のきみの話には、偶然というものが、まったく考慮されていないからさ」

アルヴィーゼには、マルコの言葉が耳に入っていないようだった。夢見るようにつづける。

「百年足らずの昔だが、コルネール家の娘が、ヴェネツィア共和国の息女という格で、キプロス王のもとに嫁いだ結果、キプロスは今や、ヴェネツィアのものだ。それよりはもっと昔になるが、ハンガリーの王に、モロシーニの娘が嫁いだこともあったではないか。

ヴェネツィアの『C・D・X』も、いずれは、今なおこの政略が有効であることを悟るだろう。ぼくも、あの女《ひと》の愛に、ようやくにして報いることができるのだ」

マルコは、無言で、友の顔を見つめるだけだった。

金角湾の夕陽

四日後、マルコは、再びアルヴィーゼの屋敷に招かれた。今度は、ハンガリーへの出陣をひかえての、前祝いの夜会であるという。

だが、着いてみれば、夜会の客というのは、どうやらマルコ一人であるらしい。それに、マルコをヴェネツィア商館まで迎えにきたトルコの若者は、夜会にしてはずいぶんと早い時刻に迎えにきたのだ。そのうえ、主人のアルヴィーゼは、夕暮れ時には帰宅すると言いおいて、外出中だった。

所在なく待つ形になってしまったマルコは、庭園に出る。以前はよくそこで時間をすごした、小さな池のほとりに立つ柳の樹《き》の下で、久しぶりのコンスタンティノープルの都を、遠望でもしようかと思ったのだ。だが、そこにはすでに人がいた。

以前はプリウリの奥方であった女人は、しだれ柳の下に敷かれた、毛氈《もうせん》の上に坐《すわ》っていた。椅子《いす》にかけているのではない。トルコの女たちがよくするように、敷物の上に横坐りに坐っていたのだ。

ただ、服装は西欧のものなので、大きくふくらんだ形の、足首までかくしたパンツをはくトルコ女とはちがって、あぐらをかくわけにはいかない。それで、優雅にすそを広げた、横坐りの姿だった。

手には、書物があった。あっさりとした感じの、紅《くれな》いの絹の衣装を着けている。飾りは、首のあたりに小さくきらめく、金の十字架だけだった。

ときおり、書物から眼を離しては、眼下に広がるコンスタンティノープルを、眺めるともなしに眺めている様子だ。マルコは、自分がいることを夫人に気づかせるのが惜しいように思えて、そこに立ちどまったまま、緑の柳の下に坐る、紅いの服の女人を眺めていた。

幸せな女は、百メートル先からでもわかる、と誰かが書いていたのが思い出された。幸福に酔っているわけでもないのに、緑の下に静かに坐る夫人には、その全身から、燃えたつような歓喜が感じられた。

夫人はアルヴィーゼと同じ年なのだから、マルコとも同年齢のはずである。三十代も半ばになって得た真の幸福に全身でひたっている女に、いかに祖国のためとはいえ、頼みごとなどできようか、とマルコは思う。

ふと、夫人は、人の気配に気がついたようであった。やわらかに結いあげた豊かな黒髪がふわりと動き、ゆっくりと夫人の顔がこちらに向く。マルコをみとめた夫人は、驚いた様子もなく微笑を浮かべ、優雅に手招きをした。

毛氈の上に自分も坐りこんだマルコは、身近に見る夫人の変わりように、改めて眼を見張る思いだった。

ヴェネツィア中が、遠巻きにしながらも讃嘆《さんたん》を惜しまなかった、高貴な美の奥方はそこにはなかった。美しさはあいかわらずだったが、その美も、包みこむような優しさに変わっている。周囲を拒絶して輝く孤高の美ではなく、野を埋めて咲く花の群れに似ていた。

「アルヴィーゼが、またあなた様に甘えて、無理を申したのでございましょう」

「アルヴィーゼは、いつもわたしには、無理ばかりを言います」

二人の間に、期せずして、さわやかな笑いが舞いあがった。

だが、笑い声をあげながらも、マルコは、最後の試みをすることを忘れなかった。それもしないでは、コンスタンティノープルまで来たかいがない。夫人を、正面から見つめる。声音も、いつもの彼のものにもどっていた。

「奥様《マドンナ》、アルヴィーゼは、他に誰も試みたことのないほど大きな勝負に手を染めつつあるのです。

この勝負の成否は、神のみぞ知ることではあっても、大胆不敵なものであることは、奥様でもおわかりになるでしょう。正直に言えば、わたしはとても不安です。

今ならば、まだ、引き返すことができます。そして、奥様、あなたなら、アルヴィーゼを引き返させることができます。

元首《ドージェ》も、父親の情を吐露した手紙を送って、アルヴィーゼをひきとめようとしたがうまくいかなかった。わたしも、ヴェネツィア共和国政府に属する者として、また心から彼を想《おも》う友人として翻意をうながしたのですが、結果は思わしくありません。

わたしは確信しているのですが、もしも彼の愛する夫人があなたでなく、他の女であったら、彼は、王位までは求めなかったのではないか。女ならば誰でも、王妃にふさわしいわけではないのですから。

もう、頼るのはあなただけしかいません。アルヴィーゼの生涯がまっとうされることを願う者としても、それをアルヴィーゼに説得できるのは、あなただけしかいないのです」

マルコは、「C・D・X（十人委員会）」の一員である自分の真意は、夫人には打ち明けなかった。

ヴェネツィアの国益のみを追求する「C・D・X」としては、アルヴィーゼ・グリッティの野望がもしも短期間に実現するのだとしたら、密《ひそ》かであれ、歓迎すべきことであったからである。

ただし、その実現は、あくまでも短期間で成されねばならない。期間が長びけば長びくほど、オーストリアとスペインのハプスブルグ家の、疑いを深める結果になるからだ。もしも短期間での実現が無理ならば、それは、非常な危険をともなわないではすまない賭《か》けになる。ヴェネツィア共和国は国家である。国家が、賭けに加担するわけにはいかないのだった。

夫人は、静かな眼差《まなざ》しをマルコにそそいだまま聴き入っていたが、マルコの言葉がとぎれても、しばらくの間は黙っていた。胸のうちが動揺しているのではない証拠に、書物の上におかれたほっそりした指は、わななきもしない。伏せた視線も、緑色の毛氈の上の一点から動かなかった。そのままの姿で、夫人はようやく口を開く。

「二人が一緒にくらすことができるのなら、どのような立場でもよいとは、十五年以上も昔から言いつづけてきたことでした。わたくし一人の気持ちならば、今の状態で充分なのです。これ以上の幸福に恵まれることなどあるはずもないと思うほど、今のわたくしは、幸福に満たされているのですから。

ただ、今受けている幸福は、アルヴィーゼを知ったときから待ち望んできたことです。もしもわたくしに罪があるとしたら、せめてはともにくらしたいと、アルヴィーゼに訴えつづけてきたことかもしれません。

でも、ダンドロ様、あなた様は『黄金の名簿《リーブロ・ドーロ》』に御名の載っている方です。アルヴィーゼの名は、ありません。アルヴィーゼは、『銀の名簿《リーブロ・ディ・アルジェント》』になら載る権利を、自ら放棄しました。屈辱以外のなにものでもない、と言って。

グリッティの姓をもち、実の父親が元首《ドージェ》のアルヴィーゼに、あなた様はなぜ、『銀の名簿』に名を載せよと、要求なさることができるのでしょう」

「黄金の名簿」とは、当時では他国でも知られていた、ヴェネツィア貴族の名を網羅した名簿である。嫡出《ちやくしゆつ》の男子ならば、国政を担当できるとされた二十歳を迎えるや、それに名を記されるのが決まりだった。

「銀の名簿」には、これら貴族の下にある、市民階級に属す人々の名が記される。政府に働く書記官等の事務官僚や、造船技師、ガラスをはじめとする工場の親方も、この中にふくまれる。言ってみれば、ヴェネツィア共和国の中堅層を形成する男たちだ。国政には参加できなくても、この人たちは専門職なので誇りも高く、「銀の名簿」に名が載ることは、ヴェネツィアの市民にしてみれば、立派に自慢できる実績なのである。

アルヴィーゼがそれさえも拒絶した理由は、マルコには、痛いほどによくわかる。だがこれは、一千年このかた守られてきた、ヴェネツィア共和国の伝統なのだ。成文法のないヴェネツィアは、伝統とか慣例を、それらがひどい実害をおよぼすようになるまでは、尊重する傾向が強かった。

「奥様、アルヴィーゼは、父の国ヴェネツィアに、復讐《ふくしゅう》しようとしているのでしょうか」

「復讐？」

夫人は、思わず微笑《ほほえ》んだ。そして、ほとんど明るいといってもよい声で言った。

「復讐というのは、ほんとうはどういうことなのでしょうね。

憎むから、復讐するのでしょうか。それとも、愛しているから、人は復讐する気持ちになるのでしょうか。ただ、ひとつだけはっきり言えるのは、執着を絶ちきれないから、復讐するのではないかということ。

簡単に絶ちきれるような執着だったら、復讐などというめんどうなこと、誰もする気になれませんわね」

「ならば、やはり復讐なのでしょうか、アルヴィーゼのやっていることは」

「さあ、どうでしょう。アルヴィーゼ自身は、復讐とは考えていないのではないかと思いますけれど……」

そのとき、屋敷の方角から、アルヴィーゼの声がした。

「リヴィア！」

マルコは、眼を丸くして夫人を見た。この二人は、自分たちの間に生れた秘めた娘に、夫人と同じ名を与えていたのだ。尼僧院に預けられている少女の名も、リヴィアだった。

ヴェネツィアの貴族の女は、嫁ぐ前は生家の姓で、結婚後は婚家の姓で呼ばれるのが普通なので、マルコはそれまで、夫人の名を知らなかったのである。

近づいてきたアルヴィーゼは、ひどく上機嫌のようであった。背後から愛する女《ひと》を抱いたままその手をとった彼は、それに軽く口づけした後も離さない。離さないのは、手だけではなくて身体《からだ》まで。教養と地位の高い男は、人前では愛情を露《あら》わにしないものだが、マルコを、心を許しきった友人と思っている証拠だった。

毛氈の上に坐るリヴィアの横に自分も坐ったアルヴィーゼは、愛人の手を自分の手にからめたまま、マルコに、晴れ晴れした声をかける。

「二日後に、スレイマンが出陣式をしてくれることになった。トプカピ宮殿の内庭で行われる。

きみも来てくれるね。いや、絶対に来てくれないと困る。きみだって、報告する材料がなければ、ヴェネツィアにも帰りようがないではないか」

アルヴィーゼの、皮肉を漂わせた軽口は上機嫌の証拠だ。マルコは、苦笑しながらも承知する。乗ってやろうというのが、胸中の想いだった。

リヴィア・コルネールだけは、少しばかり残念そうな顔をしていた。アルヴィーゼの正式の妻でないから、列席の権利がないのではない。トルコでは、正式非正式を問わず、公式の行事には女の場所はないのである。柳の下で、愛する男とその友人の帰りを待つしかないのだった。

トプカピ宮殿の広大な内庭は、その日、集まった人でいっぱいだった。スルタン・スレイマンの玉座は、内庭の正面に開く、もうひとつ奥にあるスルタン専用の庭園に通ずる入り口を背に、華麗にしつらえられている。左には、イスラムの高僧たちが並び、右方には、宰相イブラヒムを先頭に、トルコの宮廷の高官たちが居並んでいた。そこからさらに左右には、コンスタンティノープルに住む有力者たちが、衛兵の指示に従って並び立つ。ここまでは、トルコの首都で開かれる公式行事ならば、常に見られる顔ぶれだ。

だが、あることが、トプカピ宮殿の後宮内での変化を、マルコに思い出させた。スルタンの玉座のすぐ右背後に、ペルシア式のよろい戸をめぐらせた席があったからだ。どうやら、ハレムの中でのロクサーナの地位は、ますます確かなものになっているようだった。

祝祭の催し物とはちがうのである。今日の行事は、スレイマンも追って従軍するという、ウィーン攻略のための遠征軍の出陣式なのだ。いかに皇后の地位を獲得したとはいえ、西欧とちがって女の場所のないトルコで、男たちのものである出陣式に女が列席するのは異例だった。

マルコのトルコ再訪は、三年ぶりだ。三年ぶりに眼にするから、異様に映るのかもしれない。ということは、他の人々には、もはや異様ではないのかもしれなかった。

そう思って見ると、宰相イブラヒムの、かつては自信にあふれていた振る舞いにも、わずかにしても影がさしているような気がする。背後のよろい戸の中を、気にしないではいられないようなためらいさえ感じられた。

最後に入場して玉座についたスレイマンの前に、トルコ式の軍服をつけたアルヴィーゼが進みでた。片ひざをつく、武人の礼を深々とする。座を立ったスレイマンは、そのアルヴィーゼに近づき、指揮杖《しきじょう》を手渡した。緑の地に白い絹糸でコーランの文字をぬいとりした、軍旗も与える。これで出陣式は終わったのだが、トルコでは、ヴェネツィアでは見られない行事がひかえていた。

アルヴィーゼの合図に応《こた》えて、広い内庭の反対側の方角から、金のふちどりをほどこした銀盆を捧《ささ》げもつ、百二十人の奴隷《どれい》があらわれた。スルタンの玉座に向かって、一列になって進む。銀盆の上には、こぼれんばかりに金貨が盛りあがっていた。

総指揮官アルヴィーゼ・グリッティの、スルタンへの献上品である。列席の男たちの間からは、ため息にも似た声が沸きあがった。マルコも驚嘆したことでは同じだったが、近くを通るときに眼にできた金貨がドゥカート金貨であるのを知ったときは、思わず微笑してしまった。

「ドゥカート」といえば誰一人知らない者はいないヴェネツィア共和国鋳造のこの金貨は、金の含有率の高さと、それを三百年間も維持してきた実績で、ヨーロッパ、オリエントを通して、最も信用ある通貨とされているからである。年ごとに価値が上下するトルコの通貨よりもヴェネツィア金貨を贈られてうれしいと思うのは、スルタンよりも、皇后のロクサーナのほうではないかと、マルコは思った。かたわらにいた二人のささやき声を信じれば、銀盆の上の金貨の総額は、二十五万ドゥカートにも達するという。

百二十人の奴隷の行列が、スルタンの御前に贈り物を置いて退《ひ》き下がると、その後には、三百人の奴隷が進み出る。一人一人が、銀糸のふちどりのついた、黄金色の布の巻きものを捧げていた。

「このほうの価格は見当もつかない」

と、マルコの背後にいたギリシア人の商人が嘆声を発する。宮廷に招《よ》ばれるくらいだから、この男だって大商人にちがいないのだ。三百人が一人一人、重そうに頭上に捧げもつ織物は金糸を織り込んだ絹。その価値は、この商人にも想像もつかないほどのものらしかった。

次いで、アルヴィーゼからの献上品に応えて、スルタン・スレイマンからも、軍の総指揮官に、下賜《かし》の品が与えられる。

それは、内庭にいる人々が思わずどよめいたほど見事な、十二頭の純血アラブの駿《しゅん》馬《め》だった。それぞれ、赤い絹地の馬衣をつけている。鞍《くら》の両わきには、左右に革製の袋がさがっていて、その中には軍資金が詰まっているということだった。

周囲の男たちのため息まじりの嘆声が、そのときだけはマルコにも、まったく心から信じられたのだ。彼らは、口々に、アルヴィーゼ・グリッティは今や、トルコ帝国で、スルタン・スレイマン、宰相イブラヒムに次ぐ、三番目に重要な人物になった、とささやきあっていたのだった。

三日後、アルヴィーゼは、ハンガリーに向けて発《た》って行った。五万の軍勢が、彼に従う。残りの五万は、一カ月後にコンスタンティノープルを発つ、スルタン・スレイマンが率いていく手はずになっていた。

マルコは、ヴェネツィアに帰ろうと思えば、帰れないこともなかった。当初の目的、アルヴィーゼの軍事行動の阻止という目的は、果すことはできなかった。もともとこの目的は、ヴェネツィアを発つときから成功できるとは思っていなかったのだが、こうもはっきりと不成功を見せつけられると、ただちに帰国して「C・D・X」に報告するのも、なんとなく拍子抜けがしてやる気になれない。

と言って、アルヴィーゼの思惑どおりに、彼の深謀遠慮なるものを、「C・D・X」の委員たちの前で、まるでアルヴィーゼの代理人でもあるかのように報告するのも、気が進まなかった。

マルコは、しばらくここに留まろう、ときめる。報告ならば、暗号文で送ればことは足りる。トルコ軍のウィーン攻略の経過を追うのならば、コンスタンティノープルに滞在しているほうが有利だった。

すべての事情に通じているピエトロ・ゼンが、再び大使として赴任してくるという噂《うわさ》もある。話し相手ならば、リヴィアがいた。

断崖《だんがい》

アルヴィーゼは、ハンガリーに向けて発《た》つ前に、マルコに言ったのだ。ヴェネツィア商館住まいは切りあげて、「君主の息子《ベヨグルー》」の屋敷に移ってきてはどうか、と。リヴィアも、淋《さび》しさがまぎれて喜ぶだろう、と言ったのだった。

だが、マルコは、友の厚意に感謝しながらも断った。表向きは商用で来ているのだから、商館にいたほうが人眼をひかないですむ、という理由でだ。アルヴィーゼも、もっともだ、と答えて、それ以上はすすめなかった。ただ、マルコは、リヴィアの無聊《ぶりょう》を慰めるための「君主の息子《ベヨグルー》」訪問ならば、することは友に約束したのである。

しかし、これは、ヴェネツィア共和国の「C・D・X（十人委員会）」の、アルヴィーゼ・グリッティとはつかず離れず、という、政策のあらわれでもあった。事実上

「C・D・X」から派遣されているマルコとしては、このようなやり方にしても距離をおくのは、今できる唯一《ゆいいつ》の方策であったのだから。

マルコの慎重さは、効果を発揮するのに時間を要しなかった。「C・D・X」の密命をおびて再びもどってきた大使ゼンから、ヴェネツィア商館のマルコあてに、訪問の誘いがとどいたのだ。訪問の内実がどのようなものか、受けたマルコにはただちに予想できた。マルコは、再び、表向きの身分は商人のままながら、事実上は大使の副官にもどったのである。

これによって得た最初の特権は、ヴェネツィア大使館が使っている情報提供者たちの送ってくる情報にも、接することができるようになったことだった。これだと、コンスタンティノープルの街中の噂《うわさ》を拾い集めるよりも、よほど正確に、しかも早く、情況を把握することができる。ハンガリーの首都ブダペストに入城したおりのアルヴィーゼの身なりまで、スパイは逐一報告してきたからである。

アルヴィーゼ・グリッティは、スルタンから贈られた、十二頭のアラブの駿馬《しゅんめ》のうちの一頭に乗って入城した。馬は、真珠と宝石が一面にちりばめられた、黄金色の絹の馬衣をつけている。それにまたがるアルヴィーゼも、深紅の絹のトルコ服を身にまとい、黄金の大刀をさげていた。純白のターバンの谷間には、「鳩の血の色」と呼ばれている紅色の最高級ルビーが、大きく人眼をひく。アルヴィーゼの馬の後には、こ
れもスルタンから贈られた、二百人のイェニチェリ軍団の兵士が従っていた。

一行がブダペスト第一の教会の前に到着すると、そこには、トルコの後ろだてでハンガリーの王位についているヴォイヴォダが、待っていた。アルヴィーゼは、馬を捨てる。そして、華麗な身なりの彼と並ぶとどちらが王かわからないヴォイヴォダに先導されて、教会の中に入った。

大司教が待つ祭壇の前に進んだアルヴィーゼに、大司教の隣に立ったヴォイヴォダは、ハンガリー王の紋章と、それをあしらった軍旗を与える。そして、厳かに宣言した。

「この者を、正式に、ハンガリー王国の総督と、ハンガリー防衛軍の最高司令官に任命する」

日もおかずに、アルヴィーゼは、それまでブダペストを守っていたキリスト教徒のハンガリー兵からなる守備隊を、トルコ兵でかためた一隊と入れ換えた。

数日後、ウィーン攻略に向かうスルタン・スレイマンは、アルヴィーゼを先頭にするトルコ兵と、ハンガリーの民衆の歓呼の声に迎えられてブダペストに入城した。ア

ルヴィーゼにハンガリー戦線をまかせるというスレイマンの考えは、完璧《かんぺき》な形で実現しつつあったのだ。

アルヴィーゼ・グリッティは、三十代の半ばという若さで、権勢の頂点に立ったのである。

形ばかりにしても王位にあるヴォイヴォダは、

「わたしの最も大切な宰相」

と呼ぶ。

スルタン・スレイマンはアルヴィーゼを、

「ハンガリーの守りの剣」

と命名した。

コンスタンティノープル在住の西欧人の間では、もう誰もが、アルヴィーゼを、トルコ帝国の三番目に重要な人物、とみることで一致していた。そして、ハンガリーでは、正式の名称以外は王である、ということでも。

実際、ヴォイヴォダは王位を維持するために、アルヴィーゼから、三十万ドゥカートもの莫大《ばくだい》な額の金を借りていた。その返済は、ハンガリー王国内での税の徴収権をアルヴィーゼに与えることで解決するはずだったが、全額返済には、相当な年数を要するのは確実。王ということにはなっていても、完全に頭を押さえられた王であったのだ。

アルヴィーゼも、まるで事実上の王は自分であることを、隠さないかのように振舞っていた。

五百の騎兵と二百の歩兵を従えないでは、総督官邸から外にも出ない。王宮の近くに、広大な私邸も建設中だった。そのうえ、ポーランド王の息女を妻に乞《こ》うたという、噂まで広まっていた。

風聞に動かされやすいコンスタンティノープル在住の西欧人世界では、アルヴィーゼ・グリッティの輝かしいキャリアは、これで確定したも同然と誰もが思った。しかし、正確な情報収集の伝統をもつヴェネツィア大使館は、風聞に迷わされはしない。イスラム教徒ではないアルヴィーゼの実際の地位が、トルコ帝国の中ではより下になることを知っていた。

大帝国トルコの第一人者は、スルタンのスレイマン。それに次ぐのは、宰相イブラヒム。その後に、三人の大臣がくる。次いで、ギリシアとアナトリアの総督、イェニチェリ軍団の総司令官とつづいた後に、はじめてアルヴィーゼがくるのだった。

今や時の人になったアルヴィーゼも、地位からすれば九番目にすぎない。それだけに彼の立場は、安全で確実とは言えない、ということになる。

マルコの「君主の息子《ベヨグルー》」屋敷通いは、ほとんど数日おきという感じでつづけられた。アルヴィーゼの私宅に通うことで、大使館すじでは得られない情報をつかむという目的がある。だが、リヴィアと会って話すのも、マルコにとっては喜びになっていた。一人の女人としても、敬愛の想いを抱くようになっていたのだ。

プリウリのもと奥方は、ハンガリーにいるアルヴィーゼからしばしば便りを受けとっているのか、それとも、彼を信じきっているのか、どのような知らせにも動揺した様子はみえなかった。ポーランド王女の一件にも、知らせようかどうしようかとさんざんに迷ったマルコの心遣いが、馬鹿《ばか》気《げ》て思えるほど、安らかな微笑を浮かべただけだった。

「もしもアルヴィーゼが、それをすることが必要と思うならば、ポーランドの王女様を妻に迎えたらよいのです。でも、もしそうしたとしても、それは政治上の必要のためで、あの人の愛がわたくし一人にあることを、疑うようなわたくしではありません」

マルコは、もうその件は話さないことにきめた。ただ、極秘の情報でなければ、アルヴィーゼに関することは、リヴィアの耳に入れることはした。リヴィアは、それがどれほど小さなことでも、アルヴィーゼに関係があるというだけで、聴くのをひどく嬉しがったからである。

どんなに愛されていても、女はそれを、他の誰かに知ってもらいたいのだ。自分一人の胸に秘めておくのは、やはり、つらいのだろう。秘めつづける歳月を長年にわたって過ごしてきたものだから、なおのこと、気にする必要のないマルコとの間でだけは、愛する男を話題にしたいのだった。

それがわかってからは、マルコは、夫人の知らない石弓兵時代の話などを、語って聴かせることにした。リヴィアは、まるで二十歳も若返ったような笑い声をあげながら、マルコの話のつづきを催促する。マルコは、自分が「C・D・X」の一員であることを忘れがちなのを認めるしかなかった。

しかし、そのマルコにも、「C・D・X」を思い出さねばならないときが、まもなくやってくる。その年の夏は短く、秋は、まるで冬のようだった。スルタン自ら戦場に玉座を移し、アルヴィーゼが実際の指揮をとるトルコ軍は、なんとしてもウィーンの城壁を突破することができない。例年になく早く訪れた冬に、これ以上の包囲続行は無理と悟ったスレイマンは、ひとまずにしても包囲は解くときめる。ハンガリー国境はアルヴィーゼにまかせておけば大丈夫と思うスルタンは、休戦期の冬を、首都にもどってすごすことにした。

だが、広大な領土をもつ大帝国トルコが、再三試みたにもかかわらず攻略できないということは、敗戦ではないにしても、敗戦に近い印象を与えずにはおかない。そして、敗戦は、それまでは内にこもっていた不満を爆発させるには、なぜか常に好機であるのも事実であった。

宰相イブラヒムは、スレイマンのコンスタンティノープル帰還を、手をつかねて待つことをしなかった。ヴェネツィア大使ゼンを、秘《ひそ》かな会談に招いたのである。秘密の会合の場所は、アルヴィーゼの屋敷からも近い、同じガラタ地区の高台にあるイブラヒムの別邸だった。

会談の招きを受けた大使は、密かにヴェネツィア商館に使いを走らせ、マルコを呼び寄せる。大使ゼンもマルコも、宰相の意図が、単なる情勢分析にはないことを予想した。

宰相イブラヒムの別邸は、完全なトルコ式の屋敷だった。木造で、屋根は天幕をかさねた感じだ。しかし、屋敷の中に一歩足を踏み入れれば、内装の豪華さはやはり、トルコ帝国第二の権勢を誇る人の住まいにふさわしい。床に敷くのが惜しいような絹製の絨毯《じゅうたん》が、部屋の中だけでなく廊下まで敷きつめられている。大使ゼンとマルコが招じられた部屋も、壁から床から、一面に高価な絨毯でおおわれた一室だった。

待つ間もなく入ってきたイブラヒムは、大使のかたわらにマルコがいるのに、一瞬眼をとめたが、なにも言わなかった。三年前に会ったことのある、アルヴィーゼの親友を覚えていたようだ。そして、大使に向かい、単刀直入に話をきりだした。

「ハンガリー戦線でのわが軍の苦戦は、あなた方の情報収集能力からいって、わたしが言わなくてもすでに承知のことと思う。

今年は、戦期は終わった。問題は、来年です。来年は、ぜひとも成功させたい。いや、成功してもらわなくては困る」

ここで、宰相イブラヒムは口をつぐんだ。女奴隷《どれい》が、水さしを捧《ささ》げてあらわれたからだとマルコは思ったが、そのマルコの胸中を察したかのように、イブラヒムは、はじめて笑いを浮かべ、マルコに視線を向けて言う。

「わたしの身のまわりに仕える奴隷たちは、聴くことはできても、話すことはできない者を選んであるから心配はいらない」

なるほど、とは口に出しては言わなかったが、マルコはきっと、そういう顔つきをしたのであろう。再び視線を大使にもどした宰相は、ヴェネツィア方言のアクセントの強いイタリア語で、話を再開した。

「大使、あなたのことだから、曲がりくねった言い方は無用というものでしょう。だからわたしも、率直に話します。

ハンガリー戦線での成功は、宰相としてのわたしにとっても、ぜひとも必要だ。わたしに反対する勢力が、トルコ宮廷内で日々勢力を増しつつあるのは御存じのあなただから正直に言うが、不成功が重なれば重なるほど、わたしの地位は危険になるのです。つまり、反イブラヒム勢力に、有利に変わるのだ。わたしに反対する勢力の背後に誰がひかえているかも、あなたは、とうの昔から察していられるにちがいない。その人物は、女にしては珍しいほどに、待つということを知っている。好機が訪れるのを、じっと待っているのです。

そして、宰相イブラヒムにとって危険が増すということは、アルヴィーゼ・グリッティにとっても危険が増すということになる。あなた方の元首《ドージェ》の最愛の息子は、今やわたしと、完全に運命共同体の身なのですからね」

大使ゼンは、視線を宰相に向けたまま、黙って聴いている。その鋭い眼の光と耐久力は、八十歳に迫ろうとしている男のものとは思えなかった。

だが、その半分ほどの年齢のイブラヒムも、長年大帝国を背負ってきた人物だ。堂々と対決するという感じで、話をつづける。

「そこで、提案があるのです。あなたはヴェネツィアの元老院に対し、オーストリアを南から攻めるよう働きかけてもらいたい」

宰相イブラヒムもまた、ヴェネツィア政府の方針は、いまだ元老院できめられると思っている一人のようだった。

「ヴェネツィア軍が南からオーストリアに迫れば、オーストリアのハプスブルグも戦力を二分せざるをえなくなる。ハンガリー戦線だけに専念することは、許されなくなる。

それを、来年の春までに準備してほしいのです。あなた方がそれをしてくれれば、トルコの大軍を編成し、スルタン自ら率いての遠征は、わたしが整えましょう」

ここまで言って、宰相は口を閉じた。大使ゼンは、それでもまだ沈黙をつづけていたが、ようやく口を開く。低く落ちついた声だが、きっぱりした口調だった。

「それは、できません」

イブラヒムは、次の言葉を待っていなかった。

「大使、あなたに返答は求めていない。あなたには、ヴェネツィアの元老院に働きかけてほしいと言っているだけだ」

「元老院に働きかけても、無駄です。それによってなされる決議は、今、わたしの口から出ているものと同じでしょう」

「では、ヴェネツィア共和国は、トルコ帝国との間に平和がつづくことを望んでいないと言われるのか」

「望む望まないには関係なく、トルコとわが国の間の平和は、わが国にとっては必要このうえもないものです。

しかし、ハプスブルグ家の当主カルロスとヴェネツィアは、ついこの間にしても、同盟条約を結びました。オーストリアを治めるのも、ハプスブルグです。同盟違反は、わが国にとっては致命的です。致命的とわかっていることを、いかにトルコとの友好関係を傷つける怖《おそ》れがあろうと、やるわけにはいきません」

「あなたは、アルヴィーゼ殿を見捨てられるのか。元首《ドージェ》グリッティならば、あなたとはちがう答えが返ってくるのではないか」

「われらが元首《ドージェ》が、つい最近、辞職の意をあきらかにしたことは、宰相は御存じでいらっしゃいますか？

息子との絆《きずな》のために、ヴェネツィア共和国の政策がゆれ動くことを怖れてです。たとえ、ここに元首《ドージェ》がいて、あなたが元首《ドージェ》とじかに話しておられるとしても、返ってくる答えはわたしの答えと同じにちがいありません」

マルコは、元首《ドージェ》グリッティの辞意表明については初耳だった。マルコのヴェネツィアの出発の後に起こったのだろう。大使は、つづける。

「辞意は、結局は受理されませんでした。だがこれは、ヴェネツィアの元老院は元首《ドージェ》の私的感情を無視しても国策を貫く、という意味と思われたらよいと思います」

宰相イブラヒムは、心なし落胆したように見えた。ほとんどつぶやきに似た声音がもれる。

「わたしとアルヴィーゼが、今までにどれほど、ヴェネツィアのために動いてきたか！」

「それは、わたしも元首《ドージェ》も、そして元老院の議員全員も、充分に承知していることです。ここにいたるまでの両国の平和は、一に、あなたとアルヴィーゼ殿の御尽力のたまものと言ってよいくらいでした。

しかし、宰相、あなたは今、わがヴェネツィアに、国家の存亡を賭《と》した行動を求めておられる。個人とちがって国家には、そのような賭《か》けは許されません。とくに、現在のヴェネツィアの立場では、いかにあなたの御依頼であろうと、わたしには受けることはできません」

宰相イブラヒムは、もはや落胆を隠しもしなかった。大使ピエトロ・ゼンには、脅迫などはやるだけ無駄であることを知っている。老外交官から視線をはずした宰相は、かたわらのマルコを見て言った。

「ダンドロ殿は、わたしと同世代だ。いまだ失うものが多いわれわれならば、考えもちがってきはしないだろうか」

だが、マルコもイブラヒムを満足させることはできなかった。

「わたしも、大使とまったく同意見です」

ただ、そう言ったマルコの胸中は、きっぱりした声音とは反対に、重く沈んだものだった。

オリエントの風

一年がすぎた。マルコは、ヴェネツィアにもどっていた。

スルタン・スレイマンの帰還の直後にコンスタンティノープルを発《た》ったマルコは、結局、アルヴィーゼに会わないままでヴェネツィアにもどってきたことになる。アルヴィーゼが、スレイマンの帰還後もハンガリーに留まったので、会うことができなかったのだ。

だが、マルコには、そのほうがよかった。宰相イブラヒムに責められるのならば答えもできたマルコだが、アルヴィーゼに責められては、返す言葉もなかったろう。あのアルヴィーゼに、

「きみまでぼくを見捨てるのか」

と言われて、祖国ヴェネツィアの立場を説こうとなんの役に立つだろう。理《ことわり》が自分にない、というのではない。ありすぎるくらい、充分にある。

だが、そのようなことは、アルヴィーゼだってわかっているのだ。その彼に対し、

「われわれは常に、きみが表面に出ることには反対してきた」

と言ったからといって、どうなるというものでもない。それは愚痴にすぎない。愚痴は、マルコの生き方にはないものだった。

会うことができないのがかえって救いのように思いながら、マルコはコンスタンティノープルを後にしたのである。「君主の息子《ベヨグルー》」の屋敷に待つリヴィアには、別れを告げに訪れた。おだやかで、それでいてゆるぎもしないリヴィアのアルヴィーゼへの愛を前にすると、安心と同時に、そこはかとないうらやましさを感じないではいられない。コンスタンティノープルでは、マルコのやることはなくなっていた。

ヴェネツィアにもどれば、もうほとんど当然という感じで、「C・D・X（十人委員会）」の椅子《いす》が待っていた。

連日、最新で極秘の情報に接することが許される席である。西からは、スペイン王カルロスの動静、東からは、トルコのスルタン・スレイマンの動きが、眼前にするよ

うな正確さで入ってくる。ただ、それを眼にするマルコの気分が変わっていた。

四年前のように、緊張と責任感で身がふるえるようなことはない。反対に、刻々と変わって行く情況に、なんの主導権ももたない者の、無念を感ずる毎日だった。

いや、無念ならばまだよい。残念と思うのならば、まだ心が燃えている証拠なのである。マルコの心は、もう燃えてはいなかった。諸行とは無常なのだという想《おも》いだけが重くのしかかる、一年間であったのだ。それは、その年のヴェネツィア共和国の、国際情勢下での立場そのものでもあった。

オリエントからは、放置しておくことが許されなくなったペルシア対策のために、宰相イブラヒムが軍を率いて東に向った、という情報が入っていた。

スレイマンとイブラヒムは、これまで常に一緒だったのだ。スレイマンが軍を率いる際、ときにイブラヒムが留守を預かってコンスタンティノープルに留まることはあったが、イブラヒム一人が遠征軍の先頭に立つことはなかった。

それが、今度は、イブラヒム一人だ。つづいてとどいた情報では、イブラヒムの遠征は相応の成果をあげたということはわかったが、首都をわかせるほどの勝利ではない。今までついぞ離れたことのないこの二人が離れ、また、その離れ方が、イブラヒムの遠征軍指揮という形をとったことが、「C・D・X」の注意をひかずにはおかなかった。

スレイマンの信頼誰よりも厚く、トルコ帝国第二の権勢を誇ったイブラヒムの運にも、影がさしはじめたのではないかと考えられたからである。遠征から帰還したイブラヒムを迎えたスレイマンが、もう二度と別行動はとらないと、公衆の面前で宣言したという事実も、「C・D・X」の疑惑をさらにかき立てる。これまでの二人の親しい関係からすれば、あまりにもわざとらしい行為だった。

宰相イブラヒムの権勢に影がさしはじめたという事実は、ヴェネツィアよりも、コンスタンティノープルとブダペストの間で動いているアルヴィーゼ・グリッティに、不安を与えたようであった。彼の行動が平衡感覚を欠きはじめたのに最初に気づいたのは、ヴェネツィアの「C・D・X」である。スペインのカルロスのもとに駐在しているヴェネツィア大使から、至急の報告がとどいたのだ。

それが読みあげられたとき、「C・D・X」の会議室の空気は冷たくかたまってしまった。アルヴィーゼから、直接にカルロスにあてて書かれた手紙であったからである。

その内容は、彼がハンガリーを領有することによる、イスラム世界とキリスト教世界の共存共栄の可能性を説いたものだ。それを実現するために、カルロスは弟のフェルディナンドを説得し、オーストリアとハンガリーの国境を現状のままで凍結し、互いに不可侵条約を結ぶよう計られたし、というものであった。

「C・D・X」の委員の半数は、もはやあからさまに、元首《ドージェ》グリッティに冷酷な視線を向ける。委員の一人は、こんなことまで言った。ついこの間までコンスタンティノープル駐在大使をしていた、モチェニーゴだった。

「この問題は、まるで終わりがないようにわれわれを苦しめつづける。アルヴィーゼ殿は、もともと、生まれてくるべき人ではなかったのではないですか」

元首《ドージェ》グリッティは、見るも哀れに沈んでいた。かつては他国の王まで圧倒した華麗なヴェネツィアの象徴が夢でもあったかのように、息子の行状に悩む普通の父親だけがそこにいた。

スペイン大使からの密書には、カルロスはアルヴィーゼの申し出を無視し、返事も送らなかった、と書かれてあった。

マルコが心配したのは、強大な君主カルロスの反応だけではない。西のカルロスに対立する東の強大な君主スレイマンに、このことが伝わらないはずはないという怖れだった。もしも、自分がカルロスならば、密《ひそ》かにしても知らせるだろう、と思ったのだ。

アルヴィーゼの失脚は、ハンガリーに駐屯するトルコ軍の弱体化につながる。弱体化すれば、利を得るのは、オーストリアを領するハプスブルグ家しかない。だが、アルヴィーゼは、国際政治の表舞台に躍り出たのだ。だが、その登場の仕方を誤ったと、マルコは一人、苦《にが》い想いをかみしめるしかなかった。

ところが、ヴェネツィアの「C・D・X」の、そしてとくにマルコのいだいた不安をよそに、カルロスもスレイマンも、アルヴィーゼに対して一指も動かさなかったのである。この二人だけが、一言でアルヴィーゼを破滅させることのできる人物だ。それなのに、なにも起こらない。

これは、得られるかぎりの情報を分析しても、出てこない答えだった。推測しか、残されていない。そして、「C・D・X」の席でそれを求められたのは、適任者ということならば誰も異論はない、マルコだったのである。

マルコは、正直に、自分もまた予測を裏切られた一人であることを、まず言った。しかし、つづけて、彼自身の予測の誤りの原因を考えることで、カルロスやスレイマンの考えも、推測できるのではないかと思いはじめた、と言ったのである。

マルコは、自分はヴェネツィア国民であることに疑いをもったこともないし、もちようもない環境に生まれ、育った、と話しはじめる。

建国以来ヴェネツィア共和国の主柱でありつづけた貴族《ノーヴイレ》の、しかも名家中の名家ダンドロ家に生まれ、国政を担当するという名誉ある任務を与えられた者として、その責務と権利に疑いをもつことなく、今日まできたのだ、と。

一度も、キリスト教世界に属すことも疑わず、どれほどコンスタンティノープルを知り愛しても、コンスタンティノープルが異教徒トルコの首都であることを、忘れたことはなかった、と。

その自分が、ダンドロ家の嫡子《ちやくし》であると同時に、ヴェネツィア共和国の嫡子であり、ひいてはヴェネツィアの属す、西方キリスト教世界の嫡子であると思うのは、きわめて当然で、かつ自然であること。

この点に関してならば、一国家の国政の末席につらなる自分も、絶対君主であるカルロスもスレイマンも、共通の立場にあると考えられはしないであろうか、とマルコはつづける。

ところが、アルヴィーゼ・グリッティはちがうのだ。

彼は、ヴェネツィア国民でもなければ、トルコ帝国でも、正統な臣下ではない。

キリスト教徒でありながらキリスト教徒ではなく、かといって、イスラム教徒でもない。

西方世界とは、父から受けた血でつながってはいても、母は、西方の人間ではない。といって、母方の血も、被支配階級のギリシア人の血でしかなく、支配者トルコ人の血は入っていない。つまり、彼は、西方にも属していなければ、東方世界にも属していないのである。

たしかに、いずれにも属さない生まれをもった人間は、数かぎりなく存在した。混血は、それが自ら求めたものであろうと単なる結果であろうと、地中海世界の伝統でもあったからだ。

ただ、これらの「私生児《バスタルド》」たちの多くは、大望をいだかなかった者が多かったのか、さしたる問題も起こさずにすんできたのである。アルヴィーゼに罪があるとすれば、彼が大望をいだいたことだろう。

そして、この特殊な「私生児」を嫡子たちが理解できなかったとしても、これまた当然である。なぜなら、アルヴィーゼは、帰属の明確な嫡子たちの、発想を超えたところで生きてきたからだ。あまりに正統で、はっきり色分けされた世界に慣れきっている嫡子たちが、とうてい考えもしないことを、アルヴィーゼは考え、実行することができた理由はここにある。

キリスト教からもイスラム教からも、西方からも東方世界からも自由なアルヴィーゼだからこそ、トルコに臣属するキリスト教国の主《あるじ》になることも、自責の念をもたずに考えられることなのだ。遠くはアジアに始まる人々の国であるハンガリー自体、西方世界に属すともいえず、かといって東方でもないところが、彼の野望実現の地としては適していたことになる。

スレイマンもカルロスも、ここまで考えをめぐらせてはいないにちがいなく、また、めぐらせることができない。それゆえに、アルヴィーゼのほとんど露骨と言ってもよい大胆な意思表示に対しても、それが自分たちにとって、利であるか不利であるかも、判然としないのが現状ではないかと思う。今のところは泳がせておいて様子を見る、というのが、両君主の考えではないだろうか。

そして、もしも利と出れば受けいれ、不利となれば、容赦《ようしゃ》なく滅ぼすだろう。なぜなら、身内でないものに対しては、守ってやる義務も感じないところから、誰でも容赦なく行動するものです、と言ってマルコは話を終えた。

だが、マルコは、もう少し言葉をつづけたかったのだ。

新しき秩序を創造することを目指した「私生児」たちは、必ずどこかで無理をする。どちらにも帰属していない彼らは、嫡子ならば必要としない無理をせざるをえないのだ。そして、この無理が幸運に恵まれれば成功の因となるが、運に見離されでもするやただちに、破滅の源になるのだ、とマルコは言いたかったのであった。

だが、やはり、彼の口からは出なかった。友を想う心が、そこまでの推測を、他者にまで告げる気持ちにさせなかったのである。

アルヴィーゼには、どこかしら、男たちを魅了するところがあった。それも、とくに、正統な生まれと地位に恵まれ、アルヴィーゼとは完全に反対の立場にあるはずの嫡子たちを魅了するのだから、不可思議な現象だ。

スルタン・スレイマンも、アルヴィーゼを、まるで弟のように遇したものだった。マルコも、幼なじみという以上に、彼を想う心が強い。カルロスも、もしも会う機会に恵まれていたならば、ほぼ同年輩のこの私生児を愛したかもしれない。

ここまで考えてきたマルコは、ふと、コンスタンティノープルにいる冷徹な老外交官、大使ゼンのことを思い出した。

あの大使が、アルヴィーゼの屋敷にプリウリの元奥方がひそんでいるのを、知らないはずはない。それなのに、「C・D・X」向けの極秘の報告書の中ですら、一言もそれにふれないのである。ために、「C・D・X」は、このことに関してはまったく知らない。

大使が、この秘めたる恋を、そっとしておこうときめたのか、とマルコは思った。アルヴィーゼに対していだいている、老大使の好意の、小さな証《あかし》なのか、と。

だが、マルコも、なにも言わなかったことでは、大使ゼンと同じなのである。秘めはするものの、積極的には動かず、ただ静観しているということでも、彼も大使と同じなのであった。

そうこうしているうちに、二年が過ぎていった。

一五三四年と年が変わって早々、一通の暗号文書が、コンスタンティノープルからヴェネツィアにとどいた。大使ゼンの書いた報告書で、ハンガリー国内での不穏な動きを伝えたものだ。

アルヴィーゼの敵は、実に誰一人予想しなかったところにいたのである。

「C・D・X」は、今度は即刻、マルコをコンスタンティノープルに派遣するときめた。まだ委員の任期が少し残っていたが、そのようなことは考慮するときではなかった。大使ゼンの右腕を務められる人物が、ぜひとも必要であったのだ。

ただ、大使の副官の地位は、今回も与えられなかった。マルコは、前回のコンスタンティノープル行きと同様、商人に扮《ふん》して行くのである。この配慮《ご》は、対トルコへのものというよりも、西欧を刺激したくないからであった。この期におよんで、ヴェネツィア共和国が特別に人間を派遣することに秘められた真意は、西欧諸国、とくにカルロスには、絶対に悟られてはならなかったのだ。マルコ・ダンドロのトルコ国内通行許可証の申請は、コンスタンティノープルでのダンドロ家の支店の開設のため、という理由でなされた。もうすでにうすうすは事情を察している伯父は、黙って協力してくれる。当主が「C・D・X」に属す一族の他の男たちは、このような事態に慣れてもいたのだった。

この時代から三百年余り後の一八六〇年に刊行された『イタリア・ルネサンスの文化』の中で、著者ブルクハルトは、次のように書いている。

「およそ遠国に住む自国民に対して、ヴェネツィア共和国ほど大きな道徳的な力をおよぼした国家は、かつてなかったであろう。

たとえば、元老院議員の中に裏切り者がいて他国の大使に情報をもらしたとしても、他国にいるヴェネツィア国民の一人一人が、自国の政府にとってはただちにスパイになりうるということによって、充分つぐなわれたのである。ローマに滞在するヴェネツィア出身の枢機卿《すうきけい》が、法王の主宰する秘密の枢機卿会議の議事を、いちいち本国の『C・D・X』に報告していたのは、言うまでもないことであった」


遠国に滞在するヴェネツィア国民に対してさえ影響力をふるえたのだから、自国内にいる国民がコントロールできなかったはずはない。ヴェネツィア人の国家への帰属意識が、まれにみるほど強かったという証拠だ。しかも、商人の国だけに、正確で客観的な市場調査と情報収集は、体内に流れる血と同様自然なものになって久しい。また、それをする行為にも、スパイという言葉がかもしがちな、忌《い》まわしい感じはまったくなかった。この点でも、他国に派遣された英語教師でさえインテリジェンス・サービスの一員かも、と言われた、一昔前の英国と似ていなくもない。

そして、コントロールされる側であるほうの多かった一般庶民も、国民の知る権利、などということは一度も要求しなかった。ブルクハルトは、百年以上も前に刊行されながら、イタリア・ルネサンスに関してはいまだにそれを超える著作の出ていない『イタリア・ルネサンスの文化』の中で、こうも書いている。

「ヴェネツィア共和国だけが特別に、国民の忠誠をあてにしていたわけではない。国民の良識を、頼りにしていただけである」

ヴェネツィアの人々の良識とは、求められるのは国がそれを必要としているからだ、と考えることであった。そして、国家は彼らに対し、公正な統治で報いたのだ。無闇《むやみ》に知る権利を要求するのは、政府を信頼できない国の民のすることなのかもしれない。

マルコは、旅程の三分の一は海路、残りは陸路という道をとった。これだと、コンスタンティノープルに到着する前に、ハンガリーの情勢をつかむこともできるという、利点があったのだ。

一五三四年も、戦闘開始可能な、春が近づきつつあった。

柳の歌

ハンガリー国内の不穏な動きは、強大な二国にはさまれた一民族の、典型的な不幸から発していた。

しかも、ハプスブルグとオスマンの両王朝は、宗教も民族性もちがうのだ。二大強国といっても、同じキリスト教の文明圏に属す、フランスとスペインの間の抗争とはちがう。

もしも、オーストリアのハプスブルグでもトルコのオスマンでも、そのうちの一つが有無を言わせぬ圧倒的な軍事力を持っていたのなら、問題は生じなかったかもしれない。

ところが、オーストリア側にしてみれば、ハプスブルグの主力はスペインに移った感がある。当時のオーストリアは、分家の感じのほうが強かった。

一方のトルコは、反抗心の強いペルシアとの抗争に気をとられて、ハンガリーに主力を投入することができない。とくに、宰相イブラヒムの権勢に影がさしはじめてからは、ますますその傾向が強まっていた。

もしも、トルコが完全にハンガリーを制圧していたら、キリスト教国のハンガリーも、意外とおだやかにトルコの支配下に入っていたかもしれないのである。トルコ人の宗教面での寛大さは知られていた。イスラム教徒ならば国税はとれないが、異教徒ならば徴収できたからでもある。だから、領国内の全住民がイスラムに改宗して困るのは、イスラム教徒の国トルコのほうであったかもしれない。

しかし、現状は、オーストリア、トルコとも、ハンガリーを完全に手中にできていない。問題は、それゆえに起こったのである。

ハンガリーには、司教職にある一人の有力者がいた。もともとこの男は、トルコのスルタンの後押しで王位についたヴォイヴォダを嫌っていた。

この男が、オーストリアと通じていたかどうかははっきりしない。おそらく彼個人は、カトリック教会の司教でもあるところから、イスラムのトルコよりもキリスト教徒のハプスブルグ王朝のほうに、親近感をいだいていたのかもしれない。だが、彼に従って蜂起《ほうき》したハンガリーの民衆は、長年のはっきりしない状態に、愛想をつかしていたにすぎなかった。

不穏な動きを知ったアルヴィーゼは、一五三四年五月、ハンガリーに向う。総督の権限で、王ヴォイヴォダと司教の対立を解消する必要を感じたのだ。

アルヴィーゼは、両人だけでなく、ハンガリーの貴族全員に召集をかけた。彼が考えていたのは、おそらく、その席で司教を追放しようということであったらしい。しかし、司教は、出席を拒否してきた。アルヴィーゼは、司教逮捕を命じた五百人の兵をおくった。

しかし、アルヴィーゼが命じたのは逮捕だけであったのに、トルコ兵たちは、キリスト教会の司教の首をもってもどってきたのである。

不穏はたちまち、それを超えた重大事態に一変した。

まず、信仰心ならば厚い農民たちが、司教の死を知って激昂《げきこう》した。鎌《かま》をふりあげた農民の群れが、城塞《じようさい》目ざして押し寄せてきた。それを見て、これまでアルヴィーゼに臣従していたハンガリー人の兵士たちまでが態度を変える。

まったく、一週間という短い間の出来事だった。司教を閉じこめたはずのアルヴィーゼが、反対に、兵士と農民の四万によって包囲されてしまったのである。農民の群れは、「トルコ人を殺せ！」と叫んでいるとのことだった。

コンスタンティノープルに到着したマルコが耳にしたのは、この事態であったのだ。

ひとまずヴェネツィア商館に入ったマルコは、旅装もとかずに、ヴェネツィア大使館に向かった。大使ゼンからの呼び出しを待つのも、もどかしかった。

ただちに通された大使の執務室で二人きりになるや、マルコは、挨拶《あいさつ》もそこそこに、アルヴィーゼを救う必要を大使に訴えた。大使ゼンは、この二年の間にひどくやつれたように見えたが、静かで明快な話しぶりは少しも変わっていない。勢いこむマルコに対しても、静かな視線を向けたまま、それでいてきっぱりと言った。

「情勢が一変して以来、わたしがなにも手を打たなかったと思うかね。

アルヴィーゼに対するわたしの好感情は、ひとまずおくとしよう。おくとしても、ヴェネツィア共和国の国益を守る義務のあるわたしには、手を打つことを試みる理由はあった。ハンガリーがオーストリアのものに完全になってしまって困るのは、オーストリアと国境を接するわが国だからだ。

しかし、トルコだって困る。つまり、トルコとヴェネツィアは、この点に関してならば、利害は一致しているのだ。

この点を強調して、イブラヒムに迫ってみた。トルコの大軍を送って、包囲中のアルヴィーゼを救出し、この不幸を幸に変えて、この機にいっきょに全ハンガリーを制圧するのが、トルコにとっては利になるのではないか、と言ったのだ。

イブラヒムは、自分自身は賛成だが、スルタンがその気になっていない、と言う。わたしは、スレイマンに対するイブラヒムの影響力の強さを思い出させようと試みたが、イブラヒムも、昔のイブラヒムではなくなっている。皇后ロクサーナが、キリスト教徒のヴェネツィア人などを救うために、トルコ人の血を流すことはない、と言っているというのだ。そして、スルタンも、東にあってトルコ帝国にとっては重要きわまりない、ペルシアのほうが心配でならないらしい。

宰相イブラヒムも、トルコ宮廷内でのこの変化に、あえて逆らう気がないようだ。自らの地位が微妙なものになっているので、なおさら、自信をもって主張する勇気がもてないらしい」

マルコは、それでも引きさがらなかった。

「しかし、大使、イブラヒムは、トプカピ宮殿のヴェネツィア人、と綽名《あだな》されたほど、彼の親ヴェネツィア政策は有名だったのです。そして、その彼の方針は、トプカピ宮殿の外にいたもう一人のヴェネツィア人アルヴィーゼと、深くつながることによって発揮されてきたことも、周知の事実でした。

アルヴィーゼが破滅しようものなら、イブラヒムにも、余波がおよばないではすまない。イブラヒムにとっては、アルヴィーゼを破滅から救うことは、自らの破滅の芽をつぶすことにはつながりませんか」

老外交官は、わずかに微笑して答える。

「イブラヒムは、無から頂点に昇りつめた男だ。われわれならば、無にもどるかもしれない勝負は恐ろしくはないが、彼のような男には、ただ萎縮《いしゅく》する一方なのだろう」

商館へもどる道すがら、マルコの胸は、暗い想《おも》いでいっぱいだった。

アルヴィーゼは、キリスト教国ハンガリーでは、イスラム教徒のトルコ人ということで憎悪《ぞうお》され、イスラムの国トルコでは、キリスト教徒のヴェネツィア人として、助ける者もなく見捨てられようとしている。そして、キリスト教国ヴェネツィアでは、イスラムの国トルコ側の人間として、見られているのだ。

イブラヒムを責める権利は、ヴェネツィアにもない。イブラヒムの申し出た、ヴェネツィア軍によるオーストリア進攻を拒否したのは、ヴェネツィアであったのだから。

ガラタにいるとそれほどは感じないが、コンスタンティノープル地区だと、夏の暑さは耐えがたい。それで、スルタンは、夏に入ると、涼しい古都アドリアーノポリに移ることが多かった。その年も、スレイマンは、もはやひとときも離れることのなくなった皇后ロクサーナを同道して、アドリアーノポリの宮殿に居を移す。宰相イブラヒムは、政務を預かるということで、コンスタンティノープルに残った。

ガラタでも高台だと、眺望はすばらしいが陽光ももろに浴びる。涼しいのは、ボスフォロス海峡を通ってくる風をじかに受ける、海峡ぞいの一帯だ。アルヴィーゼはそこにも、小ぶりだが別荘を所有していた。水ぎわからそのままあがれる造りの、まったくのヴェネツィア様式の建物だ。前面に小さな庭のあるのが、憩《いこ》いの家を思わせた。

その家に、暑さのきびしい間だけ、リヴィアも移っていた。「君主の息子《ベヨグルー》」の屋敷にいて知らせを待つ日々が、あまりにも長くつづいたからだ。マルコが訪れたのも、海峡に吹く風をまともに受ける、その小さな家のほうだった。

リヴィアは、外目には変わったところは少しもなかった。だが、二年前にはマルコを驚かせた、春の野に一面に咲きほこる花の喜ばしさは、もうなかった。トルコの若い従僕もそばにいない。アルヴィーゼに従って、ハンガリーに行っていたからだ。リヴィアは、哀愁をともにする人もいないまま、異郷の地で、一人で耐える日々をおくっていたのである。

マルコの訪問も、そのリヴィアに、笑いをとりもどさせることまではできなかった。ヴェネツィア大使館で知りえる情報は、どんなものでも、リヴィアには伝えたのだ。悪い知らせでも、マルコは隠さなかった。隠せば、疑惑が生まれる。疑惑によってさらに生ずる不安と心配からは、リヴィアを解放してやりたかった。すべてを知らされていると思えば、人は、無意識にしても心の準備ができる。マルコは、リヴィアの心の強さを信頼していた。

それに、情況は、確実に悪化の一途をたどっていたばかりでもなかったのである。

九月に入って首都にもどってきたスルタン・スレイマンは、ようやく、アルヴィーゼ救援のための軍勢派遣を真剣に考えはじめたようであった。スルタンの心境の変化は、アルヴィーゼ個人の運命を心配してではない。このまま放置している間に、オーストリア側が農民たちを本腰入れて援助することにでもなれば、ハンガリーが完全にトルコの手を離れてしまうことを心配しての、変化なのである。

これを、ヴェネツィア大使は、宰相イブラヒムからの密《ひそ》かな使いによって知った。マルコも、ただちに知らされた。ベヨグルーの屋敷にもどっているリヴィアにも、マルコは、急ぎ馬を駆って知らせてやった。そして、いつものようにこの情報も、普通の暗号文のものはヴェネツィアの「C・D・X」に、楽譜を使った暗号文書はオリンピア経由でと、要心のために二通、同文のものを送りだした。

しかし、包囲されているアルヴィーゼには、コンスタンティノープルでの情勢の変化までは察知できない。また、トルコ宮廷も、ハンガリーの地で孤立無援の状態にある、アルヴィーゼの絶望にまでは心を遣《つか》わなかったのである。

二カ月もの間籠城《ろうじよう》を強いられていたアルヴィーゼは、独力で解決するしかないと決心した。いまだ手もとにあるトルコ兵を使って、城塞の外での一戦を試みる。しかし、三度もくり返した戦闘は、数のうえでは圧倒的な農民勢を蹴散《けち》らすこともできず、トルコ兵のほうが城内に逃げ帰ってくる始末だった。

そのうちに、城内のトルコ兵の間でさえ、反アルヴィーゼの機運が芽生えはじめたのである。敗《ま》け戦《いくさ》は、誰にでも不満を自覚させる。トルコ兵たちも、トルコ人でもなくイスラム教徒でもないアルヴィーゼに、しかもスルタンからはいっこうに援軍も送ってもらえないアルヴィーゼに、これ以上従《つ》いていく気持ちも失い始めていたのだった。

まったくの孤立無援になってしまったアルヴィーゼは、コンスタンティノープルでは援軍が編成中ということなど露知らぬまま、トルコの若者を連れただけでの脱出を断行した。

脱出は、成功したかに見えた。包囲中の農民の群れの間は、少なくとも抜け出ることはできたからだ。

だが、農民の群れの外側を囲んでいた、ハンガリー兵の一団が、アルヴィーゼを認めた。貧しい身なりに身をやつしていたアルヴィーゼが、頭にだけはなぜか、愛用の黒貂《くろてん》のトルコ帽をかぶったままであったからだ。頭巾《ずきん》で隠れていたのだが、粗布《あらぬの》の頭巾の下からのぞくそれを、アルヴィーゼを近くで見たことのある一人の兵が、思い出したのであった。

たちまち、ハンガリー兵の一団が彼を囲んだ。従僕一人では、どうしようもない。そのまま、二人は兵営に連行された。

この知らせを誰よりも早く知ったのは、馬を駆けに駆けさせて到着したスパイの報告を受けた、ヴェネツィア大使だった。もちろんすぐに、マルコも知る。マルコは、大使との間で今後の対策の打ち合わせを終えるや、「君主の息子《ベヨグルー》」の屋敷に向かった。だが、そこでは、別の知らせが待っていたのである。

通された部屋には、すでにリヴィアがいた。リヴィアだけでなく、アルヴィーゼのそばには常にいた、あのトルコの若い従僕もいた。

トルコの若者が、つい今しがた、ここに到着したばかりということは、若者の泥で汚れた服装が物語っていた。リヴィアの前にひざまずいた若者は、この女主人に向かって、話をはじめたところであったらしい。マルコの姿を見たリヴィアは、固く凍りついた表情のまま、マルコには無言で椅子《いす》を指し、若者には、話をつづけるよう言った。

若者は、トルコ語は少ししか解さない二人にもわかるように、ゆっくりと、一言一言を区切って話しはじめた。彼の眼は、二人を見ていなかった。放心したかのように、壁の一点に眼をやったまま、無表情に話しだす。

「兵営に連れて行かれた後も、御主人様はまだ、あきらめてはいられなかったのです。兵士たちに、脱出を見逃してくれれば、十万ドゥカートを身代金《みのしろきん》として、すぐさまコンスタンティノープルからとどけさせる、と言われたのです。

ハンガリー人の兵たちは、動揺したようでした。隊長らしい男には、とくにその気持ちが強かったらしく、十万ドゥカートがいかに莫大《ばくだい》な金額かということを言って、兵たちを説得しはじめていたのです。

ところがその場に、なにかの用で二人の農民が入ってきた。その場の事情を知った二人は、隊長の制止もきかず、天幕の外にとび出していました。この二人によって、農民の群れがすべてを知るまでに、十分とは要さなかったのです。

兵士の天幕の前に押しかけてきた農民たちは、

『トルコ人を殺せ！』

とわめきはじめました。狂ったようなこの群衆を前にしては、隊長も、数十人しかいない兵たちも、なんともしようがありません。御主人様は、たちまち農民たちによって連れ出され、城壁を囲む堀のふちまで連れていかれ、そこで首を斬《き》られたのです。切り離された首は、槍《やり》の先につき刺され、その夜中、農民たちはその周囲で踊り狂っていました。

身体《からだ》のほうは、身ぐるみはがされた後は放置されていたので、わたしが、近くの教会の裏の墓地に埋めました。

御主人様の首は、次の夜、農民たちが眠りこんでいるすきに盗み出し、ここまでもって帰ってきたのです」

トルコの若者は、いったん部屋を出て、汚れた布地に包んだものをもって、再び部屋に入ってきた。そしてそれを、大理石のテーブルの上に静かに置いた。アルヴィーゼの頭部にちがいなかった。

マルコには、とても見る勇気がなかった。それを正視することもできなかった。大理石のテーブルに近づいたのは、リヴィアだ。女は、包んでいた汚れた布をとった。すえた悪臭が、マルコのところまで漂う。思わず眼をあげたマルコは、リヴィアが、まるで眠っているようにしか見えない愛する男の顔を、両の手で静かに愛撫しているのを見た。そして、白く変わっている男の唇《くちびる》に、そっと接吻したのを見た。その後ではおっていた繊細な模様のレースを肩からはずし、それで愛する男の首を包みなおしているリヴィアを見た。女は、涙を流してはいなかった。

レースの肩かけで包みなおした首を抱《いだ》いた女は、トルコの若者に向かって、

「行きましょう」と言った。

二人は、テラスから外に出た。そして、池のほとりに立つ、しだれ柳に向かって歩

いて行った。二人を追って部屋を出たマルコは、だが、そこで足が止まった。

柳の樹《き》の下では、トルコの若者が穴を掘っている。そのかたわらで、リヴィアは、愛する男の首を胸にかかえたまま、穴が掘り終わるのを待っている。

掘り終わると、リヴィア自ら、それを穴の中に埋めた。土の上にひざまずいたまま、手で土を、その上にかけては埋めていく。

埋め終わっても、その上に十字架を立てるわけでもなかった。立ちあがった女は、ただじっとその土を見ている。

マルコは、そのリヴィアに近寄って言った。

「出港まぎわの船が、ガラタの港に一隻《せき》、錨《いかり》をおろしています。これからすぐに、それに乗りましょう。ここにいては、あなたが危ない。アルヴィーゼの死がスルタンに知れる前に、コンスタンティノープルを後にしたほうがいい」

振り返った女の眼は、マルコが身ぶるいしたほど空《うつ》ろだった。

帰郷

船を、選んでなどはいられなかった。

帆と櫂《かい》ともにそなえるガレー船のほうが、風の有る無しに左右されないので望ましいのだが、コンスタンティノープルから南に向けて発《た》つ船団は、秋も深まりつつあるこの季節、出払ってしまって一隻《せき》もない。

ガラタの船着き場に、今にも錨《いかり》をあげる状態で待機していたのは、帆しかそなえていない帆船だった。

それも、大型の帆船だ。大型の船だけに、積み荷の作業に手間どって、船団を組む友船が出港したのに、後に残ってしまったのだろう。

トルコの若い従僕の助けをかりて、ほとんど抱きかかえるようにしてリヴィアを乗せたのは、この船だった。予約もなしの、しかも突然の乗船も、マルコの示した「C・D・X（十人委員会）」の証明書によって、なにごともなく受けいれられた。

帆船は、ヴェネツィア国旗をかかげる船だった。船長は、質問さえもしなかった。それどころか、黙って、自分用の船室を、出帆直前に乗りこんできた、この奇妙な男女の一組に貸し与えさえした。

錨をあげる作業がはじまろうとするとき、船室にリヴィアを落ちつかせたマルコは、船から降りるトルコの若者を送って、甲板に出た。

マルコは、はじめて、この異国の若者の肩を両手で抱いた。そして、低い声で、一言一言を区切るように言った。

「おまえの思うままに、なにもかもやれ。アルヴィーゼはきっと、そのすべてに同意してくれる」

マルコを見つめる若者の眼は、そのときはじめて涙でいっぱいになった。若者は、それを振りきるように、甲板から下の船着き場に駆け降りていった。

船が動きだしてからも、トルコの若者はそこに立ったままだった。マルコも、甲板の上から動けなかった。船着き場に立ちすくむ異国の若者の姿に、いつのまにかアルヴィーゼの姿が二重写しになり、船着き場の人影が遠ざかるにつれて、それはますます、アルヴィーゼが自分を見送っているかのように思えたのだ。周囲に遠慮しない、生前の友のほがらかな声まで、聴こえるような気がした。

「C・D・X」の証明書で質問の口を封じられた船長も、深い事情までは知らない。甲板上から動かないマルコのそばに近づいた船長は、この、元老院議員で「C・D・X」の委員まで務めるほどの船客に、彼の心配の原因を取りのぞいてやろうとでも思ったのか、こんなことを言った。

「一隻だけでも、御心配にはおよびません。ダーダネルス海峡を出てレスボスの島に近づく頃には、船団の他の船に追いつけるはずです。そこまでの海域は、トルコ帝国の監視がゆきわたっているので、海賊も出没しないのです」

トルコの監視がゆきわたっていることこそがマルコの心配だったのだが、それは言わなかった。

幸いに、風は追い風だ。五百トンはあろうかと思われる大型の帆船は、四本の帆柱すべてに張られた帆が、大きく風をはらんで進む。中央のマストには、船の長さとほとんど同じくらいの幅の四角帆が張られていて、この船が、地中海よりも大洋の、イギリスのサザンプトンを経由するフランドル航路に活用されたという船長の説明も、素直にうなずける気がした。

大砲も、小型ながら五十門はそなえてあるという。純帆船《カラッカ》だから漕《こ》ぎ手はいないが、いざという場合のための石弓兵は五十人を数え、その他に砲兵と、大型船だけに多数の船乗りが乗り組んでいる。海賊相手ならば、船団を組まなくても、この船だけで充分に立ち向かえそうだった。

だが、マルコの心配は、海賊ではない。アルヴィーゼ・グリッティの最期《さいご》を知ったスルタンが、どのように出てくるかが予測できなかった。

権勢を謳歌《おうか》した者が倒れたとき、それまでは怖《おそ》れて遠巻きにしていた者たちが、いちどきに押しよせてくる。「君主の息子《ベヨグルー》」の屋敷が略奪されるなど、予想するも簡単だ。リヴィアを、あそこにおいておくことはできなかった。

そのうえ、スルタン・スレイマンは、完全な専制君主なのだ。アルヴィーゼへのこれまでの彼の温情が、このような形で終わったことが怒りに転化したとて、それをしずめる人間も組織もないのがトルコだった。

スルタンの怒りの爆発が、リヴィアに向けられるのを、マルコは怖れたのである。そしハンガリー総督を任ぜられてのちのアルヴィーゼは、スルタンの家臣だった。そしてトルコでは、家臣の持ち物は、たとえそれが人間であろうと、スルタンの所有物と同じと見なされるのである。取りあげて奴隷《どれい》市場に売りに出そうと、誰も抗議はできないのだ。マルコの怖れは、トルコ海軍の支配のおよばない海域に入るまでは消えそうもない。ダーダネルス海峡を出るまでの航海が、これほど長く感じられたのははじめてだった。

船室でのリヴィアは、他人の眼からはなんの異状も感じられなかった。静かな立ち居振る舞いもいつもと変わりはなかったし、遠慮がちな船長にも、微笑さえ浮かべながら受け答えした。出される食事も、食欲は盛んとはとてもいえなかったが、口もつけないままというわけでもない。

船室に引きこもってばかりもいなかった。ときには甲板の上に出て、帆を張る船乗りたちの作業ぶりを、珍しそうに眺めることもあった。

ただ、ときおり海の彼方《かなた》に投げる視線が、いつも、船の後方にばかり向けられるのが、それを離れたところから見るマルコには哀れだった。止めようもない勢いで遠ざかっていくコンスタンティノープルを想《おも》っているのだ。だが、その想いならばマルコも同じであったから、女の胸のうちはそのままにしておくことにした。

自殺は、まったく心配しなかった。キリスト教徒は、よほどのことがないかぎり、自ら命を絶ったりはしない。神によって与えられた命だ。罪深い人間の意志でどうこうするなど、神を冒瀆《ぼうとく》する行為とされていたのである。表面上はどう見られようと、ヴェネツィア人もキリスト教徒だ。彼らにとっても、自殺は、頭に浮かびようもないはずであった。

船長が提供してくれた船の後尾にある船室には、リヴィア一人を寝かせた。マルコは、その下の階にある小部屋で眠った。

硬い木製の台の上に薄いマットレスを敷いただけのベッドに横たわりながら、マルコは、これから先のことを考えていた。

黒海からの風が、ボスフォロス海峡を吹き抜け、その勢いを保ちながらマルマラ海を通ってダーダネルス海峡まで船を運んでいるという感じで、船足は快調そのものだ。船乗りの仕事まで少ない船旅では、船のゆれもほとんどない。トルコ官憲への怖れも、船足が進むにしたがって減っていく。マルコも、ようやく、これから先のことに想いをめぐらせる余裕がもてるようになったのである。

マルコは、母方からゆずられた資産の一つとして、ヴェローナの街の郊外に別荘をもっていた。幼い頃は毎年の夏をそこで過ごしたものだが、母も亡《な》くなり、共和国政府の官職につくようになってからは、ほとんど足を向けていない。少年の頃のいく度かの夏は、アルヴィーゼもともに過ごしたことのある別荘である。

そこに、リヴィアを連れていこう、と思った。あそこならヴェネツィアからは相当に離れているから、リヴィアを見知っている人々と顔を合わせる心配もない。ヴェローナの街からも離れているから、ヴェローナの上層の人々とつながりをもたないでも、その人々の好奇心を刺激する心配もなかった。

尼僧院《にそういん》を脱け出して後のリヴィアは、もう、婚家のプリウリ家とは関係がなくなっただけでなく、実家のコルネール家とも縁はなくなっている。帰郷して再び名乗りをあげれば、実家とのつながりは回復できるだろうが、おそらくリヴィアは、それは望んではいないにちがいなかった。

このことについて、マルコとリヴィアの間で話し合われたわけではない。二人は話さないではなかったが、それは海のことであったり、風のことであったりした。ヴェネツィアのことも、コンスタンティノープルも、アルヴィーゼ・グリッティも、二人の間の話にはまったく出てこなかった。話題にするのを避けていた、というのでもない。ほんとうに自然に、これらのことは、二人の口から出なかっただけである。

だが、マルコは、話されなくても、確信していた。女の胸のうちにあることは、自分の胸のうちにあることと同じと、確信していたのである。そのマルコに、リヴィアをヴェネツィア社会に連れもどす考えは、生まれようがなかったのだ。

ヴェローナの街の郊外にある別荘に連れていって、その後はどうするのかということは、マルコの頭には浮かんでこなかった。そんなことはどうでもよいことだ、とさえ思っていた。

別荘でのリヴィアのくらしには、ヴェネツィアのダンドロ家の屋敷をとりしきってきた、老夫婦を送ることにしよう。彼らならば、密《ひそ》かな任務もまかせられる。マルコ自身は、政府の仕事があってヴェネツィアの街中に残らねばならず、ヴェネツィアからは百キロ以上も距離のあるヴェローナに、そうしばしば行けるとは思えなかったが、マルコの生まれた頃から仕えてくれている、忠実な老夫婦にまかせれば心配はない。ヴェネツィアの屋敷ならば、独りぐらしの身、コンスタンティノープル勤務にも連れて行ったことのある、老夫婦の甥《おい》にでも頼めば充分だった。

帆船は、ダーダネルス海峡を無事通り抜ける。海峡の出入り口に張っているトルコの官憲も、甲板にさえあがってこない検査で、船は、再び帆を全開にした。古代、トロイ攻略のギリシア連合軍が、オデュッセウスの発案になる木馬をトロイ城内に送りこんだ後、息をひそめて待ったというテネドスの島も、またたく間に船の後方に消え去る。その小島の東には、トロイの古戦場も眺められるはずだった。

船は、ここからは航路を南にとり、レスボス島に向う。新鮮な水と食糧の補給が目的だったが、船団を組んでヴェネツィアまで行く友船と、レスボス島で落ち合う約束にもなっていた。

船団はその後、航路を南西に変え、ミロス島に寄港しながら、なおも南西に向かい、ペロポネソス半島の南端をまわってからは航路を北に向け、ザンテ、コルフと、ヴェネツィア領の島に順に寄港していく。その後は一路、ヴェネツィアを指して北上するだけだ。風に悩まされなければ一カ月。逆風でも吹いてしまうと船足がぐんと落ちるので、一カ月半になるかもしれない船旅である。この時期の地中海は、時化《しけ》の心配はあまりなかった。

翌日の夕暮れ時にはレスボス島の港に入れる、と船長がマルコに言った。二日ほど寄港するから、港の旅宿で休まれてはどうか、とも言う。帆船でもガレー船でも、上客は、船の寄港中は陸上の宿で休むのが習いでもあった。

マルコは、それを、リヴィアに伝えた。リヴィアは、あなたがよいと思われるようになさって、とだけ答えた。それで、レスボス島ははじめてのマルコは、船長のところに行き、リヴィアを泊めるにふさわしい旅宿のことなど、船長にたずねたのだ。船長は、自分がよいようにはからいましょう、と言ってくれた。

その夜、マルコは、コンスタンティノープルを後にして以来はじめて、深い眠りについたのだった。

船室の小窓が開いた音で目を覚ましたのは、朝の薄い光が海上に漂いはじめた時刻だった。風が強さを増したようだ。小窓が突然に開いたのも、風のせいらしかった。開け放たれた窓から外を眺めれば、薄く光がさしはじめた水平線は、左の方角にある。船が、レスボス島に向かおうと、船首を南東に向けたからだろう。

マルコは、ふと、外に出てみる気になった。熟睡できた後の目覚めだったから、眠気は少しも残っていない。甲板に出て、夜明けの海の大気に身をさらすのを、身体《からだ》のほうが求めているような感じだった。

船上には、人の姿はなかった。風は追い風なので、船乗りの仕事も少ないのだ。甲板下の大部屋では、みな正体もなく眠りこんでいるのだろう。マルコは、大きく伸びをした。冷たい朝の大気を、胸いっぱいに吸いこむのは気持ちよい。解放感が、身体のすみずみにまでゆきわたるのが、自分でもわかる。これからのことへの想いが、水平線がバラ色に染まるよりも早く、彼の心をバラ色に染めはじめていた。

と、そのとき、大きく風をはらんだ中央のマストに張られた帆の陰に、なにかが動いたような気がした。水平線に広がっていたマルコの視線が、その一点に集中する。まちがいはなかった。それまでは帆に隠れて見えなかったが、船べりに身を寄せているのは、リヴィアだ。白い衣装が、朝の白い光に溶けこんで、遠くからは、人と大気との境界が、はじめのうちは判然としないほどだった。

微笑したマルコは、早すぎるにしても朝の挨拶《あいさつ》を交わそうと、足をふみ出した。だが、それは突然止まった。甲板の上にあったリヴィアの身体が、ふわりと、ほんとうにふわりと舞うように動いて、船べりの上に立ったからだ。マルコの口から、声になったのか、それとも声にはならなかったのか、短い叫びがあがった。

船べりの上に立った女は、その叫びを耳にしたのか、はっきりとした視線をマルコに向けた。片手は、すぐ背後を海に向かって突き出ている、太い帆桁《ほげた》に預けたままだ。マルコは、それに向かって、よろめきながらも走りだしていた。

だが、歩みはすぐに止まった。リヴィアの顔に浮かんだ微笑が、止めたのだ。微笑は、さわやかな優しさに満ちていたが、マルコに、これ以上近づいてくれるなと伝えていた。

まるで婚礼の日のように、長くとき流したままの黒髪が、風を受けて後方になびく。白地のあや織りの絹の服が、淡い朝の光に浮かびあがって、白い蝶《ちょう》のようだった。

リヴィアは、もう一度、微笑を男に送った。やすらぎがこちらまで伝わってくるような、それは、静かな晴れやかさにあふれたものだった。

次の一瞬、女の身体は宙に飛んでいた。そして、大きく弧を描くように舞った後で、海に落ちていった。

船べりに駆けつけたマルコが見たのは、紺青色の海の上に浮かびながら遠ざかっていく、白い花のようなリヴィアだった。だがそれも、見る間に波の間に消えていった。

リヴィアが使っていた船室の中は、きちんと片づいていて、船長の持ち物らしい聖書の下に、手紙が一通残っているだけだった。マルコにあてたものだった。

「わたくしの生きるところは、アルヴィーゼのところにしかありません。誰よりもあなたが、わかってくださることでしょう。

ダンドロ様、あなたのこれまでの御親切に甘えて、最後のお願いをします。これらの宝飾品はすべて、アルヴィーゼが贈ってくれた品ですが、これを、ヴェネツィアの尼僧院に預けてある、わたくしたちの娘にとどけてほしいのです。

まだ幼いので、あなたがよいと思われる時期が来たら渡してやってください。

リヴィアは、幸せな女でございました。その幸せを与えてくれた人の許《もと》に行くわたくしを、許してくださいますよう」

コンスタンティノープルを後にするとき、これだけはと、主人想いのトルコの若者が気をきかして、リヴィアに持たせたのだろう。象牙《ぞうげ》色《いろ》の絹張りの箱の中には、ルビーやエメラルドやサファイアや真珠を飾った、美しい宝飾の品々が収められていた。長年の間にアルヴィーゼがリヴィアに贈りつづけた、愛の遺品なのであった。

船は、予定どおり、その日の夕暮れ時に、レスボス島の港に入港した。島での宿泊先を知らせに来た船長に、マルコは、もうその必要もないことを告げ、つづけて言った。

「御婦人は、海に身を投げられた。だが、このことは、船長の胸のうちにだけとどめておいてほしい」

船長は、黙ってうなずいた。

三日後、帆船はレスボスを発ち、ヴェネツィアに向かった。マルコの肉体だけを乗せていく、船だった。

牢獄《ろうごく》

マルコが、ヴェネツィアの自分の屋敷で眠れたのは、帰国第一夜だけであった。

翌朝、「C・D・X（十人委員会）」には、自分の帰国を知らせる使いは送ってあった。だが、その日は、「C・D・X」の定例会議の日にはあたっていなかったので、定例会議のある二日後に登庁すればよいと考えていたのである。

以前のマルコだったら、会議開催の日であろうとなかろうと、元首官邸《パラッツォ・ドゥカーレ》には、船着き場に降りた足で向っていただろう。だが、今度だけは、身体《からだ》中から力が抜けてしまったようで、リドの外港に着いたときに傭《やと》った小舟で、そのまま大運河《カナル・グランデ》を遡《さかのぼ》り、自宅にたどり着いたのだ。その夜は、誰にも帰国を知らせず、オリンピアにも会いに行かず、死んだように眠りこんでしまったのだった。翌日の午後遅くまで、眠りは彼を離さなかった。

船腹に白く「C・D・X」と書かれた黒いゴンドラが、ダンドロの屋敷の大運河《カナル・グランデ》ぞいの入り口に横づけになったのは、夜の静けさが、舟の往来の絶えない大運河《カナル・グランデ》さえも、眠りに誘う時刻であった。

昼食とも夕食ともつかない食事を終えたマルコは、大運河《カナル・グランデ》に面した部屋で、まだ人に会う気分にもなれないまま、漫然と外を眺めていたのだ。だから、水の上を滑るように近づいてきて止まった黒塗りのゴンドラを、誰よりも先に認めたのは彼だった。まずはじめにマルコの頭に浮かんだのは、明日になれば出向くのに、という想《おも》いだった。そして、部屋に入ってきた老僕の伝えた、至急、元首官邸《パラッツォ・ドゥカーレ》にお越しいただきたい、という官吏の言葉を聴いた後も、緊急の会議でもあるのだろう、とぐらいにしか考えていなかった。

だが、ほとんど一昼夜にかけてむさぼった眠りは、マルコの肉体に、三十代の男の力を再び与えていた。緊急召集に応じて身仕度をする彼の姿には、ヴェネツィア貴族特有の、余裕のある自信がもどっていた。

マルコを乗せた黒いゴンドラは、大運河《カナル・グランデ》をくだって聖《サン》マルコの船着き場に向かう、という道すじをとらなかった。ほんの少しだが大運河《カナル・グランデ》を上流に向かい、すぐに右に折れて聖《サン》サルヴァドールの運河《リオ》に入る。それを、二つばかり橋をくぐり抜けて進むと、今度は左に曲がって、別の運河に入った。ここもしばらくして右に曲がったときから、マルコは、元首官邸《パラッツオ・ドウカーレ》の東側に出て、そこから聖《サン》マルコの船着き場に向かうつもりだな、とわかる。近道をとったのだから、深くは考えなかった。

しかし、「C・D・X」の黒いゴンドラは、ヴェネツィアの街の表玄関にあたる、聖《サン》マルコの船着き場には向かわなかった。そこに折れる前の、元首官邸《パラッツオ・ドウカーレ》の東側に口を開けた入り口に横づけされたのである。

ここで降ろされた瞬間、マルコの胸の動悸《どうき》は、早鐘が鳴るように変わった。そしてそれは、ところどころに明かりがともるだけの薄暗い石の廊下を歩かされ、石牢の一つに入れられ、背後で部厚い木の扉が閉められた後も、しばらくはもとにもどらなかった。

「なぜ?」

という問いだけが、彼の頭を占めていた。なぜ、と自らに問いかけながら、それでもマルコは、石牢の中を見わたした。

天井も壁も床も石づくりのこの牢は、高さは、二メートル半ばはあるかと思われる。

幅も、それと同じくらいだろう。牢の長さは、五メートルかそれ以上と思われた。背をこごめないと入れないほど低くつくられた、要所を鉄でかためた部厚い木の扉の他に、太い鉄棒の柵《さく》がはまった窓が、廊下に向かって開いている。外部に開いた窓はない。石牢の中には、長さならば二メートルはありそうだが、幅は一メートルにもおよばない木製の台が、一つおかれているだけだった。寝台であり椅子《いす》であるつもりなのだろう。牢内に、明かりはない。

マルコは、牢の中央に立ちつくしたままだった。

「C・D・X」のゴンドラで連れてこられたのだから、普通の犯罪の嫌疑によるものでないことは明らかだ。「C・D・X」がかかわっているとなれば、国家反逆の罪か、諜報活動によるものの二つしかない。彼には、この二つとも、心あたりがまったくなかった。

強《し》いて要因を求めるとすれば、リヴィアがコンスタンティノープルにいたことを、報告しなかったということがある。だが、これとて、大罪の嫌疑をかけられるほどのことではない。でも、もしもこのことで罪を負うのならば、甘んじて受けようとマルコは思った。

しかし、頭の中では冷静に分析をつづけられても、胸にわき起こる不安はどうしようもなかった。なぜ、という問いが、振り払っても振り払っても、海辺に押しよせる波のように彼を苦しめた。

マルコは、それでも、夜中の呼び出しゆえに深くも考えずにはおってきた、毛皮の裏打ちのある黒いマントを、硬い木の寝台の上に敷き、その上に横になった。

ふと見やった寝台の左手の壁に、囚人の誰かが残したのだろう、石の面に彫りつけた文字が眼に入った。鉄柵をはめてあるだけの窓からは、外の廊下にともる、灯火の光がわずかに入ってくる。それを頼りに、マルコは、刻まれた文字を追っていった。

「もしも、どんな人間でもいくばくかは持っている悪意から身を守りたければ、誰も信用してはならない。考えるのはよいが、それを口に出してはいけない。

そして、後悔したり、とり乱して誰かを頼ったりすることは、害あって益なし、と肝に銘ずること。今こそ、きみの真価が、ほんとうの意味で試されている」

マルコは、思わず苦笑した。このように醒《さ》めたことを書き残した人物を自分たちは牢に放りこんだのかと思うと、共感よりも先に、笑いがこみあげてきたのだ。彼は、はじめて気が楽になった。無罪の確信が、きっぱりともてたのだ。

一昼夜の眠りをむさぼった後だというのに、なぜか再び眠気が襲ってきた。マルコは、マントで身体をくるんだ。

いつもこうなのだ。なにか自力ではどうしようもない事態にぶつかると、マルコはいつも、眠くなるのである。まるで冬眠の熊《くま》のようだと、アルヴィーゼにからかわれることの多かった、若い頃からの癖だった。

眠りが覚めれば、良かろうと悪かろうと、事態はなにか変わっているにちがいない。そういつものように思いながら、マルコは、眠りに滑りこんでいった。

しかし、一度目の眠りが覚めても、事態には少しの変化もなかった。二度目も、三度目も、変わりはない。

その間ずっと、マルコは、眼が覚めているときも、行動はなにもしなかった。誰かを呼んでほしいとさえ、求めなかった。彼は、石の壁に刻まれた文の最後の一行、今こそきみの真価が、ほんとうの意味で試されている、という一行を、ときおり指でなぞりながら、変化が向こうからもたらされるのを待ったのである。それはまさに、ひたすら待つ、だけであった。

牢に入れられてから三日目の朝、それまでは顔も見たことがなかった牢獄長が訪れ、今から十人委員会の部屋へ行く、と言った。

「C・D・X」の会議室には、牢獄から、石の廊下と階段を通ってそのまま行ける。牢獄も「C・D・X」も、同じ元首官邸《パラッツオ・ドウカーレ》の中にあるのだ。マルコは、黙って、牢獄長の後に従った。

ともしびではない天然の光を浴びたのは、十人委員会の部屋に入ったときだった。三日もの間着のみ着のままでいたために乱れを隠せない黒の長衣と、ひげものびた姿を朝の光にさらした瞬間、マルコはやはり、少しはひるんだ。しかしそれも、一瞬のことだった。

彼は、すばやく一座を見わたした。部屋に並ぶ「C・D・X」の委員たちは、そのほとんどの顔は見知っている。だが、数人は新しい顔だった。これまで「C・D・X」をかためていた元首《ドージェ》グリッティの一派が後退して、反グリッティの、プリウリ一派の台頭のあらわれか、とマルコは思った。

他の人はみな座席についていたが、マルコには椅子は与えられなかった。立ったままの彼に、元首《ドージェ》が言った。

「アルヴィーゼ・グリッティの最期《さいご》は、コンスタンティノープル駐在のわれわれの大使からの報告で、ここにいる者はみな、すでに承知している。だが、誰よりもくわしいのは、あなたであるはずだ。話してもらいたい」

マルコは、話しはじめた。彼が見、聴いたことのすべては話した。リヴィアのかかわることだけはのぞいて、トルコ人の従僕の語ったアルヴィーゼの最期まで、すべてを話したのである。

ただ、話しながらも、マルコの心中には、このことの報告をさせるために牢に入れたわけではないだろう、という疑問は消えなかった。それに、「C・D・X」の定員は十七人なのに、その他に三人、「四十人委員会」の委員長をつとめている者が同席しているのが、マルコの疑いを深めた。

マルコの報告が終わったとき、元首《ドージェ》グリッティは、一座を見わたしもせず視線をひざに落としたままで、重い口調で言った。

「委員諸君、これでひとまずは終わったようだ。後のことは、直接の担当者たちにまかせてよいと思うがどうだろう。彼らならば、ヴェネツィア共和国の国益のみを考えて、後始末をしてくれると信ずる」

委員たちは、うなずいた。投票も挙手も、必要としない決議だった。

これが終わったとき、再び、委員たちの視線が、いっせいにマルコに向けられたのである。マルコは、心中、今からはじまる、と感じた。

「C・D・X」には、一カ月交代ながら、三人の委員長がいる。いずれも真紅の長衣を着けているから、誰にでもひとめでわかる。その真紅の長衣の一人が、立ちあがって、マルコに向かって言った。

「高級遊女《コルティジャーナ》オリンピアとは、いつ頃からの仲なのか」

マルコは、待ちかまえていた質問とはちがうことを問われたので、一瞬、動揺した。だが、すぐに立ちなおった。

マルコは、覚悟したのだ。すべては正直に答えようと、決めたのである。

「C・D・X」の一員として長かったマルコは、この委員会の追及の厳しさと正確さを知っていた。小さな嘘《うそ》でも、自ら墓穴を掘ることにつながる。無実を証明する最良の方法は、真実のみを述べることだった。

尋問の第二矢は、オリンピアとの会話の内容だった。これも、マルコは、覚えているかぎり、ほんとうのことを答えた。

その次に待っていた尋問は、マルコがオリンピアあてに送っていた、楽譜を使った暗号文の内容だった。これも、正直に話す。こちらのほうは、公務だけに、一つ一つの内容も、まだほとんど諳《そら》んじることができるほど覚えていた。それに、同文のものを、安全を期したとはいえ、大使館から送られる報告、これも暗号文だが、それに混ぜて送ってある。「C・D・X」も、裏づけをとるのに苦労はないはずだった。

真紅の衣の委員長の尋問は、ここで人が代わった。もう一人の真紅が進み出て、再びマルコに向かい、尋問を開始する。ただ、それは、普通の尋問ではなかった。

「きみは、七年前に起こった、聖《サン》マルコの鐘楼からの身投げを覚えているかね」

マルコは、うなずく。

「あれは、自殺ではなかった。他殺であったことが判明した」

これには、マルコは不意を突かれなかった。殺人ではないかと疑ったのは、あの当初からだったのだ。委員長は、話をつづける。

「『夜の紳士たち《シニョーリ・デイ・ノッテ》』は自殺と判定し、早々に無縁墓地への埋葬まですませてしまったのだが、当時、解剖を勉強中の若い医師が偶然に遺体を見て、これはおかしいと感じた。その意見を、『四十人委員会』が注目したのだ。密《ひそ》かに遺体は掘り出されて、本格的な解剖が行われた。

それが秘密裡《ひみつり》に行われたのは、すでに自殺と判定している『夜の紳士たち』の手前、『四十人委員会』のみの判断で、解剖が決定したからだ。

解剖の結果は、他殺。それも、鐘楼から身を投げたための死ではない、ということだった。これから先は、『四十人委員会』の委員に説明してもらおう」

「四十人委員会」とは、直訳すれば「犯罪担当の四十人委員会《クワランティア・クリミナーレ》」と呼ぶべき機関で、「C・D・X」が元老院で選出されるのとはちがって、共和国国会で選出される委員たち四十人で構成されている。

「C・D・X」が反国家の大罪を裁く機関ならば、「四十人委員会」は、通常の犯罪を裁く機関とされていた。「夜の紳士たち」には、捜査の権限はあっても、裁く権利はなかったからである。

この「四十人委員会」の委員長が、代わって説明に立つ。

「後頭部だけが、損傷していたからでした。背骨も、その他の部分も、まったく傷ついていない。後頭部だけが、なにか鈍重な凶器で、強く、それも何度も打たれたための死、というのが、解剖医の所見でした。

これによってわれわれは、被害者はどこか他の場所で殺され、聖《サン》マルコの鐘楼の下に運ばれてきて捨てられた、と判断したのです。一般人は容易なことではあがることのできない聖《サン》マルコの鐘楼から落ちたとなれば、誰でも自殺と考えると思ったのでしょう」

だが、他殺と判定はしたものの、その後の捜査は思うようにはかどらなかったという。「四十人委員会」が独自に進めると決めたために、「C・D・X」の協力を求めるわけにはいかなかったという委員長の釈明には、マルコもうなずくしかなかった。被害者がとかくの噂《うわさ》のあった男だけに、彼につながる人脈を洗うのも大変だった。また、彼に恨みをもつ者も多く、それらを一つ一つ洗い、シロと判定したものを消していく作業は、秘密裡に行われたために相当な時間を要したという。

「だが、ついに、一人だけが残ったのです。その一人を捕らえ、自白させるのに成功した結果、これはもう、『四十人委員会』の管轄《かんかつ》ではなく、『C・D・X』にさしもどすしかない問題だと判断したのでした」

ここで、話し手は、「C・D・X」の委員長に代わった。

「下手人は、遊女オリンピアに、彼女がローマにいた頃から仕えてきた従僕だった。身体の大きな屈強な南部イタリア人で、いつもは、彼女の家の門衛をしている。従僕は、殺害だけは認めたが、その動機となると、金《かね》を借りていてその取り立ての厳しさに絶望した、としか言わなかった。それ以外は、どんなに拷問《ごうもん》で責めても、引き出すことはできなかった。

だが、われわれは、聞けば評判の良いこの男が、そのようなことで人を、しかも刑事を殺すわけがないと思った。それで、雇い主であるオリンピアを召喚したのだ。殺させたのは、彼女ではなかったか、と思ったので」

マルコは、思わず言っていた。

「女にも、拷問を?」

「いや、女には拷問の必要もなかった。問われることには、次々とすべてを話した。あの男からは、ゆすられていたこと。そのたびに金を払っていたが、これ以上は耐えきれない想いになっていたこと。ただし、殺させることまでは考えなかった、と」

ゆすられていた理由も、白状した。

オリンピアは、スペイン王で神聖ローマ帝国皇帝であるカルロスの、スパイだったのだ。カルロスから、ヴェネツィアの動静を探るようにと送りこまれてきた、スパイだった。ヴェネツィアへの移住も、『ローマ掠奪《りゃくだつ》』事件でさびれたローマから、豊かなヴェネツィアに職場をかえるというのは、表向きの理由でしかなかった。

「ダンドロ殿、あなたに近づいたのも、彼女にすれば職務であったのです」

マルコは、はじめて眼の前が真っ暗になったのを感じた。その女に、たとえ暗号文とはいえ、ヴェネツィア共和国の極秘情報を送っていたのだと思うと、軽率さを恥じる想いが彼を打ちのめしたのである。そのマルコの口から、押し出すような重く低い声がもれた。

「女には、どのような処罰を？」

「C・D・X」の委員長は、ほとんど明るく一変した口調で答える。

「彼女の自己弁護が、なかなかのものだった。われわれを前にして、タンカを切ったのだから。愛する男を売り渡すような女と思っていたのか、と。

きみから送られてきた封書は、きみに言われたように封も切らずに、きみに言われた男に渡していたと言った。そしてそれは、渡された男の証言で実証された以上、罪には問われない。カルロスに渡っていなかったことは、明らかになったのだから。その彼女に言い渡されたのは、ヴェネツィアを出て行くことだけ。五日前に発って行った。今頃は、ローマにもどっているだろう」

しかし、と委員長は言葉をつづける。

「しかし、女に心を許すのは、一私人ならば問題にはならない。たとえ悪い女に騙《だま》されたとしても、自己制御の能力に欠けていたにすぎない。だがそれが、国家の要職にある人となると問題になる。危機管理の能力の欠如、ということになってしまう」

マルコは、うなずくしかなかった。

謝肉祭最後の日

あれ以来、マルコは自分の屋敷にもどっていた。しかし祖国に帰れば当然再開されると思って疑わなかった日常は、彼にはもどってこなかった。

「C・D・X（十人委員会）」の席も、元老院議員の席も、共和国国会の席さえも、今のマルコにはない。三年にわたる公職からの追放が、彼が受けた処罰だった。これでも、ヴェネツィア共和国の法では軽いほうなのだ。「C・D・X」の委員の中には、永久追放を求めた者もいたのだが、元首《ドージェ》グリッティが強く主張して、この程度のことですんだのである。

元首《ドージェ》は、釈放されるマルコをわざわざ自室に招《よ》んで、こんなことまで言った。

「ダンドロ殿、あなたのような優れた人材を、永久にうずもれさせておくような贅沢《ぜいたく》は、今のヴェネツィア共和国には許されない。

しばらくは、休まれるがよい。そのうちに必ず、共和国があなたを必要とするときがくる」

元首《ドージェ》就任当初の華やかで堂々とした偉丈夫は、そこにはもはやいなかった。老いた元首《ドージェ》は、それでも、ヴェネツィア共和国の第一市民である資格は、少しも失っていない。最愛の息子であったアルヴィーゼのことには一言もふれない元首《ドージェ》グリッティの言葉を、まるで実の父親の言葉のように聴きながら、マルコは、この人には悲哀さえも似合う、と感じていた。

三年間の公職追放は、正直言ってマルコには、さほど苦痛ではなかった。公《おおやけ》の場から離れることに、残念よりも、安堵《あんど》の想《おも》いのほうが強かったのだ。頭よりも肉体が、休息を求めているような気がした。

公職を追放になったのであって、国外に追放になったのではない。国内国外を問わず、どこに出かけてもかまわないし、移動のたびに、「C・D・X」に届け出る義務もなかった。ヴェネツィアの上流社会への、出入りを禁じられたわけでもない。ただ、マルコのほうが、外に出る気にも、人とつき合う気にもなれないでいた。

ヴェローナの郊外にある別荘《ヴィラ》に移ってきたのは、その年も暮れ近くなってからである。ヴェネツィアの屋敷は閉めてきた。老夫婦の召使も彼らの甥《おい》も従《つ》れての移転だった。ヴェローナの別荘は、ヴェネツィア市内にある屋敷とちがって、広い庭がついている。老夫婦だけでは、庭の世話までは無理だった。

この別荘からは、眼下にはるか、ヴェローナの街が眺められる。アルプス山脈から流れてくるアジジェ河が大きく迂回《うかい》するところを、延々とめぐる城壁で囲みこんだの上がヴェローナの街だ。あの街にもさまざまな人生が渦巻いているのだろうが、丘の上にあるマルコの別荘からは、静かで美しい古都が横たわっているだけだった。

ヴェネツィアからの移転に際して、マルコ自身が荷づくりをしたのは書物だけだったが、その中に、着いたのに開ける気持ちになれなかった、オリンピアからの手紙があった。

ヴェローナが、はじめての雪化粧をした日の午後、マルコは、ようやく封を切る。時おりコンスタンティノープルに手紙を送ってくれていたから、オリンピアの筆跡とすぐにわかった。手紙は、まるで男文字のようにしっかりした筆跡で、そのうえいかにも彼女らしく、簡潔で短い文面だ。

「愛するマルコ、すべてを知ったあなたにとって、わたしは、どんな女になったのでしょう。

弁解も言いのがれも、しません。あなたが許してくれるならば、それでよし。許してくれなければ、それもしかたない。

でもお互いに、一生懸命に生きたことでは、同じだったのではないかしら。あなたにとっては、それは祖国とつながっていたけれど、故国のないわたしには、つながらなかったというちがいは別にして。

縁があったらどこかの地で、会うことができると信じています。 あなたのオリンピア」

マルコがオリンピアを信じたのは、オリンピアの心までわがものにできたと思ったからではない。自分が完璧《かんぺき》に支配していた、オリンピアの肉体を信じたからである。

だがこれが、マルコが犯した誤りだった。

女の肉体がどれほど男の意のままになろうと、それは性愛の場にかぎられるのだ。男の手がのびてきて、それが肉体のどこにふれられても終わりだが、距離がこれ以上に開けば、官能の魔力もおよばなくなる。離れていてもなお、女が男の意のままになるとすれば、それはもう、女の肉体だけでなく、女の心までもつかんだ男にしてはじめてできることなのである。

マルコは、いつの日かオリンピアと再会する日が訪れたら、許しを乞《こ》うのは自分のほうだ、と思った。

そう思うマルコの頭の中に、そのとき突然、二人の女の姿が浮かんだ。リヴィアと、そしてスルタン・スレイマンが皇后にするほども愛した、ロクサーナの二人だった。

二人とも、彼女たちが愛した相手の男たちは、まっすぐ進めたかもしれない道を、曲がってしまった。

彼女たちが、悪らつな策をろうする悪女だったからではない。それどころかまったく反対に、ひたむきに愛しただけなのだ。

スルタン・スレイマンも、ただ一人の女を選ぶという、トルコでは前例のないことをしたがために、国政への女の介入という悪例をはじめてしまった。専制君主国では、これほど恐ろしい衰退の原因はないのである。

女に愛を捧《ささ》げられるくらい、男にとっての喜びはない。だが、それを全身で受けたとたんに、男の眼は、見てはいけない彼方《かなた》まで見るようになってしまうのか。

幸運の神は女神だから、そのような男たちに、嫉妬《しっと》するのであろうか。嫉妬して、普通に生きていれば味わわなくてすむ、不幸を見舞うのであろうか。

マルコがヴェネツィアに、一時にしてももどるときめたのは、寒いが、晴れた一日だった。謝肉祭を楽しむ人々の活気が、ふとマルコに、尼僧院《にそういん》に預けられている、リヴィアの娘を思い出させたのだ。普段は尼僧院に預けられている良家の娘たちも、クリスマスとか、謝肉祭が絶頂に達するこの時期は、生家にもどることが許される。生家のないあの娘が、どのように過ごしているのか、それがマルコには気になった。

ヴェローナからパドヴァまでは、馬で行く。ヴェネツィア共和国の最高学府のあるパドヴァの街からは、ブレンタ川をくだって潟《ラグーナ》に抜ける、水の上を行く乗合馬車という感じのブルキエッロがあった。

だが、マルコは、この船に乗らなかった。謝肉祭で浮き立っている人々でいっぱいの船に、同船する気になれなかったのだ。パドヴァからは帆もある小舟を傭《やと》い、まっすぐにジュデッカの島に向かう。

一度訪れたことのある尼僧院は、寄宿生の大半が家にもどっているからだろう、しんと静まりかえっている。尼僧院長は、遠縁にあたるマルコを覚えていて、上機嫌で娘を呼び出してくれた。

糸杉の間をぬってふりそそぐ冬の陽ざしを浴びながら、マルコは、回廊を行き来しながら待った。

背後に、大理石の床を軽《かろ》やかにける足音がしたのは、それからまもなくのことだった。振りかえったマルコの視界に、少女が一人とびこんできた。

寄宿生の白い制服を着た少女には、不意の、しかも男の訪問客なのに、気おくれした様子は少しもなかった。マルコの前に立ったとき、駆けてきた余波で息をはずませながら、それでもひざを軽く曲げる挨拶《あいさつ》をしながら言った。

「プリウリの奥様からのお使いとか」

マルコは、それに、うなずこうかどうしようかと迷いながらも、少女の顔から眼が離せないでいた。

少女の顔に、母のリヴィアと父のアルヴィーゼの顔が重なる想いであったのだ。どちらか一方に似ているのではない。キラキラ光る眼は、アルヴィーゼのものだ。ゆるやかに波うって流れる長い黒髪は、母のリヴィアそっくりだった。顔の形は、父親似か。だが、ほっそりと長い首すじは、母からの遺伝にちがいない。そして、すらりとのびた身体《からだ》の上品な線は、父母両方を思い出させた。

マルコの顔には、自然に微笑がわきあがっていた。そのまま、男の口からは優しい返事が返される。

「奥方は、遠くに行かれたので、もうここを訪れることはできなくなった。その代わり、わたしが来よう。いつ来れるかは、約束できないが」

少女は、心から嬉《うれ》しそうな顔をした。その午後は、尼僧院の門扉《もんぴ》が閉められる時刻まで、少女はマルコを離さなかった。

ほとんどひっきりなしにしゃべり、質問するのも少女のほうだった。尼僧院の中の日常とか、つい最近、嫁ぐために尼僧院を出て行った、彼女にはことのほか優しかったグリマーニ家の娘の話とか、リドの浜辺への遠足の日のこととか、少女のおしゃべりはつきることがなかった。

その間にも、思い出したとでもいうように、マルコの訪れた外国の地のことなど質問する。コンスタンティノープルの話はとくに、少女の好奇心を刺激するのだろう、マルコを質問攻めにしたくらいだ。

マルコは、それにひとつひとつ、親切に答えてやった。少女の利発さが、好ましかった。

孤児の身で帰る家もない少女を、マルコは、哀れで暗い、ひっそりと影の薄い娘と想像していたのである。それがまったく反対に、若々しく生き生きした姿が眼の前にある。リヴィアに、そしてアルヴィーゼにも、見せてやりたい想いだった。

「まあ、まあ、お話がつきないようね」

ほがらかな尼僧院長の声が、二人を離した。閉門の時刻だという。少女は、明るい笑顔で、院長に言われるままに、マルコに別れを告げた。院長は、門の扉のところまでマルコを送ってきながら、言う。

「プリウリ夫人の訪問が絶えて、その代わりに来るようになった老女も、ついこの間、亡《な》くなったということです。誰も訪れなくなったあの娘《こ》を心配していたので、ダンドロ様が訪問役を引き受けてくださるのなら、ほんとによかった」

その夜は、ヴェネツィア市内の旅館に泊まることにしていたマルコは、ジュデッカから舟で、聖《サン》マルコの船着き場に向かった。

ゴンドラにゆられるマルコの胸に、思いもよらなかった考えが浮かんできたのはそのときである。

いつの日か、あの娘を妻に迎えよう、と思った。

あと十年もすれば、嫁ぐ年頃になるだろう。それを待って、結婚する。アルヴィーゼが以前から、一生不自由なく尼僧院でくらせるだけの金銭上の配慮は、整えてあるのは知っている。だが、それでは、今はまだ幼ない少女も、いずれは尼僧になるということだ。

あの少女が、尼僧院の石の塀の外に出られるのは、誰かと結婚するときでしかない。孤児の身では、社会的立場もある結婚相手を見つけるのはむずかしいかもしれない。

自分ならば、それができる、とマルコは思った。ヴェネツィアの名門中の名門である、ダンドロ家の当主が結婚するのだ。ガラス職人の娘だって、造船技師の娘だって、彼に嫁いだとたんに、ダンドロの奥方と呼ばれる。生まれてまもないときから尼僧院で育った、孤児であろうと問題はない。

あの娘を尼僧院から出せるのは、それも、アルヴィーゼ・グリッティと彼が心から愛した女人の娘にふさわしい形で救い出せるのは、この自分しかいない！

ゴンドラは、聖《サン》マルコの船着き場の左側に何本も突き出ている、小舟用の桟橋に横づけになる。小広場《ピアツェッタ》と呼ばれるその前の広場は、思い思いの仮装に身をこらした人々でいっぱいだ。その向こうに広がる聖《サン》マルコの広場《ピアッツァ》も、小路から流れこむ群衆であふれんばかりだった。

今日が「肉の木曜日《ジョベディ・グラッソ》」にあたるのを、マルコはそのときになって思い出した。謝肉祭も最高潮に達する一日だ。仮装も、いちだんと華やかに、人々も、いちだんと浮足立つのが今日だった。

旅館に向かうために広場をななめに突っきって行きながら、マルコは、仮装に身をこらしていない自分が、場ちがいな存在に思えた。といって、活気にあふれる群衆が、わずらわしいとは感じなくなっている。それどころか、彼らの生命のほとばしりに、彼もまた、深く共鳴する想いだった。

そのとき、突然に、死ぬ前にリヴィアが書き残した手紙の一行が頭に浮かんだ。アルヴィーゼの贈り物であった宝飾品を、娘のリヴィアに遺《のこ》すと告げた箇所だ。

「まだ幼いので、あなたがよいと思われる時期が来たら、渡してあげてください」

マルコは、思わず笑った。声を立てるほど笑った。

リヴィアは、娘の行く末を予想できたから、エーゲ海に身を投げることができたのである。マルコが、無二の親友の遺児をあのままで放っておくはずはないと確信していたから、アルヴィーゼのところに行くことができたのだ。そして自分は、まんまと彼女の思うつぼにはまったというわけだった。

だが、それでいいのだ、とマルコは、まだ笑いをかみしめながら思う。リヴィアの思うつぼにはまったというよりも、彼自身も心のおもむくままに自然に行動していたら、結局は同じところに行きついたかもしれない、と思ったからであった。

しばらく前から、マルコ・ダンドロの胸に、アルヴィーゼ・グリッティを殺したのはヴェネツィア共和国なのだという想いが、少しずつ芽生え、それはますます強くなっていたのである。

正式の結婚から生まれた嫡子《ちゃくし》でなければ、共和国を率いる権利をもつ貴族と認めないとした、ヴェネツィア共和国が彼を殺したのだ、と。

ヴェネツィア共和国を象徴するのは、福音書を書いた四人の一人の、聖《サン》マルコである。アルヴィーゼ・グリッティを、あのような無謀な野心に追いやり、しかもさんざん利用した後で捨てたのは、「聖《サン》マルコ」なのだ。

これまでに、またこれからも、どれほど多くの優れた才能が、「聖《サン》マルコ」によって殺されるのであろう。

マルコは、自分自身はこれらの人々とは反対の立場に生まれただけになお、贖罪《しょくざい》の想いを強くいだいたのである。少女を尼僧院から救い出す。それは、今のマルコにとって、それ以上はないほど自然な、気持ちの発露であった。

聖《サン》マルコ広場は、打ちよせる波のような楽の音と色彩の洪水だった。謝肉祭の仮装に身をこらした人々は、ふれ合いすれちがう誰かれとなく、親しい言葉をかけ合う。街中が友だちづき合いに一変するのが、ヴェネツィアのカーニヴァルなのである。マルコも、白い仮面だけは買ってつける。黒地のマントは、誰もが着るのだから顔のない服なのだし、それに白い仮面をつければ、それでもう立派な仮装になるのだった。

仮面をつけただけで、言葉のかけ合いも自然にできるようになるのが不思議だ。もはや旅館に急ぐ気も失《う》せたマルコは、広大な広場を見わたせる回廊のふちに立った。

と、そのとき、石の円柱の影から、黒ずくめの男が一人姿をあらわした。「恥じいる乞食《ポーヴエロ・ヴエルゴニヨーソ》」の身なりをしている。その男は、円柱に手をかけた姿で、じっとマルコを見つめて動かない。

マルコは、突然、胸がちぢむような気がした。二歩、三歩、足はその男のほうに向いていた。

「恥じいる乞食《ポーヴェロ・ヴェルゴニヨーツ》」は、石の円柱に押しつけられた形になる。黒頭巾《くろずきん》の下から、悲鳴に似た叫びがあがった。

「旦那《シニヨーレ》、遊びですよ、仮装です」

マルコは、身体中の力が急に抜けるのを感じた。アルヴィーゼが、生きているわけはないのだ。低く謝罪の言葉を口にするマルコの前から、乞食の仮装をした男は、ころげるように逃げだしていた。

立ちつくすマルコに、そばを通る仮装の一群れが、コンフェッティの雨を降らせる。黒のマントは、色とりどりの紙の雨を浴びて、華麗な扮装《ふんそう》に一変した。

そのとき、聖《サン》マルコの広場の三方を囲む建物の壁に並ぶ燭台《しよくだい》に、いっせいに灯がともされた。謝肉祭も、最後の夜を迎えたのだ。

明日からは、心静かな日々をおくる四旬節がはじまる。四旬節が終われば、復活祭の喜びが待っている。再びめぐってくる春の喜びが、誰にも待っているのであった。

エピローグ

アルヴィーゼ・グリッティの死から一年半しか過ぎない一五三六年三月、スルタン・スレイマン、公金横領と国家反逆の罪によって、宰相イブラヒムを死刑に処す。

二年後の一五三八年六月、元首《ドージェ》グリッティの必死の説得にもかかわらず、ヴェネツィア共和国、スペインと組んで対トルコ戦に突入。

同年十二月、元首《ドージェ》アンドレア・グリッティ、死去。

一五五三年、トルコの皇太子ムスタファ、反逆罪で死刑。ロクサーナの息子セリム、皇太子に昇格。

一五六六年、スレイマン大帝、死去。セリム、新スルタンに即位。

図版出典一覧

口絵三つ折り両観音

p. 1　ナショナル・ギャラリー蔵 © Peter Barritt / Alamy Stock Photo

p. 2　ヤコポ・デ・バルバリ画、コレール美術館蔵（ヴェネツィア）© Lifestyle pictures / Alamy Stock Photo

p. 3　Anna Messinis, *The History of Perfume in Venice*, Lineadacqua (Venice)所収の図を元に作成。作図協力：アトリエ・プラン

p. 4右　アカデミア美術館蔵 © Peter Horree / Alamy Stock Photo

p. 4中央　ルーヴル美術館蔵 © Ivy Close Images / Alamy Stock Photo

p. 4左　アカデミア美術館蔵 © Hercules Milas / Alamy Stock Photo

口絵

p. 1　コレール美術館蔵 © Granger Historical Picture Archive / Alamy Stock Photo

p. 2　ナショナル・ギャラリー蔵 © GL Archive / Alamy Stock Photo

p. 3　ナショナル・ギャラリー蔵 © incamerastock / Alamy Stock Photo

p. 4　ウフィッツィ美術館蔵 © Historic Images / Alamy Stock Photo

p. 5　アカデミア美術館蔵 © Heritage Image Partnership Ltd / Alamy Stock Photo

pp. 6-7　アルテ・マイスター絵画館蔵 © Artepics / Alamy Stock Photo

p. 8　ウフィッツィ美術館蔵 © incamerastock / Alamy Stock Photo

本文

p. 22　Cesare Vecellio, *De gli Habiti Antichi e Modérni di Diversi Parti di Mondo* より

p. 40　口絵 p. 3と同じ

p. 41　口絵 p. 4と同じ

この作品は一九九三年朝日新聞社より刊行された『緋色のヴェネツィア　聖マルコ殺人事件』を改題のうえ大幅改稿したものです。

塩野七生著

愛の年代記

欲望、権謀のうず巻くイタリアの中世末期からルネサンスにかけて、激しく美しく恋に身をこがした女たちの華麗なる愛の物語9編。

塩野七生著

チェーザレ・ボルジア
あるいは優雅なる冷酷
毎日出版文化賞受賞

ルネサンス期、初めてイタリア統一の野望をいだいた一人の若者――〈毒を盛る男〉としてその名を歴史に残した男の栄光と悲劇。

塩野七生著

コンスタンティノープルの陥落

一千年余りもの間独自の文化を誇った古都も、トルコ軍の攻撃の前についに最期の時を迎えた――。甘美でスリリングな歴史絵巻。

塩野七生著

ロードス島攻防記

一五二二年、トルコ帝国は遂に「喉元のトゲ」ロードス島の攻略を開始した。島を守る騎士団との壮烈な攻防戦を描く歴史絵巻第二弾。

塩野七生著

レパントの海戦

一五七一年、無敵トルコは西欧連合艦隊の前に、ついに破れた。文明の交代期に生きた男たちを壮大に描いた三部作、ここに完結！

塩野七生著

ルネサンスとは何であったのか

イタリア・ルネサンスは、美術のみならず、人間に関わる全ての変革を目指した。その本質を知り尽くした著者による最高の入門書。

塩野七生著

海の都の物語
―ヴェネツィア共和国の一千年―
サントリー学芸賞（1〜6）

外交と貿易、軍事力を武器に、自由と独立を守り続けた「地中海の女王」ヴェネツィア共和国。その一千年の興亡史を描いた歴史大作。

塩野七生著

わが友マキアヴェッリ
―フィレンツェ存亡―
（1〜3）

権力を間近で見つめ、自由な精神で政治と統治の本質を考え続けた政治思想家の実像に迫る。塩野ルネサンス文学の最高峰、全三巻。

塩野七生著

ルネサンスの女たち

ルネサンス、それは政治もまた偉大な芸術であった時代。戦乱の世を見事に生き抜いた女性たちを描き出す、塩野文学の出発点！

塩野七生著

神の代理人

信仰と権力の頂点から見えたものは何だったのか――。個性的な四人のローマ法王をとりあげた、塩野ルネサンス文学初期の傑作。

塩野七生著

十字軍物語
（1〜4）

中世ヨーロッパ史最大の事件「十字軍」。それは侵略だったのか、進出だったのか。信仰の「大義」を正面から問う傑作歴史長編。

塩野七生著

皇帝フリードリッヒ二世の生涯
（上・下）

法王の権威を恐れず、聖地を手中にし、学芸を愛した――時代を二百年先取りした「はやすぎた男」の生涯を描いた傑作歴史巨編。

塩野七生著

ローマ人の物語 1・2
ローマは一日にして成らず
(上・下)

なぜかくも壮大な帝国をローマ人だけが築くことができたのか。一千年にわたる古代ローマ興亡の物語、ついに文庫刊行開始!

塩野七生著

ローマ人の物語 3・4・5
ハンニバル戦記
(上・中・下)

ローマとカルタゴが地中海の覇権を賭けて争ったポエニ戦役を、ハンニバルとスキピオという稀代の名将二人の対決を中心に描く。

塩野七生著

ローマ人の物語 6・7
勝者の混迷
(上・下)

ローマは地中海の覇者となるも、「内なる敵」を抱え混迷していた。秩序を再建すべく、全力を賭して改革断行に挑んだ男たちの苦闘。

塩野七生著

ローマ人の物語 8・9・10
ユリウス・カエサル
ルビコン以前
(上・中・下)

「ローマが生んだ唯一の創造的天才」は、大改革を断行し壮大なる世界帝国の礎を築く。その生い立ちから、〝ルビコンを渡る〟まで。

塩野七生著

ローマ人の物語 11・12・13
ユリウス・カエサル
ルビコン以後
(上・中・下)

ルビコンを渡ったカエサルは、わずか五年であらゆる改革を断行。帝国の礎を築き、強大な権力を手にした直後、暗殺の刃に倒れた。

塩野七生著

ローマ人の物語 14・15・16
パクス・ロマーナ
(上・中・下)

「共和政」を廃止せずに帝政を築き上げる——それは初代皇帝アウグストゥスの「戦い」であった。いよいよローマは帝政期に。

バーネット
畔柳和代訳

秘密の花園

両親を亡くし、心を閉ざした少女メアリ。ヨークシャの大自然と新しい仲間たちとで起こした美しい奇蹟が彼女の人生を変える。

S・アンダーソン
上岡伸雄訳

ワインズバーグ、オハイオ

発展から取り残された街。地元紙の記者のもとに届く、住人たちの奇妙な噂。現代人の孤独をはじめて文学の主題とした画期的名作。

H・A・ジェイコブズ
堀越ゆき訳

ある奴隷少女に起こった出来事

絶対に屈しない。自由を勝ち取るまでは――残酷な運命に立ち向かった少女の魂の記録。人間の残虐性と不屈の勇気を描く奇跡の実話。

M・クマール
青木薫訳

量子革命
―アインシュタインとボーア、偉大なる頭脳の激突―

現代の科学技術を支える量子論はニュートン以来の古典的世界像をどう一変させたのか？量子の謎に挑んだ天才物理学者たちの百年史。

A・バーザ
プレシ南日子訳

狂気の科学者たち

科学発展の裏には奇想天外な実験の数々があった！真実を知るためなら何も厭わない科学者たちの姿を描く戦慄のノンフィクション。

T・トウェイツ
村井理子訳

ゼロからトースターを作ってみた結果

トースターくらいなら原材料から自分で作れるんじゃね？と思いたった著者の、汗と笑いの9ケ月！（結末は真面目な文明論です）

T・トウェイツ
村井理子訳
人間をお休みして
ヤギになってみた結果
よい子は真似しちゃダメぜったい！　イグノーベル賞を受賞した馬鹿野郎が体を張って実験した爆笑サイエンス・ドキュメント！

E・ケストナー
池内紀訳
飛ぶ教室
元気いっぱいの少年たちが学び暮らすギムナジウムにも、クリスマス・シーズンがやってきた。その成長を温かな眼差しで描く傑作小説。

M・シェリー
芹澤恵訳
フランケンシュタイン
若き科学者フランケンシュタインが創造した、人間の心を持つ醜い〝怪物〟。孤独に苦しみ、復讐を誓って科学者を追いかけてくるが――。

B・ブライソン
楡井浩一訳
人類が知っていること
すべての短い歴史
（上・下）
科学は退屈じゃない！　科学が大の苦手だったユーモア・コラムニストが徹底して調べて書いた極上サイエンス・エンターテイメント。

ライマン・フランク・ボーム
畔柳和代訳
サンタクロース少年
の冒険
一人の赤ん坊が、世界に夢を与える聖人に成長するまでの物語。『オズの魔法使い』の作者が子どもたちのために書いた贈り物。

L・アドキンズ
R・アドキンズ
木原武一訳
ロゼッタストーン解読
失われた古代文字はいかにして解読されたのか？　若き天才シャンポリオンが熾烈な競争と強力なライバルに挑む。興奮の歴史ドラマ。

S・シン
青木薫訳
フェルマーの最終定理

数学界最大の超難問はどうやって解かれたのか？　3世紀にわたって苦闘を続けた数学者たちの挫折と栄光、証明に至る感動のドラマ。

I・マキューアン
小山太一訳
贖罪
全米批評家協会賞・W・H・スミス賞受賞

少女の嘘が、姉とその恋人の運命を狂わせた。償うことはできるのか——衝撃の展開に言葉を失う現代イギリス文学の金字塔的名作！

S・モーム
金原瑞人訳
月と六ペンス

ロンドンでの安定した仕事、温かな家庭。すべてを捨て、パリへ旅立った男が挑んだものとは——。歴史的大ベストセラーの新訳！

S・モーム
金原瑞人訳
ジゴロとジゴレット
—モーム傑作選—

『月と六ペンス』のモームは短篇の名手でもあった！　ヨーロッパを舞台とした短篇八篇を収録。大人の嗜みの極致ともいえる味わい。

S・モーム
金原瑞人訳
英国諜報員アシェンデン

国際社会を舞台に暗躍するスパイが愛と裏切りと革命の果てに立ち現れる人間の真実を目撃する。文豪による古典エンターテイメント。

J・オースティン
小山太一訳
自負と偏見

恋心か打算か。幸福な結婚とは何か。十八世紀イギリスを舞台に、永遠のテーマを突き詰めた、息をのむほど愉快な名作、待望の新訳。

レマルク
秦豊吉訳

西部戦線異状なし

著者の実際の体験をもとに、第一次大戦における兵士たちの愛と友情と死を描いて、反戦小説として世界的な反響を巻き起した名作。

サン＝テグジュペリ
堀口大學訳

夜間飛行

絶えざる死の危険に満ちた夜間の郵便飛行。全力を賭して業務遂行に努力する人々を通じて、生命の尊厳と勇敢な行動を描いた異色作。

サン＝テグジュペリ
堀口大學訳

人間の土地

不時着したサハラ砂漠の真只中で、三日間の渇きと疲労に打ち克って奇蹟的な生還を遂げたサン＝テグジュペリの勇気の源泉とは……。

サン＝テグジュペリ
河野万里子訳

星の王子さま

世界中の言葉に訳され、子どもから大人まで広く読みつがれてきた宝石のような物語。今までで最も愛らしい王子さまを甦らせた新訳。

ボーヴォワール
青柳瑞穂訳

人間について

あらゆる既成概念を洗い落して、人間の根本問題を捉えた実存主義の人間論。古今の歴史や文学から豊富な例をひいて平易に解説する。

カミュ
宮崎嶺雄訳

ペスト

ペストに襲われ孤立した町の中で悪疫と戦う市民たちの姿を描いて、あらゆる人生の悪に立ち向うための連帯感の確立を追う代表作。

小説 イタリア・ルネサンス 1
ヴェネツィア

新潮文庫　し－12－21

令和二年十月一日発行

著者　塩《しお》野《の》七《なな》生《み》

発行者　佐藤隆信

発行所　株式会社新潮社

郵便番号　一六二—八七一一
東京都新宿区矢来町七一
電話　編集部(〇三)三二六六—五四四〇
読者係(〇三)三二六六—五一一一
https://www.shinchosha.co.jp

価格はカバーに表示してあります。

乱丁・落丁本は、ご面倒ですが小社読者係宛ご送付ください。送料小社負担にてお取替えいたします。

印刷・錦明印刷株式会社　製本・錦明印刷株式会社

ISBN978-4-10-118121-9 C0193